KB151170

참 좋았더라

참 좋았더라

이중섭의 화양연화

김탁환 장편소설

남해의봄날 ●

필경 불행하구나, 인간은,
하지만 행복하구나, 욕망에 시달리는 예술가는!

　　—샤를 보들레르, 〈파리의 우울〉,
　　'36. 그림 그리고 싶은 욕망'

등장인물

① **이중섭** 화가. 호는 대향.
평남 평원 출신이다. 원산에서
월남하여, 부산과 서귀포를
떠돈다. 유강렬로부터 통영으로
오라는 요청을 받는다.

② **유강렬** 공예가. 함남 북청
출신이다. 월남하여 통영에
나전칠기기술원 양성소를
세운다. 이중섭에게 통영행을
권한다.

③ **유택렬** 화가. 함남 북청
출신이다. 월남하여 진해에
정착한다.

④ **김용주** 화가. 경남 통영
출신의 첫 서양화가다.

⑤ **전혁림** 화가. 경남 통영
출신이다. 이중섭과 교유하며
4인전에 참여한다.

⑥ **김봉룡** 전통공예가. 경남 통영 출신의 나전칠기 장인이다. 유강렬과 함께 나전칠기기술원 양성소를 세운다.

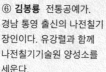

⑦ **유치환** 시인. 호는 청마. 통영 문화계를 이끈다.

⑧ **김춘수** 시인. 경남 통영 출신이다. 마산에 살며 부산과 통영을 왕래하고, 이중섭과 교유한다.

⑨ **김상옥** 시인. 경남 통영 출신이다. 전통에 기반한 작품을 발표한다.

①⓪ **구상** 시인. 함남 원산에서 이중섭과 교유한다. 월남 후 재회한 이중섭을 꾸준히 돕는다.

①① **류완영** 사진가. 나전칠기기술원 양성소 앞에서 유영사진관을 운영한다. 통영의 문화와 풍경을 찍는다.

①② **최희순(최순우)** 미술평론가이자 국립박물관 직원이다. 부산에서 유강렬과 교유한다.

이남덕 이중섭의 아내. 일본 이름은 야마모토 마사코이다. 1950년 원산에서 월남 후 부산과 서귀포에서 살다가, 1952년 부산항에서 두 아들과 함께 송환선을 타고 일본으로 간다.

최영림 화가. 평양 출신이다. 월남하여 제주도를 거쳐 마산에 정착한다. 이중섭 가족의 월남을 돕는다.

박생광 화가. 경남 진주 출신이다. 이중섭에게 진주행을 권한다.

김환기 화가. 전남 기좌도 출신이다. 이중섭이 참여한 신사실파를 이끈다.

등장 공간
(1950년대 초 통영)

충렬사●

명정●

해방다

통영군청●

해저터널

일러두기

1. 도판의 제목은 미술평론가 최열의 〈이중섭 평전〉(돌베개, 2014)과 〈이중섭, 백년의 신화〉(마로니에북스, 2016)를 기준으로 작성했습니다.

2. 등장인물 소개 속 인물 사진은 다음 분들께서 제공해 주셨습니다.
    - 구상(구상선생기념사업회)
    - 김봉룡, 김상옥, 김용주, 김춘수, 유치환(통영예술의향기)
    - 류완영(류태수)
    - 이중섭(이중섭미술관)
    - 유강렬, 최순우(혜곡최순우기념관)
    - 유택렬(문화공간 흑백 운영협의회)
    - 전혁림(전혁림미술관 전영근)

3. 본문에 손 글씨로 담긴 숫자들은 이중섭의 편지에서 가져온 것입니다.

1

7월의 항구들은 다가오기가 무섭게 멀어졌다.

갈퀴 같은 손가락이 큼지막한 이마를 쓸다가 기항지를 찾듯 멈췄다. 근육이라곤 전혀 없는 팔뚝에서 한숨이 새어 나오다가 끊기고 다시 이어졌다. 밭은 기침을 할 때마다 뺨을 지난 눈물이 턱에서 떨렸다. 손등으로 재빨리 훔쳤지만, 갑판으로 떨어지는 아쉬움을 막진 못했다.

우지나항을 떠난 배가 시모노세키항에 닿을 때까진 하늘이 맑고 파도도 잠잠했다. 유학길에 관부연락선을 탄 적은 있지만, 그보다 훨씬 작고 낡은 어선에 올라 먼바다로 나온 것은 처음이었다.

오른손을 깃대처럼 치켜들고 흔들었다. 텁텁한 해풍이 손바닥을 밀면서 손등을 치고 지나갔다. 태현과 태성의 정수리와 이마와 코와 뺨과 입과 가슴과 등과 무릎과 종아리와 발바닥을 쓰다듬던 손이다. 스케치북에 담아 뒀던 몸과 손으로 만진 몸은 여러 군데가 달랐다. 기억의 오류라기보단 헤어진 열세 달 동안 두 아들이 자란 탓이다. 차이를 발견할 때마다 뿌듯했다. 이 세상 모든 아들은 자라 아버지가 된다.

일본에 머문 일주일 내내 아내 이남덕의 손을 잡고 다녔다. 걸을 때도 먹을 때도 영화를 볼 때도, 장모 앞에서도, 손과 손을 밧줄로 묶은 듯 굴었다. 작년 6월 아내와 두 아들이 송환선에 오르던 부산항에서부터 생긴 집착이었다. 손을 쥐면 이별하지 않을 것처럼.

이레 전 통영항을 떠나 우지나항으로 향할 때는 아내와 두 아들을 만난다는 기대에 밥도 국도 뜨는 둥 마는 둥했다. 공복이 부른 멀미였을까. 파도가 뱃전을 가볍게만 쳐도, 난간을 붙들고 머리를 내민 채 게워 냈다. 부산에서 삼킨 술과 시와 눈물과 노래가 물보라처럼 흩어졌다.

오후 3시, 기름을 채우고 정비를 끝낸 어선이 시모노세키항을 떠났다. 갑판 밑에 나란히 누워 눈을 붙였던 선부(船夫)들이 모래톱 털게처럼 올라왔다. 먹구름과 함께 일찍 찾아든 어둠을 노리며 혀를 찼다. 파고까지 높았다면 출항을 미뤘겠지만 바람살이 심하게 맵진 않았다. 갑판장은 따라 나오려고 엉덩이를 떼는 사내를 내려다보며 말했다.

"고마 여 있을소. 한산섬 비믄 깨배드리께예."

뱃멀미로 나뒹구는 꼴을 어지간히 본 것이다.

선부들은 우지나항과 통영항 사이에서 허비하는 시간

을 몹시 아까워했다. 해상에 머무는 기간이 길어진다고 품 삯이 늘진 않았다. 밥값만 나갔고, 기름값까지 얹어 제하는 속 좁은 선장도 있었다. 격랑이 닥치기 전에 신속하게 바다를 건널 요량이었다.

귀항(歸港).

기차를 타고 도쿄로 떠난 사내가 우지나항으로 돌아올 것이라고 믿는 선부는 거의 없었다. 열에 아홉은 이름도 나이도 고향도 바꾼 채 일본에서 새 삶을 살아가리라고 여겼다. 해방 이후 선원증을 급조해 배에 올랐던 이들 대부분이 그 길을 갔다. 내기에서 이긴 소수는 약속을 지킨 장부(丈夫)라며 추켜세웠고, 진 다수는 용기 없는 놈이라고 깎아내렸다.

사내는 재회한 가족 이야기를 전혀 꺼내지 않았다. 법을 어기고 배에 오른 이들에겐 이름은 물론이고 직업도 나이도 사연도 묻지 않는 것이 선부들의 철칙이다. 통영항에 도착할 때까지 갑판 밑에 누워 버틴다면, 이긴 자도 이긴 이유를 모르고 진 자도 진 이유를 모를 것이다.

일몰과 함께 눅진한 어둠이 비바람을 몰고 왔다. 작달비가 두들긴 갑판 곳곳을 파도가 또 때리며 휘감았다. 노련한 선부들은 돛대며 노병아며 배물항아리를 붙들었다. 젖은 옷은 무겁고 축축한 신발은 미끄러웠다. 배가 취객처럼 흔들리는 동안에도 몸을 갑판에 밀착한 채 파동을 타며 손발을 놀렸다. 느슨한 줄은 단단히 매고 삐걱대는 물품은 붙들어 고정했다.

풍우가 잦아들자, 갑판장은 여닫이문을 열고 갑판 밑

을 살폈다. 약골에 골초인 사내가 누웠던 자리엔 뒤집힌 요 강뿐이었다. 선부들이 풍랑과 맞서느라 안간힘을 쏟는 동 안 갑판으로 몰래 올라왔는가. 발광하는 바다의 아가리로, 혹시, 빨려 들어갔는가.

눈이 부리부리하고 주먹코인 갑판장이 사다리를 딛지 도 않고 뛰어내렸다. 이물 쪽부터 눈에 들어왔다. 흐린 빛 을 가린 덩어리는, 죽지뼈와 갈비뼈가 도드라진 사람의 등 이었다. 다가가선 어깨 너머를 엿보았다. 바닥엔 밥상 대신 쓰는 둥근 오동나무 상판이 놓였다. 무릎을 꿇은 사내는 왼손으론 담배 싸는 은지(銀紙)를 펴 잡고, 오른손으론 송곳을 쥔 채 곧게 죽죽 긋기도 하고 부드럽게 돌리기도 했다. 턱을 들고 돌아봤다. 시선이 마주치자 눈웃음까지 지 었다. 갑판장이 은지를 내려다보며 물었다.

"벨나네! 환쟁이라도 됩니꺼? 배가 이레 찧고 까부는 데 접 안 났어예? 멀 그렸습니꺼?"

송곳으로 뒷머리를 긁적이며 마른침을 삼켰다. 우지 나항을 떠난 후 처음으로 말했다.

"복숭아야요. 턴도."

2

빚은 지옥이다. 어떻게 벗어날까.

평생 빚 없이 살았다. 예술가들에게 한턱내느라 술값이 부족하거나, 그림 욕심에 물감값을 덜 치른 적은 있지만, 짧게는 하루 길게는 한 달 돈을 못 내긴 했지만, 그건 엄밀히 말해 빚이 아니다. 형 이중석에게 지원을 받으면 하루아침에 없어질 외상이기에, 그도 서두르지 않았고 주점 주인이나 화구상도 채근하지 않았다. 보드랍게 흘러가다 보면 적당한 때 외상은 사라질 테니까. '원산의 이중섭'은 술이든 물감이든 가격과 개수에 상관없이 고르고 썼다. 그와 같은 나날이 싹둑 잘리리라 생각한 적은 한번도 없다.

부산과 서귀포에서 아내와 두 아들을 데리고 살 때도 빚이 없었다. 한 덩이 떡과 한 그릇 밥을, 주는 쪽이나 받는 쪽 모두 빚이라 여기진 않았다. 피란길 극빈한 삶이기에, 갚겠다고 큰소리칠 형편이 아니었다. 1952년 6월 아내가 두 아들을 데리고 일본으로 들어간 뒤에야 빚을 졌다. 평생 돈 한 푼 벌지 않고 살아온 사람이 욕심을 낸 것이다.

오산학교 후배 마영일이 없었다면 시작하지도 않았을 일이다. 통운회사 화물선 사무장인 그는 부산과 요코하마와 고베를 자유롭게 오갔다. 대한민국과 일본은 국교를 맺지 않을 만큼 적대감이 여전했지만, 영어가 필요한 미국이나 독어와 불어를 익혀야 하는 구라파보다, 일본어 서적을

도원

통해 지식과 기술을 습득하는 한국인이 적지 않았다. 마영일의 중개비를 제하더라도 꽤 많은 이익이 남을 듯했다. 그 돈이면 도쿄에서 쓸 생활비뿐만 아니라 부산에 홀로 남은 이중섭의 주머니 사정도 나아질 것이다.

1952년 여름의 첫 거래는 만족스러웠다. 이남덕은 책을 구매할 때 여고 동창생의 도움을 받았다. 그 친구의 친정이 롯폰기 중심가에서 대형 서점을 운영했기 때문이다. 책을 사서 미리 받아 둔 주소로 보냈고, 얼마 지나지 않아 약속한 금액이 들어왔다. 마영일은 부부 사이에 끼어 여우 짓을 서슴지 않았다. 이중섭에게 가선 이남덕이 매우 만족하더라 했고, 이남덕에게 가선 이중섭이 무척 기뻐하더라 했다. 부부는 월남 후 자신들에게 찾아온 첫 행운으로 받아들였다. 석 달 뒤 마영일은 규모가 더 큰 거래를 제안했다. 이남덕은 30만 엔이 넘는 책을 약속어음으로 끊어 보냈다. 마영일은 책만 받고 종적을 감췄으며, 책값은 고스란히 부부가 갚아야 할 빚이 되었다.

이중섭이 도쿄에서 딴마음을 먹지 못한 가장 큰 이유도 이 빚 때문이었다. 밀항자 신분으론 빚을 청산할 거금을 마련할 방법이 없었다. 아내는 4월에 폐결핵 진단을 받았다고 조심스럽게 털어놓았다. 부산과 서귀포에서의 한뎃잠과 굶주림에 사기를 당한 충격까지 얹힌 탓이다. 더 꼼꼼하게 살펴봤어야 했다며 자책하는 아내에게 짐이 되긴 싫었다. 최대한 덤덤하게, 입가에 미소까지 지으며, 대작 한 점만 그리면 빚을 한꺼번에 갚을 수 있다고 장담했다. 수십 년 채무 지옥에 묶이지 않고 벗어날 길을 제시하고 싶었다.

따라 웃으며 답이 돌아왔다. 너무 오래 기다리게 하진 말아요!

3

통영 강구안 동충에서 밤을 보낸 배들이 꼭두새벽부터 앞다투어 바다로 나갔다. 만선을 꿈꾸는 멸치잡이 어선들이었다. 뒤따르지 않고 불을 끈 채 웅크린 배들에는 눈길도 주지 않았다. 수리가 덜 되었거나 먼바다까지 다녀와 점검이 필요한 배들은 조업을 며칠 건너뛰었다가 언제 그랬냐는 듯이 출어에 합류했다. 178센티미터의 후리후리한 이중섭은 행인이 없는 틈을 타 가방을 어깨에 메고 배에서 내렸다. 출항 때보다 광대가 더 튀어나오고 턱도 뾰족했다. 코끼리처럼 늘어선 굵직굵직한 건물들을 눈으로 훑었다. 멸치수협 창고와 잠수기조합, 통영세관, 해동광유사, 어업조합이 나란했다. 멸치 어선과 잠수기 어선과 일반 어선들이 건물 위치에 따라 무리를 지어 정박했다.

우지나항을 떠난 후 사흘 만이었다. 통영항까지 36시간을 넘긴 적이 없었다. 세찬 비와 거센 파도에 시달리며 침몰 위기까지 갔다가 빠져나오고 보니 곱절이나 시간이 지났다. 뒤이어 내린 선부 세 명이 낡은 우산 하나에 쇠파리처럼 들러붙어 앞질러 걸었다. 갈치호박국에 서실무침을 곁들여 허기부터 채우려는 마음이 급했다. 한배를 타고 국경을 넘어 폭풍우를 이겨 냈지만, 선부 중 누구도 겸상으로 아침을 들자고 권하진 않았다. 두 번 볼 사이가 아니니, 타국의 항구들처럼 멀어지면 그만이었다.

거친 손이 점퍼 앞주머니로 들어왔다가 나갔다. 등 뒤에서 카멜 두 갑을 넣은 이는 별명이 부엉이인 갑판장이었다. 은지화에 대한 답례인 것이다. 송곳으로 긁기만 했을 뿐이고 후반 작업이 남았다며, 부산에서 완성해 둔 다른 은지화를 내밀었지만, 갑판장은 배에서 방금 새긴 작품을 달라고 했다.

"그림은 공짜배기로 받는 기 아이라 캅디더. 토영에 메칠 머무실란가 모르겠지만서도……."

앞서 걷던 선부들이 돌아서서 팔을 흔들어댔다. 갑판장은 말을 잇지 못하고 주먹코를 양손으로 감쌌다. 이중섭은 그 배의 누구와도 재회할 이유가 없었다. 주머니에 손을 넣고 카멜을 만지작거리며 말했다.

"벗어나야디요, 통영!"

"……글치예. 고생 많았심더."

갑판장은 뺨으로만 웃더니, 오른손 검지로 제 눈썹을 긁으며 돌아섰다. 양발을 허공에서 손뼉처럼 치며 달렸다.

이중섭은 담배를 물고 성냥불을 붙였다. 고개를 들어 숨을 깊이 들이마셨다가 길게 뿜었다. 여객선에 꼬리처럼 드리운 뱃고물 굴뚝 연기를 닮았다. 사방이 흔들리면서 속이 울렁거렸다. 고개를 들고 겨우 땅 멀미를 진정시켰다. 빗방울이 이마와 뺨과 콧잔등을 적셨다. 떠날 때도 비가 흩

뿌리더니 돌아올 때도 마찬가지였다. 갯내는 여전히 짭짜름한 갯내였고 갯바람은 여전히 원귀(冤鬼) 울음 섞인 갯바람이었다. 똑같은 날씨, 똑같은 풍광.

예정보다 이틀이 늦긴 했지만 살아 돌아왔다. 도쿄에서 보낸 날들이 눈에 선했다. 1952년 2월 세상을 떠난 장인 영정 앞에 뒤늦게 무릎을 꿇고 용서를 구했다. 장모는 단정하면서도 따뜻했다. 미리 준비한 미소즈케(味噌漬け)는 부산을 홀로 들개처럼 떠돈 사위를 위한 별미였다. 재회의 안온함이 온몸을 녹였다. 카페 파울리스타의 커피에 딸려 나오는 도넛의 달콤함이여!

일본에 남는 것을 상상하지 않았다면 거짓말이다. 환대의 말이 넘쳐날수록 현실은 적나라했다. 밀항자에겐 제약이 너무 많았다. 한국에서도 일본에서도 이름 석 자를 내걸고 화가로 나서기란 불가능하다. 가족을 위해서라면 못할 일이 없지만, 헤어지지 않고 함께 사는 것만으로 만족할 수 있을까. 화가 이중섭이 아닌 밀항자 이중섭을 아내가 견딜까. 남편 앞길을 막았다고 자책하진 않을까. 백 번 천 번 곱씹어도 돌아가는 것이 최선이었다. 문틈으로 새어 든 한 줌 볕처럼, 장모에게 말했다.

"정식으루 입국할 때까지 남덕이랑 태성이 태현이 부탁하자요."

강구안을 바라보았다. 돌아올 것은 알았지만, 돌아왔을 때, 가족이 없는 항구에 또다시 혼자 남겨졌을 때, 뼈를 부수고 살을 저미고 피를 말리고 숨을 옥죄는 헛헛함까진 몰랐다. 여객선이 오가기엔 이른 시각인지라, 조선기선회

23

사 앞과 통영해운공사 앞, 통영극장 앞의 세 군데 잔교(棧橋)는 모두 비었다. 바다를 향해 늘어선 식당들은 불을 밝히고 손님 맞을 준비로 바빴다. 지난 자정부터 가게 문을 걸어 잠그고 이어진 술판이었을까. 취한 사내들이 일어나선 가슴과 어깨를 신나게 두드리며 손뼉을 쳐댔다. 강구안의 선부들이 다 함께 축하하고 기뻐할 일이 사라진 지도 3년이 넘었다. 육이오 동란 발발과 함께 어둡고 탁한 소식뿐이었다. 가뭄에 콩 나듯 희소식이 닿아도, 혼자나 가족끼리만 기뻐하고 그만이었다. 강구안이 떠나가라 한꺼번에 웃어젖히는 까닭이 궁금했지만 따져 묻진 않았다. 통영극장까지 걸은 뒤, 외따로 놓인 잔교와 건너편 남망산을 올려다본 후 돌아서서 골목으로 들어가려 했다.

"대향(大鄕) 선생님! 펜히 댕기오싰습니꺼?"

반걸음 물러섰다. 어둠을 찢고 튀어나온 것들은 사람이든 짐승이든 불행만 안겼다. 허리를 접었다가 편 까까머리의 크고 맑은 눈과 두 뺨에 고루 박힌 주근깨를 보고서야 두려움이 사라졌다.

"어캐 나완? 내래 언제 올 줄 알구?"

"강렬 선생님이 나가보라 하셨심더. 대향 선생님이 오늘은 들오실 거 같다고……. 짜다리 안 기다렸어예, 둬 시간 쯤……. 가방 요 줄소."

우산부터 건넨 까까머리는 제 가슴보다 큰 가방을 빼앗듯이 들었다.

1952년 욕지도 원량국민학교를 졸업하고 나전칠기기술원 강습소에 입학한 남대일은 눈썰미가 좋고 몸이 날렵해 별명이 다람쥐였다. 수강생 대부분이 나전칠기에만 관심을 쏟았지만 남대일은 달랐다. 그 봄에 이중섭이 특강을 할 때부터 제일 앞자리를 차지했다. 데생 과목을 맡은 장윤성에 따르면, 실습 시간에 마지막까지 연필을 놓지 않을 뿐 아니라, 따로 그림을 가져와 품평을 청한다고 했다. 나전 기술을 익힐 때는 딴짓을 자주 해서 벌을 받거나 아예 수업을 빼먹은 적도 있었다. 특강을 마친 뒤 나가려는 이중섭에게 그림 한 점을 내밀었다. 연필로 작업한 검은 고양이였다. 여객선에서 내린 승객들로 강구안이 가득 찼는데, 혼자만 홋줄에 매달려 대롱거렸다.

"꽉 잡으라! 떨어디갓어야."

남대일은 더 열심히 그리라는 뜻으로 새겨들었다.

1950년 12월 원산에서 내려온 이중섭은 부산에 잠시 머물다가 1951년 정월 서귀포로 건너갔다. 그해 12월 부산으로 되돌아와 범일동 판자촌에 자리를 잡은 뒤부터 종종 통영 나들이를 했다. 이중섭보다 네 살 어린 덤베 북청 유강렬이 동양의 베니스에 자리를 잡았던 것이다. 덤베 혹은 덤비는 '덤벼든다'는 뜻으로 함경도에서 쾌남아를 이르는 별칭이다.

유강렬은 열네 살에 일찌감치 도쿄로 유학을 떠났고, 일본미술학교 공예도안과를 졸업했다. 귀국 후 사촌 동생 유택렬과 함께 금강산 스케치 여행을 다녔는데, 원산의 이중섭에게 신세를 진 것이 여러 날이었다. 가르치는 일이라면 고개부터 젓는 이중섭과는 달리, 유강렬은 연고가 전혀 없는 통영에서 나전칠기 장인을 양성하는 학교 설립을 주도할 만큼 추진력이 있었다. 통영 출신으로 1925년 프랑스 파리의 세계장식공예품박람회에서 은상을 받은 김봉룡과 의기투합한 것이다. 유강렬은 나전칠기를 배우고자 모인 학생들에게 '디자인', '정밀 묘사', '설계 지도' 같은 신식 교과를 가르쳤다. 경천동지할 일이었다.

1952년 봄, 이중섭이 통영 나전칠기기술원 강습소에 처음 갔을 때부터 유강렬 곁엔 남대일이 있었다. 욕지도 상촌이 고향이며, 아버지는 선부인 남협이고 어머니는 최성자였다. 부부는 아들을 셋 낳아 길렀는데, 남대일이 장남이었다. 공부엔 뜻이 없었지만, 미술 시간엔 연필이나 크레용이나 붓을 쥔 채 종횡무진 활약했다. 숲에서 나무를 하고 고구마밭을 매는 틈틈이 눈에 들어오는 풍경을 종이에 옮기느라 바빴다. 동촌에 사는 유똘똘을 비롯한 동급생들 얼굴을 그려 주기 시작한 때도 그즈음이다.

졸업과 함께 고깃배를 타는 대신 그림을 배우고 싶어 부산까지 가출했다가 붙잡혔는데, 통영으로 다시 달아나선 강습소로 숨어들었다. 유강렬은 장남을 데리러 온 남협과 최성자를 설득했다. 나전 기술을 익히면 식솔을 거느리고 살 만하다고. 평생 뱃일만 한 남협은 명정양조장에서 만든 독주를 들이켜며 장남에게 뱃일을 가르치겠다는 고집을 꺾지 않았다. 남대일의 소원을 들어준 이는 욕지도에서 고등어 간독을 채우고 또 채우면서 돈 되는 일이라면 무엇이든 마다하지 않은, 억척 어미 최성자였다. 최성자는 장남에게 강습소 공부를 어떻게든 마치라고 신신당부한 뒤, 남협과 함께 욕지도로 돌아갔다. 평생 딱 한 번 지아비의 뜻을 따르지 않은 것이다.

이중섭이 부산에서 여객선을 타고 진해와 마산을 거쳐 통영에 닿았을 때, 강습소 업무로 바쁜 유강렬 대신 남대일이 종종 강구안 잔교까지 마중 나오곤 했다.

1952년 12월 강습소는 양성소로 이름을 바꿨다. 나전칠기 장인을 체계적으로 길러 내겠다는 뜻이 담겼다.

무거운 가방을 옮기느라 두 번을 쉬었지만, 통영극장에서 양성소까지는 10분도 채 걸리지 않았다. 골목마다 지난밤 취객들이 토하고 내갈긴 오물이 남아 있었다. 군데군데 팬 물웅덩이를 피하느라 지린내 나고 어둡고 굽은 골목을 이쪽으로 붙고 저쪽으로 건넜다. 양성소를 지나 여관 골목으로 접어들며 고개를 돌려 행선지를 밝혔다.

"동원여관서 기다리십더."

이중섭이 객실 방문을 열자마자, 유강렬이 배틀배틀 나와선 양손을 잡고 흔들며 끌어안으려 했다. 달차근한 술내가 코를 파고들었다. 이젤 옆 주안상엔 절반 넘게 비운 잭 다니엘스 위스키병이 놓였다. 유강렬이 손목을 끌어 아랫목에 이중섭을 앉혔다.

"이럴 때나 마여야지 언제 또 마이겠소?"

"이런 날? 어드른 날?"

"소식 아직 못 들었슴메?"

"무슨것 소식?"

"휴전! 전쟁으 쉬기루……."

이마에 주름을 잡고 물었다.

"북으로 디따 올라가던 거이 멈춘다는 기니?"

"제 고향 북청이랑 중섭 형니메 원산으 내뚜구, 싸우던 데서부터 줄으 그었담다. 그러이 화딱지 나지. 아이 마이구 견디겠소?"

우지나항을 떠나 통영항에 이르는 사이, 일본도 아니고 한국도 아닌 공해(公海)에서 사투를 벌이는 동안, 1953년 7월 27일 휴전이 성립된 것이다. 강구안에서 새벽부터 터져 나온 선부들의 환호성이 뒤늦게 이해되었다. 그들에겐 이보다 더 좋은 소식이 없었다. 전쟁을 쉬고 전투가 멈췄으니, 고향 바다에서 싱싱한 멸치를 잡아 올리는 일만 남았다.

이중섭과 유강렬에게 휴전은 완전히 다른 의미였다. 기쁨이나 안도감보다 슬픔과 분노가 훨씬 앞섰다. 고향으로 돌아갈 수 없다는 비보(悲報)였기 때문이다. 짧으면 한 달, 길어야 반년이면 귀향하리라 예상하고 몸만 달랑 내려오지 않았던가. 북진해서 원산 땅을 밟고 어머니 뵐 날을 3년이나 기다렸는데, 갑자기 전쟁을 중단한 것이다. 휴전 회담을 시작한다는 소식이 들려왔을 때도, 월남한 피란민들은 압록강 물을 들이켜고 두만강에 발가락을 씻을 때까지 싸워야 한다며 목소리를 높이곤 했다. 휴전은 한반도를 양분한 채 자본주의 남한과 공산주의 북한을 인정하는 꼴이다.

겹으로 선 장벽이 하늘을 가렸다. 북으로는 원산의 어머니, 남으로는 도쿄의 아내와 두 아들에게 갈 길이 막힌 것이다. 두 차례 이산(離散)이 심장을 찌르고 또 찔렀다. 망망대해 외딴섬이고, 설산 바위 꼭대기 홀로 뒤틀린 소나무였다. 술잔을 서너 번 주고받은 뒤 유강렬이 말머리를 돌렸다.

"남덕 형수는 앓지 않습까? 태현이랑 태성이두 일없습니까?"

"잘 잇디! 안부 전하라 길더라."

"벌써 돌아올 줄 몰랐습다."

"선원증으룬 테루 일두일이야."

"다들 쫄아서 들가지만, 거기서 석 달두 잇구 삼 년두 잇구 완전히 눌러앉기두 한다 들었습메."

이중섭이 위스키를 한 모금 더 마셨다.

"기한을 어겟다가 잽히문 밀항자 수용소에 간헷다가 추방당하디. 기카문 두 번 다신 도쿄 못 가. 내레 백 번 뒈뎃다 깨나두 화가야. 니, 둥, 섭, 이름 백힌 그림을 화랑에 걸어야 하디."

유강렬이 가녀린 바람을 내비쳤다.

"일본으 갓다 왔다 하는 길두 어지간해서 좋아질 겜다."

이중섭이 머리카락을 손으로 쓸어 올렸다. 탄식을 보태고 싶진 않았다.

"내래 약속햇어. 도쿄루 꼭 돌아오갓다!"

유강렬은 위스키 한 잔을 단숨에 입속으로 털어 넣은 뒤 준비한 이야기를 꺼냈다.

"약속한 거 해결하자문 빨리 통영으루 옮기야 함다."

"도쿄 가는 거이 통영 오는 거와 먼 상관이가?"

"수수께끼 내는 겜까?"

이중섭은 양 손바닥으로 얼굴을 세수하듯 쓸어 올렸다. 자책에 덮이고 절망에 잘린 대답 중에서 겨우 끝말만 입술 밖으로 꼬리지느러미처럼 나왔다.

　　"대작……."

　　유강렬이 낚싯대를 당겨 올리듯 그 뜻을 잡아채서 자기 식대로 풀었다.

　　"중섭 형니메는 한 점 그릴 때마다 백 번 연습하지 않슴까? 원산 아틀리에르 들린 적 있슴다. 키보다 높이 쌓인 종이, 삼 년 쓰고두 남는 목탄이랑 연필!"

　　"원산이래 와 끌어들이네?"

　　"부산으 다시 가 봤댔자 무슨 소용 있슴까? 아틀리에 있소? 종이두 연필두 목탄두 다 없지비. 엉치 가벼운 아덜은 이래저래 보따리르 싸둘구 서울이든 강원도든 올라간다 할 게구, 부산에 기양 있는 아덜은 먹구 살 구멍 찾으 겜다. 학교교원질으 하든 미술 핵교르 차리든! 부산에 가문 휴전으 핑계루 또 형니메 돌아왔단 구실로 부어라 마어라 할 게 뻔함다. 천구백오십일 년 서귀포서 대작으 그렸슴까? 못 그렸잖슴까? 소품 몇 개 구릅전 내는 거 가지구는 남덕 형수한테 갈 길 없잖슴까?"

　　"어케 달라지는데 통영 통영 노랠 하네?"

　　"양성소서 학생들으 가르치는 겜다."

　　이중섭의 얼굴이 쇠처럼 굳었다. 학교에 취직해 학생들을 가르치느니 유황불로 뛰어들겠다는 농담 같은 진담을, 올봄 특강에서도 유강렬에게 한 적이 있었다. 중고등학교나 대학에 선생으로 들어갈 기회가 여러 번 있었지만, 시인을 평생 직업으로 삼았던 라이너 마리아 릴케를 흠모해 왔다며 손사래를 쳤다.

"기본 데생 수업은 장윤성 선생이 맡으 겜다. 형니메는 학생들 작품 잘 봐주구야 매달 특별수업만 해 주시겠소? 아틀리에르 겸한 숙소에 화구들으 마련해 놓겠슴다. 통영엔 그림 아끼는 빠드홍*들이 맹깁메다**. 형니메 그림들으 갸들한데두 알릴 겸 이 해 말 통영에서 개인전으 열문 어떻겠슴까? ······덤베 북청 유강렬 믿구 갑세."

1953년 봄, 이중섭은 유강렬, 장윤성과 함께 통영 성림다방에서 3인전을 마쳤다. 그때 온 관람객들이 부산보다 더하면 더했지 못하진 않았다. 부산에서도 기조전, 신사실파전 등 뜻 맞는 화가들과 그룹전을 열긴 했지만 개인전은 역부족이었다. 화랑을 구하고 작품을 액자에 넣어 운반할 돈도 없으며, 관람객을 모으고 작품을 판매할 능력 역시 부족했다.

"덤베 북청은 통영 안 떠나네? 강렬이 실력이문야 서울서두 너끈히 통하디."

"양성소 세우구 겨우 2년 지났슴다. 김봉룡 선생님이랑 교원들이랑 약속한 거 모름까? 통영에서 괜히 십이공방질 있는 게 아닙다. 나전칠기에 정통한 기술원은 물론이구 이 나라 대표 공예가들으 길러 내구 싶단 소리임다."

"내래 진짜 도움이 되갓어?

* 후원자
** 많다

31

유강렬이 말머리를 돌렸다.

"누구 덕택으로 처음 그림에 눈떴습메?"

"오산 학교서 임용년(任用璉) 선생님을 만나서디."

"미국 예일대학 졸업하구 불란서서두 활약한 선생님이
가 형니메한테 은인이다?"

이중섭이 눈만 끔벅였다.

"양성소 학생들에겐 중섭 형니메야말로 인생 선물일
겜다."

창가로 갔다. 우산을 접었다 폈다 하며 어설프게 춤추
는 남대일이 눈에 들어왔다. 어느새 비는 멈췄다. 서툰 그
림에 한두 마디 품평해 준 뒤로는, 이중섭이 통영에 올 때
마다 춤출 듯 기뻐했다.

"내래 멩태문 좋갓어."

유강렬이 따라와 축축한 거리를 내려다보며 나란히
섰다.

"멩태 말하는 검까?"

"남덕이 만나러 남해 건너 일본으로두 가구, 오마니
볼라 동해루 펄떡 펄떡 거슬러 원산으로두 가는 멩태."

"원산 도착한 멩태이 제네 고향 북청까지두 올라가갔
습까?"

"가디! 가구 말구."

이중섭이 어깨를 겯곤, 시인 양명문에게 배운 노래를
낮고 힘차게 부르기 시작했다.

감푸른 바다 바닷밑에서
줄지어 떼지어 찬물을 호흡하고
길이나 대구리가 클 대로 컸을 때

내 사랑하는 짝들과 노상
꼬리치고 춤추며 밀려다니다가

어떤 어진 어부의 그물에 걸리어
살기 좋다던 원산 구경이나 한 후
에지프트의 왕처럼 미이라가 됐을 때

어떤 외롭고 가난한 시인이
밤늦게 시를 쓰다가 쇠주를 마실 때
그의 안주가 되어도 좋고
그의 시가 되어도 좋다

짜악 쫙 찢어지어
내 몸은 없어질지라도
내 이름만은 남어 있으리라
"명태"라고 이 세상에 남어 있으리라

― 양명문 '명태'

33

4

눌변에 과묵하다는 평을 들을 때마다 그림 핑계를 댔다. 이미 그렸기에 더할 말이 없다는 것이다. 수첩에 끼적인 엉성한 크로키에도 사나흘은 떠들고 남을 이야기가 담겼다고 했다. 이중섭은 날마다 두 가지에 집착했다. 하나는 그림, 또 하나는 가족. 화가들은 대부분 그림과 가족을 한자리에 두지 않았다. 그림을 그릴 땐 가족을 잊고, 가족과 머물 땐 그림을 잊었다. 이중섭은 그림 속에 가족을 두고, 가족 속에 그림을 두었다. 아내가 이남덕이기에 가능했다. 그녀 역시 문화학원에서 미술을 전공했기에, 그림을 향한 남편의 진심을 투명하게 받아들였다. 이중섭이 기쁠 땐 화가로 기쁜 것이고 슬픈 땐 화가로 슬픈 것이며 화날 땐 화가로 화난 것이다. 부부의 대화는 그림에서 시작하여 그림으로 끝났다. 태현과 태성은 부부가 나눈 화담(畫談)에서 태어나고 자랐다. 두 아들이 훗날 아빠처럼 그림을 업으로 삼을지는 미지수지만, 그림을 평생 가까이 둘 것은 확실하다. 네 사람은 그들만의 방식으로 하루하루를 일궜다. 한국의 예의와 상식도 아니고 일본의 예의와 상식도 아니었다. 사람으로서의 예의와 상식은 너무 거창한 이야기다. 그들은 그림이라는 나라에서 편안하고 자유로웠다. 그것으로 충분했다.

이중섭은 월남 후 겹으로 고통스러웠다. 아내와 두 아

들은 매일 춥고 배고프며 툭하면 아팠다. 원산에서처럼 머물며 맘껏 그릴 아틀리에도 없었다. 그림과 가족이 동시에 흔들린 것은 처음이었다. 이중섭은 자기만의 방식으로 흔들림을 멈추려 했다. 그릴 기회를 잡으면 주저하지 않고 가족을 등장시켰다. 그리지 않을 때 그는 송장 같았고, 가족과 함께하지 않을 때도 마찬가지였다.

가족을 그렸다. 그림 속에서 가족은 굶주리지 않았고 울지 않았고 아프지 않았고 춥지 않았다. 무엇보다도 평화로웠다. 부산과 서귀포의 참담한 현실과 정반대로 그린 까닭을, 아내와 두 아들은 따지지 않았다. 그림에 담긴 이야기들을 일용할 양식처럼 삼키며 하루를 나고 한 달을 나고 일 년을 났다.

넷 중 혼자만 한국에 남은 뒤에도, 이중섭은 줄기차게 가족을 그렸다. 나랏법이 방해하고 바다가 가로막더라도, 언제나 연결되어 있다고 확신했다. 당장 도쿄로 가진 못하지만, 그림은 얼마든지 보낼 수 있었다. 편지에 하나하나 정성껏 그렸다. 가족이 함께 끌어안고 노니는 그림으로 아내와 두 아들을 위로하고 응원했다. 문자보다 그림으로 생각과 감정을 더 많이 주고받아 왔기에 가능한 일이었다. '성(聖) 가족'이 아니라 '화(畫) 가족'이었다.

5

눌변에 과묵할 수밖에 없는 또 다른 이유는 사투리였다. 이중섭은 1916년 평안남도 평원군에서 태어났고, 평양 공립종로보통학교를 졸업했고, 평안북도 정주에 있는 오산고등보통학교를 나왔다. 1932년 형 이중석이 함경남도 원산에 백화점 백두상회를 열면서 온 가족이 이주했다. 1943년 도쿄 유학에서 돌아온 이중섭이 1950년 월남할 때까지 머문 곳도 원산이다. 1936년 오산학교를 졸업할 때까지 줄곧 평안도에 머물렀으므로 평안도 사투리를 쓰지만, 원산에서 7년 넘게 살았기 때문에 함경도 사투리도 곧잘 알아들었다.

1950년 12월 부산으로 내려와 서귀포로 건너가고 다시 부산으로 돌아오는 동안, 이중섭은 깨달았다. 남쪽 사투리를 못 알아들으면, 까마귀 떼에 둘러싸인 우아한 백로가 아니라, 백로 떼가 업신여기는 더러운 까마귀 취급을 당한다는 것을. 수용소에선 평안도든 함경도든 황해도든, 사투리가 들리더라도 당황하지 않았다. 수용소를 벗어나 홀로 일거리를 찾아다니다가 시장에만 들어서면 두통이 시작되었다. 장사꾼과 손님들이 주고받는 말을 열에 한둘도 알아들을 수 없었다. 서귀포 귤밭에서도 비슷한 경험을 했다. 용기를 내 몇 마디 했다가 낭패를 보았다. 평안도 사투리를 전혀 모르기에, 부산 사람이든 서귀포 사람이든 고개를 갸웃거리며 멋쩍은 웃음만 지었다.

없던 버릇까지 생겼다. 말을 꺼내기 전에 월남한 피란민이 주위에 있는지부터 살폈다. 한 사람도 없으면, 되도록 말을 아끼고 듣는 쪽을 택했다. 꼭 필요한 말이라면 단어를 신중하게 골라 또박또박 천천히 말한 후 눈치를 보았다.

남쪽 사투리에 갇혔다가 나온 뒤엔 다방과 주점을 부지런히 돌아다녔다. 월남한 피란민을 만나면, 누구든 붙들고 평안도 사투리를 쏟아냈다.

휴전 후엔 타향살이의 고립감이 더욱 커졌다. 피란민 대부분이 경상도와 제주도를 떠나 서울과 경기도와 강원도로 올라갔기 때문이다. 예전에는 광복동 거리를 잠시만 오가도 이북 사투리가 들렸지만, 이젠 그곳에 종일 머물러도 듣지 못하는 날이 늘었다. 그럴수록 남해 항구에 드문드문 남은, 월남한 피란민 예술가들이 더욱 애틋하고 소중했다.

6

전쟁은 사람을 바꾸고 도시를 바꾸고 나라를 바꾼다. 불가능한 일을 가능하게 하고, 낯선 이들을 만나게 한다. 어떤 도시는 잿더미로 만들고 어떤 도시는 몇십 배로 부풀린다. 부산은 갑자기 대한민국의 임시 수도가 되어 심장처럼 박동하다가 졸지에 그 지위를 잃었다.

휴전과 함께 환도(還都)가 본격적으로 시작되었다. 부산에서 마지막 밤을 보내는 피란민들로 시장도 다방도 주점도 혼잡했다. 환도 열차가 떠나는 부산역 역시 인파로 넘쳐났다. 떠나는 이들은 머지않아 다시 오겠다고 했지만, 약속은 거의 지켜지지 않았다. 먹고 입고 잠들기 위해선 더 바삐 하루를 살아야 했다. 한 개비 담배나 한 잔 술로 부산 시절을 떠올리거나 안주 삼아 떠들긴 했지만, 다시 그 먼 남쪽 바다로 갈 여유는 없었다.

든 자리는 몰라도 난 자리는 안다고 했던가. 도쿄에서 아내와 두 아들을 만나고 돌아와, 통영에서 여객선을 타고 부산으로 갈 때까지만 해도, 휴전이 우리나라 으뜸 항구를 이렇듯 순식간에 뒤흔들 줄 몰랐다.

가난한 피란민도 숨 쉴 구멍이 많은 항구가 부산이었다. 서귀포에서 일 년을 살았고 남도의 항구들을 수시로 오가긴 했다. 짧게는 사나흘, 길게는 달포 가까이 떠돌다가도 언제나 부산으로 되돌아오고 또 되돌아왔다. 서귀포든 진해든 통영이든, 항구의 토박이들은 이북 사람들을 심각하게 경계하거나 구박하진 않았다. 전쟁 통에 타향에서 고생한다며, 위로하고 돕는 손길이 훨씬 많았다. 도움은 고마웠지만 굶주림은 여전했다. 밥이나 국으로 채울 수 없는 허기! 그림이었다.

1931년 오산학교에서 임용련 선생을 만난 후부터 그림을 천직으로 알고 살았다. 도쿄로 유학을 가고, 원산으

로 돌아오고, 이남덕과 결혼하고, 두 아들을 낳고, 해군 후
송선에 올라 부산으로 내려가고, 서귀포로 옮겼다가 다시
부산으로 돌아오는 동안에도, 이중섭은 오로지 그림만 생
각하고 그렸다. 후원자인 형 이중석은 원산 최초의 백화점
백두상회의 주인으로, 함경도에서 손꼽히는 부자였다. 전
답이 30만 평에 이르렀지만, 분단과 전쟁이 그 모두를 앗
아 갔다.

낮에는 광복동의 여러 다방을 전전했고 밤에는 허름
한 주점에 모여 앉았다. 술에 취하기 전 이야기에 취했고,
이야기 속 장면에 취했고, 그 장면을 그려 보고 싶다는 열
망에 취했다. 월남한 직후엔 북에서 인연이 닿은 화가들을
찾아다녔으나, 곧 그 화가의 친구인 화가, 그 화가의 친구
인 시인, 그 시인의 친구인 소설가, 그 소설가의 친구인 작
곡가와도 어울렸다. 북삼도인 평안도, 함경도, 황해도에 하
삼도인 경상도, 전라도, 충청도 말이 섞이고, 거기에 경기도
와 강원도와 제주도 말이 얹혔다. 일본어가 툭툭 튀어나왔
고, 영불독 단어가 뒤엉켜 춤췄다.

말다툼이 주먹 다툼으로 바뀐 날도 적지 않았다. 예술
이란 왕국에 복무하는 병사처럼 격렬하게 맞섰다. 고함과
절규에 짜증과 푸념과 욕설이 난무했다. 부산에서 술과 욕
을 배웠다는 화가 김환기의 추억담은 거짓이 아니었다. 다
시는 만나지 않겠다며 맹세하고 헤어져도, 다음 날이면 다
방에서 함께 커피를 홀짝이고 어깨동무를 한 채 주점으로
들어섰다. 형편이 나은 이도 있었고 모자라는 이도 있었다.
그림 외에도 돈 벌 길을 발견한 이도 있었고 여전히 찾아

헤매는 이도 있었다. 그림 이야기를 할 때만은 빈부와 노소를 따지지 않았다. 이야기판을 길게 끌고 가기 위해, 주머니 형편이 나은 이가 찻값이나 술값을 조금 더 낼 뿐이다. 부산이 날마다 예술로 활활 끓었기에, 이중섭은 버텼다.

유강렬의 예측대로, 휴전 후 피란민들은 하루가 다르게 부산을 빠져나갔다. 휴전선 이남에 살던 이들에겐 귀향이지만, 이북 사람들에겐 뿌리내리지 못한 채 떠도는 삶의 연장이었다. 입에 풀칠할 수만 있다면, 고향 산천 가까이 가려는 마음이 컸다. 그렇게 강원도로 가고 경기도로 가고 서울로 갔다. 먼저 간 이북 사람들이 부산에서 미적거리는 이북 사람들을 불러 올려 실향민 마을을 꾸렸다.

다방과 주점에 예술가들이 모이긴 해도, 예전처럼 각자 꿈꾸는 예술을 웅변하진 않았다. 새로운 예술보다 새로운 삶을 더 많이 이야기했다. 찾아든 행운도 몰려온 불운도 떠난 자들 몫이었다. 휴전 전에는 아무리 멀리 가더라도 돌아오는 사람이 더 많았는데, 이제는 누군 어디로 가고 누군 어디로 갔다는 소식만 들렸다. 부산에 남아 차 마시고 술 마시는 사람들의 엉덩이까지 반쯤 들렸다.

이중섭이 부산에서 만난 원산 사람 대부분은 강원도로 옮겼다. 아침에 원산에서 햇빛에 든 명태가 점심나절 속초의 그물에 걸렸다. 속초의 황혼에 깃든 오징어가 밤사이 원산에서 낚이기도 했다. 이중섭도 여러 번 강원도로 올라가잔 제안을 받았지만 거절했다.

원산에 계신 어머니를 그리는 마음은 아무리 강조해도 지나치지 않지만, 그에겐 남쪽 바다 건너 가족이 또 있었다. 부산을 떠나 북쪽으로 올라갈수록, 도쿄의 아내 이남덕과 아들 태현 태성으로부터 멀어진다. 그리움이 사무칠 때면 부두로 나갔다. 작년 6월 아내와 두 아들이 떠난 바로 그 자리에 서선 줄담배를 피웠다.

8월부터 10월까지, 정처 없이 부산을 떠돌았다. 붓을 쥔 날은 손에 꼽을 정도였다. 원산 시절 아틀리에까지 찾아와 배움을 청했던 김영환의 영주동 판자촌에 얹혀살며 화가 정규 부부의 후의로 겸상을 받기도 했지만, 발길 닿는 대로 걸었고 틈만 나면 취했고 어디서든 잤다. 자다가 가려워 팔이나 목을 긁으면 이(蝨)가 후드득 떨어졌다. 원산에서 내려오자마자 머문 우암동 적기수용소에도 가고, 서귀포에서 돌아와 들어간 범일동 판자촌도 어슬렁거렸다.

광복동 다방을 오가는 발길은 차츰 뜸했다. 함께 담배를 피우고 커피를 마시며 그림을 그리고 문학을 논하던 예술가들이 하나둘 부산을 떠난 탓이다. 이중섭은 웃는 낯으로 석별의 정을 나누고 마지막까지 남아 대취했다. 기다릴 사람 없는 거지처럼 이 길모퉁이 저 나무 아래에 멍하니 앉았거나 누워서 잤다.

매일 영도다리에 들렀다. 월남한 피란민들로 붐볐던 곳이다. 이름과 주소와 사연이 적힌, 크기도 제각각이고 재질도 제각각인 벽보가 다리는 물론이고 근처 골목까지 가득 붙었다. 원산에서 내려온 이들과 가장 많이 마주친 곳이기도 했다. 백두상회에서 샀다며 안경이나 가방을 꺼내 보이는 사람도 있었다. 일요일엔 발 디딜 틈 없었고, 평일에도 일거리를 구하지 못한 이들이 삼삼오오 모여들었다. 대낮부터 술에 취해 우는 사내도 있었고, 벽보를 낡은 공책에 옮겨 적는 여인도 있었다. 육중한 다리가 들리고 그 사이로 배가 지나가면 손뼉을 쳤다. 환호까진 아니었다. 가족 상봉을 기원하며 자신을 다독이고 타인을 북돋는 기도에 가까웠다.

휴전 후에도 한동안 습관처럼 영도다리로 나오던 피란민들이 하루하루 줄었다. 이중 삼중으로 덧붙던 벽보는 늘지 않았고, 처음 온 피란민을 에워싼 채 이것저것 캐묻던 열기도 사라졌다. 영도다리에서 기다리기로 약속한 가족이나 친지와 재회하리란 기대도 더불어 옅어졌다.

새로운 웃음이 터져 나왔다. 피란민들의 우울과 울음에 눌렸던, 부산에서 나고 자란 아이들이 빈자리를 차지한 것이다. 다리가 들릴 때마다 집 지키는 거위처럼 고함을 질러댔다. 그들의 몸짓엔 타향살이의 고단함이 전혀 없었다.

이중섭은 다리 난간에 앉아 흐르는 물을 묵묵히 내려다보았다. 너덜너덜 흔들리거나 떨어져 밟히며 뒹구는 벽보로는 다가가지 않았고, 행인들의 사투리에도 귀 기울이지 않았다. 다리를 오가며 뛰노는 사내아이들만 간혹 쳐다보았다. 선선한 가을바람에도 윗옷을 벗고 천둥벌거숭이로 뛰어다녔다. 배리배리한 몸에 흉터와 딱지가 우둘투둘 많았지만, 춥거나 아픈 내색을 전혀 하지 않았다. 제 몸이 할 수 있는 최대치로 달리고 부딪히고 조르고 타고 굴렀다. 이중섭의 무덤덤한 얼굴에 화색이 돌았다. 입꼬리가 올라가기도 하고 눈꼬리에 주름이 잡히기도 했다. 두 패로 나눠 힘을 겨루는 아이들을 보려고 일어나기도 하고 다가

서기도 했다. 뛰노느라 바쁜 아이들은 다리 난간에서 멍하니 시간을 보내는 어른에게 눈 돌릴 겨를이 없었다. 잠깐만 딴생각을 하거나 딴 곳을 보다간 곧장 공격을 받고 쓰러져 나뒹굴었기 때문이다.

이중섭은 양손을 털고 도저히 못 참겠다는 듯 고개를 설레설레 저은 후, 종일 외면하던 벽을 향해 나아갔다. 낙엽처럼 뒹구는 벽보 중 뒷면에 글이나 그림이 없는 종이만 골라 주웠다. 넝마주이가 따로 없었다. 허벅지에 올리곤 손바닥에 힘을 줘 꾹꾹 누르며 폈다. 몽당연필 한 자루를 바지 주머니에서 꺼내 쥐었다. 모서리가 떨어진 나무판까지 집어 들고 아이들을 구경하던 자리로 돌아와 앉았다. 무릎 위에 나무판을 놓고 종이 서너 장을 얹은 뒤 연필심에 침을 묻혀 그리기 시작했다.

해가 지고 아이들이 모두 집으로 돌아갈 때까지 연필을 놓지 않았다. 종이가 부족하면 벽보를 급히 더 주웠다. 왼손에 담배를 든 채, 그 담배가 타 들어가 손가락을 지질 때까지도 유쾌한 움직임을 옮기느라 바빴다. 어둠이 깔리고 한참이 지난 뒤에야 마지막 선을 긋고, 왼손으로 허리춤을 짚은 채 일어서 걸으려다가 회창대며 앉았다. 종아리에 쥐가 난 탓이다. 오늘 작업한 크로키는 모두 열다섯 장이었다. 연필심이 남았다면 서너 장은 더 그렸을 것이다.

"담배 한 까치만 빌립시더."

더벅머리 사내 둘이 막아섰다.

"없시오."

아침에 정규가 두 갑이나 점퍼 주머니에 찔러줬지만,

한나절도 버티질 못했다. 뺨에 칼자국이 지저분한 사내가 히죽거렸다.

"누굴 쪼다 빙시로 아나? 영도다리서 담배 꼬나문 거 그제도 봤고 어제도 봤고 오늘도 봤다. 그칸데 다 폈다고?"

키 작은 사내가 이었다.

"내일 담배 살라고 꼬불쳐 둔 돈은 있겠네?"

"비키란 말이야요."

이중섭이 그들 사이로 지나치려 했다. 전등 빛이 환한 곳으로 서둘러 가서, 오늘 그은 선과 꼴을 찬찬히 살피고 싶었다. 사내들이 어깨를 당겨 돌렸다. 주먹으로 관자놀이를 치고 무릎으로 명치를 올려 찍었다. 쓰러뜨린 뒤에도 멈추지 않고 자근자근 밟으며 뒤졌다. 오른쪽 바지 주머니에서 쩐 내가 풀풀 나는 은지 서너 장을 찾긴 했지만, 그들이 원하는 담배나 돈은 없었다. 이중섭의 옆구리를 걷어찬 후 손에 쥔 종이 뭉치를 빼앗았다. 지포 라이터를 켠 후, 벽보와 은지에 그려진 벌거벗은 아이들을 살폈다.

"쌍노무 새끼! 요거, 개또라이네."

욕과 함께 허벅지와 가슴을 번갈아 걷어찼다. 벽보와 은지를 찢어 다리 아래로 뿌린 후 얼굴에 침까지 뱉곤 가버렸다. 이중섭의 입안에 고인 피가 턱과 뺨으로 흘렀다. 모로 누워 들릴락 말락 웅얼거렸다.

"태현아…… 태성아……"

돈을 몇 푼이라도 챙긴 날에는 골동품 가게에 들렀다.

다섯 아이

도자기면 도자기, 석불이면 석불, 글씨면 글씨, 사군자면 사군자 등 꾸물대거나 논평을 못하는 물건은 없었다. 점심 밥값이나 저녁 술값을 주겠다며, 몇몇 이들이 감정을 청했다. 이중섭은 입맛을 다시면서도 진위를 가려 말하진 않았다. 가형의 어깨너머로 훔쳐본 단견이라고 둘러댔다.

골동품만큼이나 오래 머물며, 또 드물게 사기도 한 것은 베갯모였다. 왜 하필 베갯모냐는 질문을 받으면 눈물을 글썽이며 웃고는 베갯모의 복숭아와 사슴 문양을 손끝으로 만지면서 겨우 답했다.

"남덕일 락원으루 안내할 베갯모니까니."

7

밥은 굶어도 담배를 건너뛸 순 없었다. 술 또한 거의 매일 입으로 들어갔다. 이중섭에게 술과 담배는 갈매기의 두 날개처럼 어울리면서도 목적지는 상반된 생필품이었다. 술을 마시고 취기가 오르면 희망은 더 희망적이고 절망은 더 절망적이었다. 과장과 허풍이 술자리의 중요한 안주인 이유였다. 이중섭은 대부분 더 절망적인 쪽이지만, 그 감정을 이야기로 풀진 않았다. 담배는 혼자서도 피우지만, 술은 어울려 마셨다. 벗들이 희망적인 상상에 파안대소하고 절망적인 예감에 호곡성을 터뜨릴 때, 이중섭은 위장병이

도진 듯 우울하고 쓰린 얼굴로 듣기만 했다. 정말 견디기 힘들면 울음을 삼키며 눈물만 떨어뜨렸다. 울었다는 사실이 부끄러워 서둘러 말술을 마시곤 아무 곳에서나 웅크려 잤다.

담배를 피울 땐 감정은 옥죄고 생각은 늘어뜨렸다. 실수와 약점을 찌르는 생각들이기에, 각성하고 반성하고 자학했다. 담배를 든 채 손바닥으로 정수리를 두들기다가 불똥이 귓불에 튀어 화상을 입었다. 못 나고 못 나고 못난 놈이므로, 밥을 먹을 자격이 없다는 식이었다.

이중섭의 담배는 심사숙고의 증거라는 칭찬도 들었다. 담배를 피우며 거듭 새드 엔딩으로 달린 탓에 최악을 면했고, 차선을 넘어 이따금 최선에 닿기도 한다는 것이다. 다방이나 주점에서 어울리던 이들이 고민을 털어놓은 후 두 번 세 번 의견을 청하면 조심스럽게 충고 몇 마디를 얹었다. 정작 자신에게 닥친 폭풍우를 물리치고 해피 엔딩에 이르는 길을 찾진 못했다. 이 모양 이 꼴이 되기까지 저지른 잘못이 재떨이에 비벼 끈 꽁초의 개수만큼 수북이 늘고 매일 선명해졌지만, 해결책은 없었다. 다시 담배를 물며 자책을 더했다. 내뿜는 연기 속에서나마 대못이 가득 박힌 바닥에 누워 피를 쏟으며 죗값을 치러야 하루를 보낼 수 있었다.

술에 취하면 선 하나도 긋기 어렵지만, 담배는 한 갑을 줄줄이 피우더라도 작업할 수 있었다. 담배가 술처럼 몸과 마음을 흩어 놓았다면, 빈 담뱃갑에서 은지를 꺼내 그리진 못했을 것이다. 각성과 자책이 최고조에 이르렀을 때, 손만 뻗으면 확보할 수 있는 종이가 은지였다.

11월로 접어들자 서릿바람이 불었다. 떠나는 이들의 발걸음도 주춤거렸는데, 따뜻한 남쪽 항구에서 겨울을 보내고 봄에 올라가기로 했다는 이야기가 여기저기서 들려왔다. 들뜬 여름을 넘긴 연주회와 전시회가 차분하게 열리기도 했다. 11월 3일 부산 낙원다방에서 시작한 5인전도 그중 하나였다.

　통영의 유강렬이 여객선을 타고 전시회 나들이를 왔다. 8월, 국립박물관 학예관 최희순을 배웅하는 자리에 모습을 보인 지 석 달 만이었다. 박물관과 지음(知音)이 한꺼번에 상경한 탓인지 통영에 박혀 나오지 않았던 것이다. 손응성, 이봉상, 이정규, 이응노, 박고석이 앞다투어 환대했다. 유강렬은 다섯 화가의 작품을 감상하기 전 방문객들을 살피며 물었다.

　"중섭 형니메는 아이 왔슴메?"

　그들도 기다리는 중이었다. 10월까진 노숙도 견딜 만하나, 11월엔 풍을 맞을 수도 있고 더 재수가 없으면 잠든 채 목숨을 잃을 수도 있었다. 화가들은 일찌감치 저녁 식사 겸 술잔을 기울일 주점을 골랐다. 부산에 오면 적어도 사나흘은 머물다 갔기에, 전시회를 연 다섯 화가는 유강렬이 자축연에 참석하리라 확신했다. 박고석이 답했다.

　"걱정하디 말라. 다방과 주점이야 둥섭이래 손바닥 보

듯 훤하니, 갈매기마냥 돌아댕기다 출출하문 쑥 나타날 거이야.”

　유강렬이 목소리 낮춰 물었다.

　“일없겠슴까? 저번 팔월 달에 밀다원 앞에서 간단히 봤을 때 수숫대처럼 말라비틀어졌드랬슴다. 계속 여비는 까닭으 물었더니 ‘내래 부산 맘을 닮아서!’ 하지 않겠소.”

　“둥섭이래 부산 맘을 닮아? 끄뎅이 털 나서 처음 듣는다야.”

　“중섭 형니메 방랑병이야 내 알지비. 어드메 가든 이 동무 저 동무 섞였지비. 도쿄서 남덕 형수와 두 아들 만나구 온 뒤론 혼자 돌아댕기는 게 많아졌슴다. 행처르 영환이두 모르구 고석 형니메두 모르지비.”

　유강렬은 이중섭을 찾아보겠다며 다방을 나왔다. 어제 낮 문현동 안동네에서 거지들과 담배를 나눠 피우더라는 이야길 박고석에게 들었지만, 곧장 그곳으로 가진 않았다. 영주동부터 둘러보고 범일동을 거쳐 전포산으로 향했다. 박고석이 문현 고개에서 카레라이스를 만들어 팔 때, 유강렬도 이중섭을 따라 서너 차례 간 적이 있었다. 동천을 기준으로 범일동과 문현동이 나뉘지만, 피란민 입장에선 판자든 골판지든 끌어모아 벽을 치고 천장을 덮어 소소리바람을 피해야 할 비탈이긴 마찬가지였다.

　고개를 넘지도 않았는데, 기다랗게 늘어진 그림자가 어둠에 먹혔다. 안동네로 접어들지 않고, 등대 빛을 찾는 어선처럼 잠시 멈춰 담배를 피워 물곤 숨을 골랐다. 전쟁 전까지 이곳은 공동묘지였다. 사람이 살 만한 자리에 모조리

집들이 들어서고 나니, 남은 땅이라곤 망자들이 쉬는 곳뿐이었다. 살려는 의지가 두려움을 눌렀다. 길바닥에서 얼어 죽기보다는 무덤을 이웃하고 판잣집을 세우는 편이 나았다. 전쟁이 한창일 때는 산 자들이 켠 호롱불이 지상에 내려앉은 별빛처럼 반짝였다. 휴전을 맺고 피란민들이 떠나기 시작하자, 수백 개의 별빛이 순식간에 십여 개로 줄었다.

주먹을 쥔 유강렬이 희미한 빛을 향해 걸음을 뗐다. 대낮에도 왕래를 꺼리는 좁고 가파른 골목엔 사람이라곤 없었다. 산 자와 죽은 자가 동거한다는 설명을 곧 이해했다. 무덤과 무덤 사이에 판잣집이 있거나 판잣집과 판잣집 사이에 무덤이 있었다. 무덤 하나를 판잣집들이 둘러싸기도 했고, 판잣집 하나를 무덤이 감싸기도 했다. 나란히 누운 사람 중에서 숨을 쉬면 산 자요 숨을 멈추면 죽은 자였다.

골목 끄트머리에서 엉덩방아를 찧었다. 부서진 창으로 얼룩 고양이가 튀어나온 것이다. 개들이 멀리서 들려오는 북소리처럼 번갈아 짖었다. 아픈 것도 잊고 급히 일어서려는데 누군가 손목을 쥐었다. 허리 굽은 노파의 침이 유강렬의 이마에 떨어졌다.

"어드메 갓다 이리케 늦네?"

팔을 뿌리치려다가 멈췄다. 떠난 아들을 기다리며 홀로 남았는가. 모자 상봉의 전망이 밝진 않았다. 돌아올 수 있었다면 벌써 왔을 것이다. 휴전 후 넉 달이 흐르지 않았는가.

어둠을 찢고 나온 사내가 노파의 작고 야윈 어깨를 감쌌다. 헝클어진 머리에 짙은 눈썹과 긴 턱을 쳐다보던 유강렬의 눈이 점점 커졌다. 이중섭이었다.

"오마니, 날도 추운데 아루끝*에 요포 페고 앉아 잇디 왜 나와 이시오? 얼떵 디리가요."

유강렬의 손목을 놓고 이중섭의 뺨에 손바닥을 붙인 뒤, 노파가 물었다.

"만수, 정말 맞네?"

"기래요. 내래 만수디 누가 만수가시오?"

노파는 부축을 받으며 판잣집으로 들어갔다. 유강렬이 바지에 묻은 흙을 털고 허리를 돌릴 즈음 이중섭이 나왔다. 집과 집 사이 봉곳 솟은 무덤 곁으로 가선, 바닥에 깔린 신문지에 익숙하게 누웠다. 이미 거기서 몇 밤을 보낸 듯했다. 이중섭이 손바닥으로 옆자리를 툭툭 치며, 김기림의 시 '우울한 천사'의 한 구절을 읊었다.

"비둘기의 상한 날개를 싸매는 우울한 천사여! 이리로 오라 이리로 늠쩍**……."

유강렬이 곁으로 가서 누웠다. 등을 타고 올라온 냉기에 턱과 뺨이 떨렸다. 이중섭은 오른팔을 들어 붓을 돌리듯 허공을 저었다.

"서기포에서 제주를 기낭 걸어 오갓디. 중산간서 바라본 별들을 평생 못 잊갓어. 여긴 부산서 별이 제일 많아. 데 짝에 좀 보라. 페가수스, 하얀 날개를 펄럭이며 날아오르는 천마(天馬)! 고 옆에 물고기 두 마리 찾앗네? 미의 여신

* 아랫목
** 머뭇거리지 않고 단번에 빨리, 냉큼

아프로디테과 그 아들 에로스레 변신한 물고기라 우아하문서두 강렬하디. 고 옆엔……"

"뜨문뜨문 내려갑세다."

이중섭이 왼팔마저 대나무처럼 뻗었다.

"보름달터럼 가득하다가 빠져나가문 찾아드는 공허를 임재 겪어 봣어? 쪼그라들구 쪼그라들다 사라지는 악몽을 꿧더랫어. 회생할 기운을 몽땅 빨아대는 거대한 늪. 기게 지금 부산이야."

양팔을 좌우로 벌리자 시든 풀이 손등에 닿았다. 십자가에 매달린 사내처럼 두 눈이 하늘을 향했다. 넉 달 가까이 부산을 떠돌며, 자책하고 자책하면서, 누구에게도 의지하지 않고 스스로 내린 결론을 털어놓았다.

"죽어야 부활하디? 부산에 모인 벗들…… 좋디! 그 사람들 아니엇으문 지긋지긋한 타향살이 버티기 힘들엇을걸. ……어울려댕기문 영영 못 죽디. 어드롷게든 빠득빠득 살리디 않갓니? 강렬이! 내래 오늘 여기서 죽구말갓어."

무덤을 향해 고개를 돌리곤 선언하듯 말했다.

"가갓어, 통영!"

9

화가가 아니라면 나는 아무것도 아니다.

오블로모프는 러시아 소설가 곤차로프가 1859년에 발표한 동명 소설의 주인공이다. 넉넉한 지주 오블로모프는 소파에서 일어나는 것조차 귀찮게 여기며 게으름뱅이로 살았다. 잉여 인간의 상징인 것이다.

'오블로모프 기질'이란 인간형을 농담처럼 논한 것은 도쿄 유학 시절이었다. 오산학교 졸업까지는 학생이라는 신분이 잉여 인간이란 본질을 가렸다. 도쿄에서 만난 양화(洋畫) 전공 유학생 상당수는 지금까지 돈을 번 적이 없었고 앞으로도 벌 뜻이 없었다. 평생 먹고살 만큼 집안 형편이 넉넉한 지주나 상인의 자식인 것이다. 이중섭 역시 원산에서 백화점을 운영하는 형 이중석의 후원 아래 돈 걱정 없이 유학을 왔다. 도쿄에서도 원산에서도, 이중섭은 자본주의로부터 비켜나 있었다. 백화점에서 고객을 분석하고 상대하며 부를 획득하고 확장하는 수고는 이중석의 몫이었고, 이중섭은 오로지 예술에만 매달렸다. 작품을 위해 뜬눈으로 밤을 새우긴 해도 시간에 쫓겨 서두르진 않았다. 그림 소재는 물론이고, 작품을 시작하는 날이나 마치는 날도, 마쳤다가 다시 고치는 날도 스스로 정했다. 값을 정해 판 적은 있지만, 그림으로 밥벌이를 하진 않았다. 도쿄에선 교수와 학생들 속에서 비교를 당하고 평가도 받았다. 1943

년 8월 원산으로 돌아온 후부턴 자기와의 싸움이었다. 작품에 쏟을 시간은 무한했고, 작품 외에 반드시 해야 할 일은 전혀 없었다.

이중섭이 오블로모프 기질을 다시 떠올린 것은 1950년 12월 부산 적기수용소에서였다. 원산을 떠나는 순간, 그에겐 형이란 든든한 방패가 사라졌다. 부산에 앉자마자 맞닥뜨린 것은 자본주의였다. 공산주의가 예술가의 자유를 억압하는 체제라는 사실이 자본주의가 예술가를 위하고 감싼다는 결론으로 이어지진 않았다. 이중섭은 자본주의의 열매를 언제나 원하는 대로 따기만 했지, 그 비정한 수레바퀴에 깔린 적이 없었다. 북풍이 매서운 부두에서 그는 내세울 기술도 없고 단련된 근육도 없는, 쓸모라곤 눈곱만큼도 없는 잉여 인간이었다.

일거리가 없어서 광복동 다방들로 출근하다시피 눌러앉았단 변명은 동전의 한 면일 뿐이다. 다방은 세상으로 난 창이긴 하되 지극히 편협한 창이었다. 그 많은 다방엔 오블로모프가 득실거렸다. 글쟁이 오블로모프, 그림쟁이 오블로모프, 연주쟁이 오블로모프! 이중섭은 그들 속에서 묘하게 편안하고 또 묘하게 서러웠다. 가난은 훈장이고, 술과 담배는 필수품이며, 헐값에 글이나 그림을 파는 것은 예술을 더럽히는 부끄러운 짓이라고 큰소리를 쳤다.

생활이 허풍을 쓸어 가버리기라도 했을까. 끝까지 잉여 인간이고자 했던 예술가들의 말로는 비참했다. 버티다가 쓰러진 이에게 회생의 기회는 전혀 없었다. 참을성이 부족하고 두뇌 회전이 빠른 이들은 호언과 장담을 거두고 입에 풀칠할 길을 찾았다. 누구는 선생이 되었고 누구는 공무원이 되었으며 누구는 장사를 시작했다. 글이나 그림이나 연주를 이어가긴 해도, 오롯이 그것만 하는 이는 드물었다. 1952년 6월 아내와 두 아들을 일본으로 보내기로 한 뒤, 이중섭도 마음이 크게 흔들렸다. 오블로모프 기질을 고집한 일 년 반 동안, 근면 성실한 일상을 회피한 가장 탓에 아내와 두 아들이 몸도 마음도 탈진해 영양실조에 이른 것이다. 부두에서 뱃짐 나르고 시장에서 장사하는 재주가 없다면, 완전히 새로운 일을 찾아보는 것도 방법이 아닐까 싶었다. 마영일이 그 틈을 비집고 들어와선 사기를 쳤다. 아, 여기가 지옥의 밑바닥이라는 생각까지 들었다.

도쿄에서 폐결핵을 앓는 아내의 깡마른 미소를 본 뒤, 화가가 아닌 그 어떤 것도 이번 생에선 제대로 할 수 없다는, 확신이라면 확신이고 체념이라면 체념이 들었다. 도쿄나 원산에서처럼 자본주의에서 비켜나 그림에만 집중할 기회가 없다는 핑계를 대곤, 피안으로 넘어갈 때가 가까웠다고 느낄 즈음, 유강렬이 통영에 머물며 대작을 그리란 제안을 했다. 듣자마자 덥석 물기 직전까지 갔지만, 두려운 질문 하나가 뒤통수를 잡아채는 바람에 부산으로 왔다. 여름을 지내고 가을을 흘려보냈다. 겨울이 코앞이었다. 문현동 안동네까지 쫓아와 설득하는 유강렬의 이마에 지난 7월 통영에서 풀지 못한 질문이 비문처럼 박혔다. 이 기회를 붙들어 전부를 쏟았는데도 화가로서 내가 아무것도 아니라면, 그땐?

07

늦가을 하늘은 바다와 푸르름을 놓고 경쟁이라도 하
듯 맑았다. 이중섭은 출항부터 줄곧 2층 뱃고물에 서 있었
다. 여객선이 항구를 벗어나자 따라오던 갈매기들도 줄어
들었다. 1층 선실은 만석이지만 2층엔 드문드문 자리가 있
었다. 몸을 낮추고 옷을 겹으로 입어도 된바람이 뺨을 치
고 겨드랑이 사이로 파고들었다. 멀어지는 부산항을 바라
보던 승객들도 하나둘 1층으로 내려갔다. 홀로 선 이중섭
은 키가 더욱 커 보였다. 마산에 들렀다가 통영으로 가는
항로였다.

담배를 꺼내 물었다. 면도하지 않은 입에서 나온 탁한
연기가 항구 쪽으로 흘렀다. 배를 타고 부산을 떠난 것이
처음은 아니었다. 재작년 1월에는 눈보라를 뚫고 제주까지
갔고, 작년과 올해는 이 여객선을 타고 유강렬을 만나러 통
영에 다녀왔다. 김환기, 백영수 등과 함께 진해에 들러 윤호
중이 만들어 세운 이순신 동상을 구경하기도 했다. 떠나더
라도 꼭 다시 부산으로 돌아왔다. 서귀포 생활은 일 년을
넘기지 못했고, 통영에 머문 기간도 길어야 한 달이었다.

항구가 시야에서 완전히 사라지자, 이중섭도 객실로
내려갔다. 남대일은 고물 쪽 모서리를 등진 채 앉아 있었
다. 종이로 감싸고 신문지로 덮어 묶은 그림들을 포개 세
워 둔 것이다. 12월 통영에서 열릴 개인전에 전시할 작품들

이었다. 이중섭이 어떤 화가인지 통영 사람들에게 알리자
는 유강렬의 제안을 받아들인 것이다. 부산에서 통영으로
거주지를 옮기는 것이 절망의 늪에서 빠져나오는 첫걸음이
라면, 개인전은 그다음 걸음이겠다 싶었다.

　　혼자 챙겨 가겠다고 했지만, 유강렬은 이틀 전 남대일
을 부산으로 보냈다. 짐이라고 해 봤자 이남덕이 도쿄에
서 사준 붓과 물감과 연필과 목탄, 그리고 회색 점퍼가 전
부였다. 그림들이 훼손되지 않게 종이로 싸고 묶는 데 시간
이 꽤 걸렸다. 유강렬 밑에서 일 년 넘게 조수로 잔심부름을
한 덕분인지, 매듭을 묶는 남대일의 솜씨가 깔끔했다.

　　"올라갓다 오라. 경치가 죽신히 좋아."

　　"괜찮심더. 여가 더 펜해예."

　　"통영까디 보초만 설 거네? 던부 끈으루 동여맷는데
뉘래 훔테 간다 기래? 내래 디킬 것이니까니 서두르라!"

　　남대일이 부스럼 난 뒷머리를 긁적이며 문으로 나갔
다. 이중섭은 벽에 기대앉은 후 팔을 뻗어 그림에 손바닥을
대고 쓸어내렸다. 관람객을 압도할 만큼 큰 그림은 없었다.
가로세로 1미터를 넘지 않는 것이 대부분이었다. 남대일이
앉았던 자리에 엉덩이를 붙이니 피로가 밀려들어 눈을 감
았다. 지난주에 열린 5인전 자축연 풍경이 떠올랐다.

　　새벽에 유강렬과 함께 문현동 안동네에서 내려와 주점
을 찾아갔다. 밤을 새우며 대취한 화가들이 빼떼기죽에 고
등어조림을 얹어 해장하던 참이었다. 자리에 앉자마자 소
주잔부터 단숨에 비운 유강렬이 강조했다.

　　"책임지구 돌봐드리겠슴다. 대작으 만드십시오."

바삐 놀리는 발걸음 소리에 눈을 떴다. 남대일이 앞에 서 있었다. 2층으로 올라갔다가 코에 바람만 넣고 내려온 것이다.

"춘수 선생님이 뵙자심더."

시인 김춘수가 같은 배를 탄 것이다. 2층으로 올라갔다. 이물 쪽에 선 깡마른 사내가 눈에 들어왔다. 부산항에서 시인은 일찌감치 승선을 마쳤고 화가는 홋줄을 풀기 직전에야 부두에 닿았다. 출항할 때도 반대 방향으로 서는 바람에 서로를 알아차리지 못했다. 화가는 떠난 곳을 눈에 담았고, 시인은 갈 길에 마음을 두었다.

유강렬을 통해 통영에서도 인사를 나눴고 부산의 다방에서도 스치듯 만난 적이 있다. 시인은 통영에서 태어났고 마산에 살면서 부산과 여러 도시를 오가며 시의 일을 한다고 했다. 강의를 한다거나 동인을 만난다거나 시를 쓴다고 밝히지 않고 시의 일을 한다고 표현한 것이 마음에 들었다. 이중섭도 그림의 일을 하는 사람이었다.

"완저히 들가신다면서예? 토영에 크나큰 복임더. 잘 부탁드릴께예."

유강렬이 귀띔했을까.

"부탁은 내래 해야디요. 시의 일이 잇엇나 봅네다."

"멫 사람 상경한다 캐서 인사하고 오는 길임더. 도쿄로 공부 갔던 화가들 중 시를 제일 즐기신다면서예?"

역시 유강렬인 것이다.

"전빽빽입*네다. 심심풀이디요."

"시가…… 와 좋습니꺼?"

화가는 담배 한 개비를 꺼내 검지와 중지 사이에 끼웠
다. 다도해 뭇 섬처럼 박힌 뭉게구름들이 눈에 들어왔다.
시 한 수를 외웠다.

저마다 사람은 임을 가졌으나
임은
구름과 장미되어 오는 것

눈 뜨면
물위에 구름을 담아보곤
밤엔 뜰 장미와
마주앉아 울었노니

참으로 뉘가 보았으랴?
하염없는 날일수록
하늘은 하얬지만
임은
구름과 장미되어 오는 것

……마음으로 간직하며 살아왔노라

— 김춘수 '구름과 장미'

* 전무식, 아주 무식한 사람

"고건 운제 또……."

시인은 수줍은 듯 말끝을 흐렸다. 시를 읽고 좋으면 외우는 것이 화가의 취미 아닌 취미였다.

유강렬을 만나러 통영에 처음 갔던 날, 서재에 꽂힌 시집부터 살폈다. 1948년 통영에서 출간한 김춘수의 첫 시집도 거기에 있었다. 시집 제목이기도 한 시가 마음에 들어 외웠다. 어떤 시는 외웠다가도 잊혔지만, 김춘수의 시들은 사라지지 않았다.

"로댕 비서루 일하문서, 릴케래 배운 것들은 시과 산문으로 알 수 잇디요. 릴케만 배웟을까? 로댕두 영민한 시인과 디내며 배웟다 이 말입네다. 로댕이래 조각으로만 나타내구 말하딘 않앗디만……."

"확 땡기는 상상이네예."

"내래 시를 좋아하는 이윤 김 시인이래 회화를 좋아하는 이유랑 같습네다. 시과 회화는 이웃사촌이디요. 가까우문 더 좋기두 하구 더 밉기두 한 법 아닙네까?"

진해를 지난 여객선이 마산항으로 향했다. 시인이 돝섬을 바라보며 물었다.

"원산서 내리오싰으니, 금강산두 더러 가싰겟심더?"

"온 적 잇습네까?"

"해방 두 해 전 부모님 모시고 갔었어예. 겡상도선 산하문 지리산을 첫손에 꼽심더. 지리산은 굳센데 금강산은 화려합디더. 금강산을 오가싰으문 풍경화두 여러 장 그리싰겟네예?"

시인은 1940년 도쿄의 일본대학교 예술학원 창작과

에 입학했지만, 2년 만에 일본 천황과 총독 정치를 비방한 죄로 퇴학당하고 일곱 달이나 옥살이를 했다. 출옥 후 심신 요양을 위해 부모와 함께 여행한 곳이 금강산이었다.

"기랫디요. 기것들…… 원산에 다 두고 와시오."

원산을 떠나올 때 그림은 단 한 점도 챙기지 않았다. 몇 점 정도 배에 실을 기회가 있었지만, 어머니 곁에 두고 싶었다. 머지않아 반드시 돌아오겠다는 증표처럼.

"괜한 소릴 했심더."

"아닙네다. 내래 원산서 배 타구 내리왔디만, 태어나 자란 곳은 피안도야요. 피안도선 산이라 하문사 묘향산이디요. 김 시인두 다음엔 묘향산으루 와 보라요. 길쎄 지리산이 굳건하구 금강산이 화려하다문 묘향산은 영험하다 못해 시래 막 절로 나오는 산이라니까요."

여객선이 구마산항 잔교에 닿았다. 시인은 승객들이 빠져나가기를 기다린 후 화가의 손을 굳게 잡으며 청했다.

"토영서 종종 뵙겠심다만, 마산도 기억해 줄소. 로댕 존경하는 릴케두 살고 릴케 아끼는 로댕두 산다 아입니꺼. 꼭 한 번 오시믄 좋겠심더."

마산에도 이중섭이 아는 화가가 몇 명 있긴 했다. 그들의 안부를 묻기에는 시간이 부족했다.

"약속하가시오. 마산서두 보자요."

배에서 내린 시인은 네댓 걸음 걷다 말고 고개를 돌렸다. 그때까지도 화가는 2층에 서서 담배를 피웠다. 웃는데도 두 눈엔 슬픔이 가득했다. 남포동에서 저무는 바다를 향해 걷던 화가의 표정에도 저렇듯 희비가 뒤섞였었다. 다방에서 웅크린 채 은지에 그림을 그리던 화가를 또한 보며, 수첩을 꺼내 급히 몇 자 끼적이기도 했다. 그때는 시가 될 만한 물건인지 확신하기 어려웠지만, 버리지 않고 머릿속에 넣어뒀다. 오늘 마산 부두에서 이중섭만이 지을 법한 얼굴을 다시 보니, 만지면 시가 될 듯도 했다. 시의 표정이었다.

61

이중섭은 김춘수에게 파블로 피카소와 기욤 아폴리네르의 우정을 거론하지는 않았다. 아방가르드 회화를 추구하는 이들에게 시는 취향에 따라 가까이하거나 멀리할 대상이 아니라, 리어카의 두 바퀴처럼 목적지까지 함께 굴러갈 길벗이었다. 앙드레 브르통 없이 초현실주의를 이야기할 수 있는가.

이중섭이 도쿄에서 김환기에게 끌린 것도 그림과 시를 함께 즐기고 논했기 때문이다. 이중섭도 키가 컸지만 183센티미터에 달하는 김환기에게는 미치지 못했다. 꺽다리 둘이서 신주쿠의 '노바(NOVA)'를 비롯한 술집을 돌아다니노라면 아무도 시비를 걸지 않았다. 김환기는 1934년 아방가르드양화연구소에 등록하면서 구라파의 전위 예술을 접했고, 문인들과의 협업도 꾸준히 해 나갔다. 초현실주의 동인지 〈삼사문학〉 5집에 그림을 실은 것은 1936년이며, 같은 해 6월에는 '추상주의 소론'이라는 글을 조선일보에 발표하며 피카소로 대표되는 아방가르드 회화를 옹호했다. 1939년 이후로는 잡지 〈문장〉을 통해 정지용을 비롯한 문인들과 깊이 사귀었다.

이중섭은 김환기처럼 동인지나 잡지를 통해 적극적으로 문인들과 교유하진 않았지만, 화가와 문인이 영향을 주고받은 구라파의 사례를 유심히 살피곤 했다. 야마모토 마사코와 연애할 때도 릴케를 비롯한 구라파 시인들의 작품을 즐겨 낭독해 주었다. 해방 후 오장환 시집 〈나 사는 곳〉이나 구상 시집 〈응향〉에 실을 그림을 선뜻 준비하겠다고 나선 것도, 양명문 같은 시인과 우정을 나눈 것도, 시처럼 그리기를 열망하며 그림처럼 쓴 시를 탐독한 덕분이다.

이중섭은 어디서든 시인을 만나면, 반가운 눈으로 한번 더 쳐다보았다. 어찌하여 시인이 되었는지 털어놓는다면, 아무리 긴 이야기라도 끝까지 듣겠다는 표정이었다. 함께 울어 줄 준비가 되었다는 표시로, 이 과묵한 화가가 먼저 애송시를 읊기도 했다. 아르튀르 랭보의 시일 때도 있었고 프랑시스 잠의 시일 때도 있었고 폴 발레리의 시일 때도 있었다. 시인들은 이중섭의 느리고 낮게 떨리는 목소리에서 이 화가가 얼마나 오랫동안 시와 동거해 왔는지 충분히 느꼈다. 그렇게 처음은 있되 끝은 없는 이야기가 시작되었다. 시가 된 화가의 이야기이기도 했고 그림이 된 시인의 이야기이기도 했다.

12

빈센트 반 고흐에게 해바라기가 있다면 이중섭에겐 단연코 소다. 대작을 그리겠노라고는 했지만, 무엇을 어떻게 그릴지 밝힌 적은 없다. 화우(畵友)들도 따져 묻기보다는 꼭 그리라고, 이제 때가 되었다고 했다. 완성하고 나면 축하주를 마시자는 이도 있었다. 고흐는 해바라기를 오랫동안 많이 그렸다. 두 송이부터 시작해서 열다섯 송이까지, 파리에서도 그렸고 아를에서도 그렸다. 이중섭 역시 소를 계속 그렸다. 맘을 다 쏟아 그림을 그릴 조건이 되면, 가장 먼저 떠올리고 그린 것이 소였다. 도쿄에서도 그렸고 원산에서도 그렸다. 서귀포에서는 그리지 않았고, 부산에서는 그리고 싶어 끼적이긴 했지만 흡족하지 않았다. 해바라기를 그린 사람이 고흐 이전에도 많았고 당대에도 많았으며 후대에도 많듯이, 소도 마찬가지다. 조선의 화인들이 그린 소가 몇 마리나 될까. 헤아리기 힘들다. 이중섭과 가까운 선배 중에도 1941년 조선신미술가협회를 함께 만든 진환이 소를 좋아했고 자주 그렸다. 누가 먼저 그렸는가 혹은 얼마나 많이 그렸는가 하는 물음은 어리석다. 문제는 수준이다. 대작이란 두 글자는 작품의 크기가 아니라 최고의 성취를 가리킨다. 이중섭은 통영에서 소를 완전히 새롭게 그려보리라 결심했다. 고흐가 아를에서 전혀 다른 해바라기를 선보였듯이.

1950년 12월 원산에서 부산으로 내려와 머문 첫 동네가 우암동 적기수용소였다. 일제강점기에 일본으로 송출되는 소들이 임시로 머문 곳이다. 소 한 마리가 겨우 들어가는 방에 피란민들이 뒤섞여 지냈다. 가마니나 판자나 종이 상자를 벽에 잇대 붙여 북풍을 피했다. 이중섭은 걸으면서도 앉아서도 또 누워서도 소를 생각했다. 하루에 열 번은 보통이고 백 번 넘게 생각한 적도 있었다. 수용소엔 소가 한 마리도 없었지만, 숨을 쉴 때마다 여물 냄새도 났고 소똥 냄새도 났고 방귀 냄새도 났다.

　　해방 전 이곳엔 바다를 건너 끌려가는 소로 가득 찼다. 오고 싶어서 온 소는 없었다. 매일 먹던 밥, 매일 딛던 길, 매일 보던 산과 나무를 떠나 수백 수천의 소가 끌려왔으니, 단 한 마리의 소도 행복하지 않았다. 소들의 불행이 똘똘 뭉친 수용소로 들어온 피란민의 삶도 행복할 리 없다. 소를 위로하는 그림이라도 한 장 그리고 싶었지만, 그 겨울엔 작업할 겨를이 없었다. 아내와 두 아들을 먹여 살리기 위해 무엇이든 해야 했다. 제아무리 멋진 그림을 그린들, 수용소엔 돈을 내고 그림을 살 사람이 없었다.

　　서귀포에 머물다가 부산으로 돌아오고, 아내와 두 아들이 일본으로 떠나고, 도쿄에 가서 짧은 재회를 마치고 다시 바다를 건너는 동안, 이중섭은 소를 생각했다. 제갈량이 적벽에서 바람을 기다리듯, 때를 기다렸다. 화구를 갖추는 날을 뜻하는 것은 아니었다. 아무리 좋은 붓과 물감과 종이가 있더라도, 졸작만 그리다가 스러진 화가가 얼마나 많은가.

통영으로 갈 마음을 굳히며 다짐했다. 소를 그린다. 소 곁에 사람이나 풍경을 두지 않는다. 사람에게 순종하는 소도 아니요, 사람을 위해 밭을 가는 소도 아니다. 한가로이 풀을 뜯는 소도 아니요, 외양간에 갇힌 소도 아니다. 소다운 소다. 네발로 땅을 딛고 어디든 간다. 막아서는 장벽엔 온몸으로 부딪친다. 고개 치켜들고 하늘을 향해 껄껄껄 웃는다. 자유다, 해방이다.

13

부산에서 들어오는 여객선과 여수로 나가는 여객선 혹은 부산으로 나가는 여객선과 여수에서 들어오는 여객선이 엇갈릴 때면, 배를 탄 승객은 물론이고, 강구안을 오가는 이들도 걸음을 멈추고 환호와 함께 손뼉을 쳤다. 그 장면을 찍기 위해 남망산에서 카메라를 삼각대에 올리고 몇 날 며칠 기다리는 사진가도 있었다. 경상도와 전라도를 오가는 배의 입출항 시간만 알면 쉽게 찍을 듯하지만, 그렇게 간단한 문제가 아니었다. 여객선이 일분일초의 오차도 없이 정해진 시간에 들거나 나는 경우가 드물 뿐만 아니라, 엇갈리는 찰나를 포착하더라도 그 장소가 항구의 중앙이 아니라 왼편이나 오른편으로 기운 경우가 대부분이었다.

이중섭과 남대일을 태운 배가 사진사들도 탐낼 만큼

통영항 앞바다 한가운데에서 여수로 가는 배와 엇갈렸다. 통영에서 대향 선생님이 멋진 그림을 많이 그릴 징조라고 남대일이 좋아했다.

　여객선이 강구안 통영해운공사 앞 잔교에 닿았다. 홋줄로 묶어 고정해도 잔교와 배 사이엔 틈이 있었다. 승객들이 편히 하선하도록 길쭉한 디딤판을 놓았다. 남대일이 차부(車部)까지 뛰어가선 리어카를 빌려 왔다. 곧 떠날 버스가 부르릉거리며 시커먼 연기를 기침하듯 토했다. 그 옆 공터엔 운행을 기다리는 두 대가 나란했다. 버스는 고성은 물론이고 멀리 진주까지 오갔다. 유강렬은 부산에 갈 때마다 공예품과 재료를 배에 잔뜩 싣고 돌아오는 통에, 차부에서 리어카를 빌려 쓰기로 하고 미리 값을 치렀다. 승객들이 모두 내릴 때까지 기다렸다가, 이중섭과 남대일이 앞뒤로 서서 그림들을 옮겼다. 이중섭이 리어카를 끌겠다고 했지만, 남대일은 양보하지 않았다. 돌부리가 튀어나오고 팬 곳이 많아 자칫하면 다친다는 것이다.

　"토영에 오싰으니까예. 인자 뭐든 지한테 시키시믄 됩니더."

　양손에 침을 퉤퉤 묻힌 뒤 힘껏 리어카를 끌었다. 강구안 삼거리에서 오른쪽 차부로 올라가거나 왼쪽 통영극장으로 꺾지 않고, 골목으로 곧장 5분만 가면 나전칠기기술원 양성소였다. 남대일은 보름 전 그 골목에서 짐꾼 하나가 칼에 찔려 숨진 사건을 기억해 냈다. 도박 빚을 지고 도망 다닌, 함안에서 온 사내라고 했다. 살인범은 빚쟁이 중 하나겠지만 경찰은 수사를 서두르지 않았다. 객사한 망자의 기운이 이중섭에게 드리우기를 원하지 않았던 남대일은 다른 골목을 택했다.

삼거리에서 고개를 반만 돌려, 뒤따르는 이중섭과 눈을 맞췄다. 골목으로 들어가지 않고 통영극장 방향으로 도는 까닭을 멈춰 설명할까 고민했지만, 고개를 저은 후 계속 걸음을 뗐다. 통영에 이주한 첫날부터 살인이란 단어를 입에 담고 싶지 않았다.

부두를 따르다가 아카다마(赤玉)와 통영극장 사이 골목으로 들어섰다. 아카다마는 1930년대부터 네온사인 간판을 내건 카페로 유명했지만, 지금은 전소되어 형체도 남지 않았다.

긴장한 채 골목 좌우를 살피며 걸었다. 불길한 물건이나 불운한 사람이 보이면 방향을 틀어 피할 작정이었다. 양성소가 가까워지자, 걸음을 늦추며 고개를 돌렸다.

"얼쭈 다 왔심……."

이중섭이 보이지 않았다. 양성소 2층에서 누군가 부챗살처럼 팔을 휘저었다. '정밀' 유강렬이었다. '정밀 묘사'라는 교과명에서 따온 별명에는 긍지와 두려움이 함께 담겼다. 대한민국에서 '정밀 묘사'를 가르치는 유일한 학교를 다닌다는 긍지에, 제대로 그리지 못할 때마다 날아드는 불호령에 대한 두려움이 겹쳤다. 유강렬은 리어카에 실린 그림들과 건너편 골목을 번갈아 가리켰다. 양성소 강사들을 위해 잡아 놓은, 이제부턴 이중섭이 기거할 방이 그곳에 있었다.

남대일은 나무 계단을 오르내리며 그림들을 2층 다다

미방으로 나른 뒤 양성소 앞으로 다시 뛰어갔다. 검정 셔츠만 걸친 유강렬 곁에 도쿄 가와바타 미술학교를 졸업한 통영 출신 첫 양화가(洋畵家) 김용주가 서 있었다. 양복에 넥타이까지 매고 베레모를 쓴 모습이 공개 강연이라도 마치고 온 듯했다. 유강렬이 물었다.

"중섭 형니메는?"

남대일이 턱을 들고 거친 숨을 몰아쉬며 말했다.

"금세 모시고 오겠심더."

왔던 길을 되돌아갔다. 통영극장 입구에서 365일 엎드려 구걸하는 거지 할배 앞에 섰다. 한때는 통영에서 멸치 그물을 가장 흥겹게 터는 선부였는데, 일본군 군마에 등을 밟힌 뒤 두 다리를 못 폈다. 힘자랑하는 놈들이 그 자리를 탐냈지만 선부들이 나서서 지켜 줬다. 땅에 이마를 박고도 행인의 귓불 모양까지 살폈기에, 별명이 눈 넷 달린 방상시였다.

"방상시 할배요! 우리 중섭 선생님 못 보셨십니꺼? 요 코밑으로 수염을 길렀고예. 이마가 들나게 머리를 넘겼는데 단정하게 빗은 건 아이라예. 눈이 억빨로 깊고 쫌 슬픕니더. 지가 끄는 리어카를 따라오고 계셨심더."

방상시 할배가 뼈만 앙상한 팔을 들어 동충 쪽을 가리켰다. 남대일이 부두에서 통영극장 골목으로 방향을 꺾었을 때, 이중섭은 잔교에서 기다리던 승객들을 지나 동충으로 곧장 내려간 것이다. 도쿄에서 아내와 두 아들을 만나고 돌아온 새벽처럼, 늘어선 어선들을 보고 싶기라도 했을까.

숨바꼭질은 거기서부터 시작되었다.

동충 선부들은 답을 주지 않았다. 그물 손질에 힘을 보태라며, 농담 반 진담 반 손목을 쥐려는 그들에게서 가까스로 달아났다.

통영 사람들은 아직 이중섭이라는, 평안도 사투리가 심한 화가를 몰랐다. 키와 얼굴 생김새와 낡은 회색 점퍼에 대해 꼼꼼하게 설명해도, 돌아오는 대답이 신통치 않았다. 말을 섞은 적 없으니 평안도 사투리를 쓰는지 모르겠고, 자주 빨지 않아도 티가 나지 않는 회색 점퍼를 입고 돌아다니는 사내가 강구안에만도 백 명이 넘었으며, 담배를 꼬나물고 심각한 표정으로 서 있는 사내 역시 그 정도는 되었다. 이름과 주소와 통영에 일가친척이 사는지 되묻고는 고개 저으며 돌아서거나 애매하게 말끝을 흐렸다.

"여를 지나 저짝으로 간 것도 같고⋯⋯."

"자꾸 물어싸니 갤차는 주는데, 글마가 아이라도 내는 책임 못 진다."

"사진 읎나? 여까지 피난 온 이북내기가 어데 한둘이가? 화가라믄 귀에 붓이라두 꽂았나?"

물어물어 도착한 곳이 1945년 8월 15일 해방을 기념해 만든 해방다리였다. 해저터널이 있는 서쪽으로 향하지 않고 동쪽으로 꺾은 다음, 통영읍사무소를 지나고 대흥전기를 통과했다. 길 건너 소방서를 바라보며 잠시 숨을 고른 뒤 선창골로 접어들었다. 시인 김상옥이 나고 자란 동네였다. 골목 끝에서 서피랑 비탈길로 접어들면 화가 김용주의 집이 나왔다. 강구안이 한눈에 내려다보이는 이 집으로 열 번도 넘게 심부름을 왔었다. 그곳까지 지나서 가파른 비탈을 헉헉대며 올랐다. 서피랑이었다.

늦가을바람이 차가운데도, 두 노인이 배수지 입구 복숭아나무 아래 평상에 마주 앉아 바둑을 두고 있었다. 남대일의 질문이 끝나기도 전에, 나뭇가지에 걸어 둔 지팡이를 들어 가리켰다. 낯선 사내가, 충렬사래 어드러케 갑네까, 라고 물었다는 것이다.

충렬사에 도착했다. 구멍가게에서 이른 저녁을 혼자 먹던 아낙이 구운 개불부터 손으로 집어 남대일의 입에 넣어 줬다. 부산항을 떠나기 전 신문지에 싸서 받은 군고구마가 그날 요기한 전부였다. 개불을 다섯 개나 연달아 먹었다. 밥까지 한 그릇 내오겠다는 것을 사양하고 이중섭의 인상착의와 말투를 설명했다. 아낙은 딱 봐도 시인이나 화가처럼 훤칠한 사내가 붉게 젖은 눈으로 와선, 세병관이래 어드러케 갑네까,라고 물었다고 했다.

대숲을 지나 통영국민학교 운동장을 건너니 곧 세병관이었다. 관광객들이 세병관 너른 마루에 앉거나 건물을 빙빙 돌며 이야기를 나누고 있었다. 통영법원까지 갔다가 세무서로 내려왔다. 봉래극장에서도 수확이 없으면 양성소로 돌아가기로 마음을 정했다. 늦가을과 어울리지 않는 미선(尾扇)과 칠선(漆扇)을 극장 앞에 펼쳐놓고 팔던 노인이 이중섭과 비슷한 말투로 알은체를 했다.

"만낫디. 피안남도 평원군에서 태어낫다디야. 내래 고향이 안주구, 안주 밑이 바로 평원 아니니! 평원 강룡산 기슭 법흥사두 세 번이나 놀러갓대야. 통영서 평원이나 안주 사람 만난 게 처음이야. 술이라두 받아 둘까 햇는디 차차 하자더라고. 바다가 한눈에 내려다보이는 곳이 어디메냐 묻기에 안뒤산을 가르쳐줫디. 만난 기념으루, 내래 안뒤산에서 강구안을 바라보며 그린 부채를 줘서. 안주서는 솜씨 좋단 소릴 들엇거든. 돈은 아니 받앗디. 고향 사람끼리 돈 받고 기리는 거 아니디야."

세병관으로 되돌아가선 안뒤산을 올랐다. 북포루 터가 그 산에 있었다. 바람이 사나워지자, 직박구리와 참새가 덩달아 시끄럽게 울었다. 시린 얼굴을 막아 줄 나무라곤 거의 없는 민둥산이었다. 땔감으로 잘려나가지 않은, 비스듬히 눕다시피 한 소나무에 기대 가쁜 숨을 골랐다.

여객선이 나고 드는 부두에는 전등이 벌써 드문드문 빛났다. 강구안으로는 낮배뿐만 아니라 밤배도 들어왔다. 통영에 정박해 밤을 보낸 후 이른 새벽 떠나는 배들이었다. 통영은 노을이 지면 행인이 급격히 줄어드는 여느 항구와 달리 늦은 밤까지 전등을 훤히 밝힌 채 밥과 술과 차를 팔았다. 12월로 접어들면 드럼통을 반으로 잘라 장작을 넣곤, 군데군데 불을 피워 추위를 녹이기 시작할 것이다.

"머 할라고 기올라오노? 해 널찐다. 퍼뜩 도로 내리가라!"

나무를 두 짐이나 묶어 지게에 올린 나무꾼이 작대기로 꿀밤이라도 먹일 시늉을 하며 막아섰다. 또래거나 많아야 한두 살 위로 보였다. 남대일은 순순히 물러나지 않고 이중섭의 생김새를 설명했다. 모른다며 무시하고 내려가려는 나무꾼의 코앞에 종주먹을 들이대며 소리쳤다.

"니 머 아는 거 있제? 함 붙으까?"

나무꾼이 귀를 막더니 금방 꼬리를 내렸다.

"하이고, 시끄러버라! 기창 떨어지겠다. 산신령님 단잠 깨부믄, 장가도 못 가고 몽다리구신으로 디진다."

바지 앞섶에 왼손을 집어 넣어 반으로 접은 종이를 꺼냈다.

"아나! 화간지 먼진 모르겄는데, 세병관서부터 숨차 뒈지겄다 캐서, '지게 작대기를 붙잡을소' 하고 끌고 올라왔제. 선물이라고 주대. 내가 나무하는 사이 그린 기라고. 그림 속 피랑엔 우째 가는지 물어서, 갤차 줬다."

도와준 보답으로 수첩에 연필로 그린 스케치를 찢어 건넨 것이다. 부두엔 잔교가 셋이었고 남망산 뒤로 솟은 벼랑은 동피랑이 분명했다.

어둠이 깔리는 속력만큼이나 걸음도 빨라졌다. 뛰다시피 내려오다 세병관을 코앞에 두고 기어이 고꾸라졌다. 돌부리는 용케 뛰어넘었는데, 튀어나온 소나무 뿌리에 발이 걸린 것이다. 이마에 주먹만 한 혹이 생겼다. 피멍 든 무릎을 만질 사이도 없이 일어나 달렸다.

통영경찰서를 멀리 오른쪽에 두곤 동피랑으로 곧장 올라갔다. 수십 번 다닌 골목인데도 오르다가 서고 또 오르다가 섰다. 비탈길을 타기 시작할 때 벌써 어둠이 깔렸다. 표식처럼 기억해 둔 벽에 간 금이나 키 작은 나무나 문패가 전혀 보이지 않았다.

골목골목을 살피며 정상까지 오른 후 머리를 감싸 쥐었다. 이중섭이 동피랑 가는 법을 물었다지만, 여기로 오지 않았을 수도 있다. 비탈과 언덕과 고갯길에 익숙한 통영 사람도 서피랑과 안뒤산과 동피랑을 하루에 전부 오르진 않는다. 서피랑을 거쳐 안뒤산으로 향할 때 이미 지쳐서 지게 작대기를 붙들었다질 않는가.

동피랑에서 밤바다를 바라보며 앉았다. 오늘따라 잔교 앞 가게들에서 뿜어내는 불빛이 그윽했다. 부산에서 통영까지 오는 내내 오줌을 참으며 그림을 지켰고, 여객선에서 내리자마자 리어카에 실어 끌었으며, 숙소로 잡아 둔 다다미방을 오르내리며 옮긴 다음, 사라진 이중섭을 찾아 피랑들과 안뒤산을 돌았다. 미륵도 고인돌에 가슴을 눌린 듯 답답한 하루였다.

'좌우간 가야디?'

눈을 떴다. 남대일은 자명종도 소용없을 만큼 잠귀가 어두웠지만, 이중섭의 목소리에 깬 것이다. 혹시 곁에 있는가 싶어 주위를 살폈다. 날파람 소리만 써늘했다.

통영우체국 옆 호심다방을 확인한 후 지난봄 3인전을 열었던 성림다방으로 갔다. 피랑들과 안뒤산을 오르내리느라 지친 이중섭이 다방에서 커피와 담배를 동무 삼아 쉴 법도 했다. 부산을 떠나올 때도 예닐곱 군데 다방을 돌며 석별의 정을 나누지 않았던가. 통영으로 넘어온 첫날, 다방에서 덕담을 주고받는대도 이상한 일이 아니었다. 호심다방에 홀로 앉아 음악 감상을 하던 시인 김상옥이나 성림다방에서 이야기꽃을 피우던 화가 장윤성과 옻칠 장인 안용호는 이중섭이 오늘 통영에 들어온 사실조차 몰랐다.

남대일은 터덜터덜 차부까지 내려와선 부두로 향했다.

74

잔교 앞 식당과 가게, 그리고 중앙시장으로 들어서는 입구엔 전등이 여전히 반짝였지만, 오가는 사람은 확실히 줄었다. 머지않아 자정이 될 것이고, 그때부턴 새벽 4시까지 통행금지였다. 통영경찰서의 통행 허락 도장을 손등에 받지 않은 사람은 누구든 체포되어 유치장에 갇혔다. 야간 통행이 필요한 특별한 사정이란, 여객선이 자정 넘어 도착한다거나 오전 4시 이전에 출항하는 경우였다. 밥도 먹어야 하고 잠자리도 구해야 하기에 경찰서에서 편의를 봐준 것이다.

오늘은 밤배가 들어오지 않았기에 행인이 더더욱 적었다. 낮에 이중섭과 함께 탔던 배가 닿았던 잔교 입구에 섰다. 옷깃을 세우고 아주 가끔 종종걸음으로 지나치려는 이들에게 시간을 물었다. 11시부터 자리를 지켰다. 코끝이 빨개지고 손발까지 얼어붙었지만, 발을 구르지도 손에 입김을 불어넣지도 않았다. 주먹을 쥐었다 폈다 하면서 행인들을 쳐다보고 또 쳐다봤다. "열한 시이 오십 부운!"이라고 답한 후 중앙시장까지 종종걸음으로 뛰어간 소년은 건어물집 점원이었다. 가게 뒷방에서 숙식을 해결한다고 들었다. 이제 10분밖에 남지 않았다. 빗방울이 뚝뚝 듣기 시작했다.

10분이 지나면 경찰들이 부두와 골목을 돌아다니면서 통행금지 위반자를 붙잡을 것이다. 통영이 처음인 사내 중 몇몇은 경찰보다 빨리 달아날 자신이 있다며 허풍을 떨었다. 경찰은 동피랑과 서피랑 사이 길이란 길은 모두 외웠으며, 잔멸치 한 마리도 빠져나가지 못할 만큼 촘촘하게 그물망을 짰다. 초행인 외지인은 몇 골목 지나기도 전에 경찰과 맞닥뜨렸다. 발에 걸려 넘어지고 옆구리나 턱을 얻어맞아 나뒹굴었다.

11시 55분. 통금까지 5분이 남았을 때, 남대일은 미간을 찡그리고 귓바퀴를 비틀다가 주먹으로 제 이마를 쳤다. 혹을 건드리는 바람에 터진 비명을 양손으로 막았다. 부두에 머물 수 있는 때는 여기까지였다.

양성소로 통하는 골목을 내달렸다. 덴바람에 사선으로 날리는 비가 언 뺨을 때리고 또 때렸다. 2분도 채 지나지 않아 양성소 건너 아틀리에에 도착했다. 계단을 올라간 남대일은 방문 앞에 서서 심호흡을 한 다음 말했다.

"댕기왔심더."

방문이 덜컥 열렸다. 문고리를 잡은 유강렬이 도끼눈을 뜨곤 호통부터 쳤다.

"어드메 게바라댕기다*가 이제사 오니?"

대구탕 냄새와 함께, 술상에 둘러앉은 김용주와 이중섭의 불그레한 얼굴이 보였다. 해삼통지짐과 파래무침과 호래기젓을 안주 삼아 환영주를 마시는 중이었다. 남대일은 이중섭과 눈이 마주치자마자 눈물부터 쏟았다.

"울레비**라구 봐줄 것 같슴메?"

김용주가 유강렬의 팔을 잡아끄는 사이, 이중섭이 남대일을 곁에 앉혔다. 숟가락을 쥐여 주며 제 앞에 놓인 대

* 돌아다니다
** 울보

76

구탕을 밀었다.

"싹싹 다 먹으라!"

남대일은 흐르는 눈물을 손등으로 훔쳤다. 서러움이 북받쳐 더듬더듬 말했다.

"셋 다 올라갔는데…… 선생님이 안 기셔서……."

유강렬이 화가 풀리지 않는 듯 꾸짖었다.

"뚝 그치라! 뭘 잘했다구……."

이중섭이 끼어들었다.

"고만하라. 대일이래 구루마를 힘껏 끈 죄밖에 없어. 내래 고분고분 따라갔으문 이 아쎄끼 재밤둥까지 통영 바닥을 헤매진 않았을 거 아니가. 가마구를 본 게요. 여섯 마리나 어선들 많은 동충으로 날아갔디. 참 묘했어! 일렬로 나는 가마구, 용주 형님은 보신 적 잇으십네까? 없디요? 이 아우두 처음이야요. 지난 번 왔을 때부터 갈매기두 아니고 가마구래 전선에 쪼론히 앉은 거이 참 신기햇디요. 밑그림두 스무 장 넘게 햇는데 미완성입네다. 반갑기두 허구 희한하기두 해서 따라가다 보니, 이레 된 겁네다."

남대일의 흐느낌이 잦아들었다. 소라 등잔 아래 김이 모락모락 올라오는 대구탕에 군침이 돌았다. 이중섭이 젓가락으로 해삼통지짐을 집어 내밀자 목 없는 개구리처럼 냉큼 입에 넣었다. 세 화가가 동시에 웃음을 터뜨렸다. 대구탕을 깨끗이 비운 후 해삼통지짐을 일곱 개나 먹었다. 이중섭은 낮 3시부터 밤 12시까지 자신을 찾아 통영을 헤맨 소년의 왼쪽 무릎 아래에 스케치북을 두었다. 수저를 내려놓고서야 스케치북을 발견한 남대일이 눈으로 물었다. 이중섭은 고개 돌려 벽에 쌓아 둔, 스무 권이 넘는 스케치북을 보며 말했다.

"유 선생이 부주런히 손 풀라구 마련햇디."

"……지꺼정 합니꺼?"

세 화가가 또 함께 웃었다.

14

통영은 붉다. 이렇게 밝히면 대부분 고개를 젓는다. '통영은 푸르다'를 잘못 말한 것이 아닌지 묻는 이도 있다. 이중섭도 통영을 방문객으로 오갈 때는 푸르름에 압도되었다. 전혁림의 그림에서 넘쳐나는 파랑이 과장이 아니라며, 기분 좋게 술잔을 기울였다. 부산에서 그림을 싣고 강구안에 내린 다음 날 새벽, 통영이 붉은 항구란 사실을 목도했다. 늦게까지 마신 환영주에 목이 말라 깨지 않았다면, 숙취로 두통이 심해 바람이라도 쐬자 싶어 산책을 나서지 않았다면, 밤길이 서툴러 되돌아오지 못하고 헤매다가 남망산에 닿지 않았다면, 비가 그치지 않았다면, 중절모를 눌러쓰고 목도리까지 두른 사내가 오르막을 경쾌하게 앞서 걷지 않았다면 통영의 새뜻한 붉음을 영영 몰랐을 것이다.

통영이 붉다고 하면, 당연한 듯 고개를 끄덕이는 이들도 있다. 저녁놀을 살피기 좋은 해안 몇 군데를 짚어 주기도 한다. 이중섭 역시 해가 서쪽 바다로 뉘엿뉘엿 진 뒤 붉게 물드는 바다를 본 적은 여러 번이었다. 낮술에 취해, 일거리를 얻지 못하고 귀가하던 부산과 서귀포의 저녁들이여! 하늘도 우는구나 싶어 눈시울이 뜨거워졌다.

이중섭이 발견한 통영의 붉음은 저녁이 아니라 새벽이고, 해가 진 뒤가 아니라 뜨기 전이다. 동쪽 바다로 해가 올라오기도 전에 밤을 지배하던 검정이 분홍으로 바뀌었다.

새벽마다 어김없이 그 빛깔이 등장하는 것은 아니다. 비가 그치고 구름이 아직 하늘을 덮고 있을 때만 마술이 일어난다. 섬은 여전히 검고 해가 떠오를 자리엔 노란 기운만 감도는 탓에, 분홍 구름이 갑작스러울 수밖에 없다. 항구에선 해가 보이지 않지만, 그 빛이 구름에 먼저 닿은 것이다.

구름에 거울을 들이댄 듯 바다 역시 붉다. 하늘의 분홍보다 훨씬 짙어 활화산의 용암과도 같다. 살갗은 물론이고 근육도 뼈도 삽시간에 녹일 듯하다. 파도가 칠 때마다 붉은 기운이 출렁이며 번진다. 새벽 조업에 나선 어선이 지나가기라도 하면, 바다에 그려지는 붉은 궤적이 보는 이의 마음에 흉터처럼 남는다. 없애거나 가리는 것은 불가능하다. 일출 이전이 일몰 이후보다 붉은 항구, 통영.

15

아틀리에, 쉽게 옮기자면 작업실이다. 오산학교 다닐 때부터 지금까지, 이중섭은 관심 가는 화가의 그림을 모조리 찾는 것은 기본이고, 아틀리에까지 알고자 책과 사진을 두루 모았다. 자료를 구하지 못했을 때는, 화집을 몇 번이고 찬찬히 보며 상상한 아틀리에를 머릿속으로도 그리고 종이 위에도 그렸다. 밀레, 고흐, 루오, 마티스, 피카소의 아틀리에를 거닌 밤들이여! 프랑스로 가고 싶은 이유 중 하나가 화가들의 아틀리에를 방문하기 위해서였다.

도쿄에서 유학할 땐 하숙집 크기에 맞춰 화구와 서책을 적당히 배치했다. 원산에 돌아가서야 비로소 자기만의 아틀리에를 만들었다. 형의 후원이 풍족했기에 무엇이든 양껏 갖출 수 있었다. 아틀리에를 꾸린 뒤에도 다른 화가들의 아틀리에를 염탐하고 몽상하는 취미는 여전했다.

부산과 서귀포에선 아틀리에가 없었다. 끼니도 챙기지 못하는 형편에 개인 작업실을 갖는 건 불가능했다. 다방이든 주점이든 여관이든 수용소든, 어디에서라도 그렸다. 작업을 방해받을 때도 많았다. 적기수용소 막사 귀퉁이에 엎드려 골판지에 원산 풍경을 그리다가, 흥남에서 밀어닥친 피란민들과 겹쳐 누워 억지로 칼잠을 청한 겨울. 고사리를 나눠 준 마음이 고마워 초상화를 그리다가, 식구들 점심을 챙겨야 한다며 가 버린 서귀포 아낙의 봄. 은지에 송곳으로 아이들을 부지런히 새기다가, 다방 영업시간이 끝나는 바람에 쫓겨난 광복동의 여름. 형편이 나은 친구 집에 빌붙어 밤새 유화로 굴뚝 두 개를 그린 뒤 아침까지 얻어먹고 동네를 한 바퀴 돌고 왔더니, 돌을 갓 지난 아기가 마분지를 쫙쫙 찢어 버린 가을.

아틀리에는 작업하는 곳이자 작업의 결과물인 그림을 안전하게 보관하는 곳이다. 누구를 들일 것이고 누구를 막을 것인지도 화가가 정한다. 아틀리에를 갖췄다면 누렸을 기본 권리가 부산과 서귀포의 이중섭에겐 없었다.

김환기를 비롯해 부산에서 어울리다가 떠난 화가들은 너나없이 서울행을 권했다. 이중섭은 상경해도 아틀리에를 꾸릴 돈이 없었다. 부산이나 서귀포에서처럼 동가식서가숙해선 원하는 경지에 이르지 못한다. 누추하지만 아틀리에를 마련해드릴 수 있다고 유강렬이 장담했을 때, 이중섭은 통영으로 갈 뜻을 굳혔다. 강구안에 아틀리에를 차리고 그림의 바다에 풍덩 빠지기로 한 것이다.

16

그림이라는 나라로 들어간 후 만나는 여섯 번째 바다였다. 정주의 바다 원산의 바다 도쿄의 바다 부산의 바다 서귀포의 바다, 그리고 통영의 바다. 일곱 번째는 파리 근교 르아브르나 마르세유와 이어진 아를이라면 어떨까. 그 바다들이라면 언제나 화구 상자를 어깨에 메고 휘청휘청 내려갈 수도 있으리라.

이불을 걷어 내기 전 뱃고동이 늑대처럼 울었고, 신발을 골라 신기 전 갯내가 발바닥에서부터 올라왔다. 동이 트려면 세 시간은 더 기다려야 했다. 찬바람이 얼음송곳처럼 코끝을 찌르고 젖은 어구들이 유령처럼 담벼락에 기댄 골목을 따라 부두로 내려가도, 화구 상자에 든 물감을 꺼내 짜진 않았다. 연필이나 목탄을 쥐고 스케치북을 펼칠 수는 있겠지만, 단 하나의 선도 긋지 못한 날이 많았던 것이다.

이중섭은 충분히 돌아다니며 전체를 살핀 후에야, 풍경이든 정물이든 파고드는 스타일이었다. 넓고 깊은 바깥을 그림 안으로 응축시키고 싶었다. 갓밝이에 괭이갈매기 울음을 들으며 부두를 어슬렁거리는 것도 작업의 일부였다. 오산학교에 다니던 정주부터 그랬고, 원산을 거쳐 도쿄에선 산보 시간이 훨씬 늘었다. 온종일 걷고 와선 연필을 쥔 채 도화지만 쳐다보다 잠들곤 했다.

부산과 서귀포에서도 걸었다. 침묵의 산책이었다. 이중섭이란 인간을 속속들이 아는 아내 이남덕에겐 입을 열 필요가 없었다. 빛과 어둠의 흐름을 따라 걷다가 관심 가는 존재를 발견하면 그것이 생물이든 무생물이든, 오래 곁에 머물렀다. 다음 날 또 간 적도 많았다. 제자리에 서 있기만 한 것은 아니다. 물러나기도 하고 돌기도 하고 다가서기도 했다. 만지기도 하고 냄새 맡기도 했다. 지는 해와 뜨는 달을 연이어 바라보았다. 노력에 비해 완성작이 너무 적다는 지적을 받았지만, 완성할 그림이 어느 화가보다 많다며 웃어넘겼다.

자랑 같아 더더욱 숨겼지만, 1945년 5월 이남덕과 결혼한 후 1950년 12월 부산으로 내려올 때까지, 원산의 바다는 풍요로웠다. 정주와 도쿄에선 실력을 발휘하더라도 어디까지나 학생이었다. 대담한 시도는 졸업한 후에 천천히 해도 늦지 않다는 비판이 충고랍시고 따라다녔다. 1945년 4월 바다를 건너온 이남덕의 용기로 원산에서 부부가 된 후에야 모든 것을 갖춘 셈이다. 형의 후원은 충분했고 어머니의 격려는 든든했으며 아내의 사랑은 뜨거웠다. 온전히 그림에만 매진한 나날이었다.

작품들을 후송선에 싣고 내려오지 못했더라도, 화가로 단련된 몸과 마음은 사라지지 않았다. 남쪽 항구에서 독주를 곁들여 평안도와 함경도에서 인연을 맺은 화가들과 나눈 이야기도 대부분 원산에서 이룬 성취에 관한 것이었다. 부산과 서귀포와 다시 부산에서 머문 기간은 3년 남짓이다. 3년이란 기간이 짧진 않지만, 배우고 익혀 도달한 감각을 잃을 만큼 긴 시간도 아니었다.

어느새 동충이었다. 여름에 아내와 두 아들을 만나고자 떠난 곳이면서 홀로 돌아온 곳이다. 어선들이 바다사자처럼 늘어섰고, 선부들은 그물을 비롯한 어구를 총총걸음으로 배에 실었다. 해동광유사와 이수성 석유상사의 기름배들이 바삐 옮겨 다니며 어선에 기름을 채웠다. 출항하고 싶어 안달이 났달까. 갑판의 불빛들이 흔들릴 때마다 삐걱대는 소음과 함께 온갖 그림자가 춤을 추었다. 피랑도 섬도 바다도 하늘도 춤판에 끼었다.

화구 상자를 내려놓고 스케치북을 펴 들었다. 떠나기 시작한 배들 너머로 여덟 폭 병풍처럼 늘어선 섬들은 옅게 밝거나 짙게 어두웠다. 너절한 화가를 위해 일상을 접고 새벽부터 자세를 취해 줄 선부는 없었다.

담배를 두 개비 연거푸 피운 뒤, 연필을 고쳐 쥔 다음 그리기 시작한 것은, 사람도 아니고 배도 아니고 섬도 아닌 바다였다. 등대에 얼핏 비친 바다도 아니고, 어선이 지나간 뒤 물결과 함께 밀리는 바다도 아닌, 단잠에 빠졌다가 막 깨어난 바다. 핏발 선 눈을 닮고 억겁을 듣는 귀를 닮은 바다. 누군가에겐 아무것도 주지 않지만 누군가에겐 전부를 내주는 바다. 일곱 번째 바다로 이끌 바다. 그물질하듯 매일 그릴 바다. 고흐의 밀밭으로 바뀌는 바다, 세 개의 십자가가 우뚝 선 루오의 골고다 언덕만큼 높은 바다, 드가의 춤이기도 하고 마티스의 음악이기도 하며 세잔의 원통과 원추와 구체(球體)이기도 한 바다. 그 모든 바다에 젖으면서 또한 아무것도 담기지 않은, 통영의 첫 새벽 바다.

17

이중섭의 숙소 겸 작업실인 아틀리에는 양성소 맞은편 골목에 있었다. 유강렬은 애초에 그 방을 강사들을 위해 구했다. 장윤성과 유강렬, 통영이 고향인 김용주와 전혁림, 진주의 박생광 등이 어울렸다. 유치환과 김상옥과 김춘수 등 시인들이 오가기도 했다.

스케치북은 이중섭의 분신이다. 잘 때도 머리맡에 뒀다가, 꿈에 매력적인 장면이 나타나기라도 하면 급히 당겨 펼쳤다. 유강렬과 김용주도 작품 욕심이 많았지만, 이중섭처럼 밑그림에 치중하진 않았다.

저녁을 먹은 후엔 주섬주섬 점퍼를 챙겨 입고 아틀리에를 나섰다. 통금 전엔 대부분 돌아왔고, 새벽까지 귀가하지 않은 날은 손에 꼽을 정도였다. 코와 뺨은 물론이고 긴 턱과 목까지 볼그댕댕했다. 강구안에 들어찬 주점에서 술잔을 기울인 것이다. 김기섭이나 김용제처럼 이중섭의 그림을 아끼고 후원하는 유지들의 초청을 거절하긴 어려웠다. 부산이나 서귀포에선 밤을 꼬박 새우며 대취한 뒤 내키는 대로 몸을 뉘었지만, 통영에선 술은 마시되 주량을 줄였고, 술자리는 가되 주점에 머무는 시간을 미리 정했다. 다음 날 새벽 작업에 지장을 주지 않으려는 노력이었다. 부산에서 이중섭과 어울린 적이 있는 화가와 문인은 이 결심을 순순히 받아 주지 않았다. 한 잔 더 마신다고 걸작이 졸작이 되느냐고도 했고, 하루 더 쉰다고 풍경이나 정물이 달라지냐고도 했다. 소매를 붙들거나 허리춤을 잡거나 술잔을 억지로 들렸다. 취흥의 즐거움과 우정의 안온함을 누구보다도 잘 아는 이중섭이지만, 소리 없는 웃음만 남기곤 자리를 떴다.

달라진 점을 하나 더 꼽자면, 주점까지 수첩을 들고

가선 때때로 연필을 놀렸다는 것이다. 부산 국제시장 옆 광복동 다방들을 전전할 때도 은지화를 그리긴 했지만, 주점으로 옮긴 뒤엔 술과 이야기에만 빠져들었고, 연필이나 수첩을 꺼낸 적은 없었다.

스승을 기다리다가 잠든 남대일이 놓친 변화가 하나 더 있었다. 돌아온 이중섭이 취한 몸을 뉘는 대신 스케치북을 다시 편 것이다. 낮에 마무리한 작품을 보강하거나, 주점에서 수첩에 끼적인 스케치를 옮겨 그리며 변주했다. 취기에 연필이 떨리고 목탄이 흔들려도 멈추지 않았다. 주점에서 술잔을 앞에 두고 떠오른 생각과 느낌을 다음 날로 넘기지 않으려는 것이다. 곱씹으며 최대한 미루던, 시간에 구애받지 않던 시절과는 확연히 달랐다.

화마(畫魔)에 걸렸다는 풍문이 돌았다. 그림 지옥에 빠졌다고도 했다. 그림 천당이라고는 하지 않았다. 식전꼭두부터 저물 무렵까지 통영을 돌아다니며 모은 밑그림을 아틀리에로 가지고 돌아와 밤에 다시 그렸다. 새도 다시 그리고 나무도 다시 그리고 섬도 다시 그리고 바다도 다시 그렸다. 지칠 만도 한데 눈은 빛나고 팔은 힘찼다.

종일 떡비가 내려 아틀리에에서만 지낸 저녁, 볼락구이와 볼락김치에 밥 한 그릇을 뚝딱 비우고 한 그릇을 더 먹었다. 남대일이 유자차를 내오자 이중섭은 차향부터 맡았다. 콧등이 실룩대더니 입가부터 미소를 머금었다. 남대일은 눈치를 살피며 조심스럽게 물었다.

"우짜믄 선생님처럼 그립니꺼?"

이중섭이 연필을 거꾸로 집곤 스케치북을 톡톡 친 후

되물었다.

"유 선생 수업, 봄에 듣네?"

"'디자인'임더."

"열심히 들어."

"저번 봄에도 들었심더. 자꾸 생각을 하라고…… 뭐라 카더라…… 구상을 마이 하라 하셨심더."

담배를 피워 물며 불쑥 물었다.

"왜기가 어디네?"

"왜기가 뭡니꺼?"

남대일이 고개를 갸웃거리며 되물었다. 이북 사투리를 알아듣지 못하겠거든 무조건 질문하라고, 작년에 유강렬에게 배웠다. 좋은 게 좋다는 식으로 대충 짐작하고 넘겼다간 큰 문제가 생긴다는 것이다. 이중섭도 월남 후 이런 상황을 여러 번 겪은 듯 전혀 짜증을 내지 않고 알려줬다.

"왜기란 여기디."

"아, 왜기가 여기……란 뜻이라예! 왜기는 다다미방입니더…… 아틀리에지예……."

이중섭은 낯선 방에 처음 들어온 길손처럼 주변을 훑었다. 남대일도 침묵 속에서 그 시선을 따랐다. 이젤 두 개가 나란했고, 그 아래엔 화구 상자가 놓였다. 앉은뱅이 탁자엔 튜브에 든 물감들, 길이와 무게가 제각각인 붓 열 개, 연필 일곱 자루, 파카21 만년필 하나, 나이프, 기름통, 린시드유, 테레빈유가 동네를 이루듯 모였다. 펼치지 않은 스케치북들이 문 옆에 장작처럼 쌓였고, 방문과 창을 제외한 벽에는 통영에 도착한 날부터 작업한 그림이 스무 장도 넘게 붙어 있었다. 채색하지 않은 작품이 대부분이었다. 부산에서 가져온 완성작은 한 점도 걸지 않았다. 스케치북 옆엔 얼굴만 겨우 보이는 직사각형 거울을 두었고, 그 옆모서리엔 2단 책장을 끼웠다. 첫날엔 꽂힌 책이 한 권도 없었는데, 어느새 세우거나 눕힌 책이 스무 권을 넘었다.

"지옥에서 보낸 한 철."

"……지옥은 와예?"

"시 좋아하네?"

뒷머리를 긁적였다.

"김상옥 선생님이나 유치환 선생님이나 김춘수 선생님! 토영 시인들은 들어봤심더. 몽땅 강렬 선생님 뵈러 작년에 양성소로 오싰거든예. 강렬 선생님은 그분들께 염색한 천을 선물했고, 그분들은 강렬 선생님께 책을 드맀심더. 시집이라 카데예."

"읽으라우! 통영 세 시인두 좋구, 지용 시두 좋디. 내 친구 구상 시두 단단하구 정갈해. 불란서 시들은 놀랍디."

남대일은 눈살을 찌푸리며 고개를 시계추처럼 흔들었다.

"시를…… 와예?"

"발정난 개터럼 피랑과 바닷가를 다닌 니유를 알간?"

"어데서 그릴까 고를라고 허들시리 댕긴 거 아입니꺼?"

"복서과 문인과 화가, 공통 사항을 아네?"

"모릅니더."

"사각의 링에선 복서래 달아날 곳이 없구, 사각의 원고지에선 문인이래 숨을 곳이 없구, 사각의 도화지에선 화가래 물러날 곳이 없다."

이중섭이 박수를 짧게 세 번 끊어 쳤다.

"시인을 견자(見者) 즉 보는 사람이라 하디. 무슨것을 봔? 평범한 사람은 아니 보는 걸 본다 이거이야. 기렇게 본 걸, 글로 바꾸문 시인이구 그림으로 바꾸문 화가! 시인은 글 짓는 화가구, 화가는 그림 그리는 시인이다 이 말입네. 화가는 색깔에서 글자를 읽구, 시인은 글자에서 색깔을 본 다! A는 흑색이구 E는 백색이며 I는 적색이구 U는 녹색이 구 O는 청색이구, 불란서 시인 랭보래 말햇디. 시인이 모음 들의 색깔을 맨들 듯, 화가는 색깔들의 모음으로 이야기를 발명해 왔어."

"쌔삘린 나라 중에 와 하필 불란섭니꺼?"

"벨 에포크! 이십 세기 전후 불란서 수도 파리로 내로 라하는 화가들이 모여들엇디. 그림뿐만 아니구 시두 대단 햇어. 파리의 시를 읽으문 파리의 그림들이 보이구 파리의 그림들을 파헤치문 파리의 시가 들레. 화가로 살다 죽을 거문 파리로 건너가 겨뤄야디."

시인이나 화가가 모두 견자라는 설명을 듣자, 가슴이 벅차올랐다.

"파리로 모인 화가들도 책을 많이 읽었어예?"

이중섭이 고흐 화집을 꺼내 책갈피를 끼워 둔 곳을 펼 쳤다. 책들을 그린 정물화였다.

"요것들은 소설이디. 고흐두 미국 시인 월트 휘트먼 의 '콜럼버스의 기도'란 시를 애송하긴 햇디만, 시보다는 소설을 훨씬 좋아햇어. 에밀 졸라를 특히 아꼇디. 〈작품〉두

〈나나〉두 〈아소무아르〉두 통독했거든. 졸라가 글로 한 일을 고호는 그림으루 하구 싶엇다더만. 너두 탐독하구 싶은 시집부터 정하라. 고것들만 모아 고흐터럼 그레두 좋을 거야.”

남대일은 김춘수 시집부터 도전하기로 했다.

“안중 답을 안 하셨어예. ‘디자인’ 수업을 와 열심히 들으라는 겁니꺼?”

이중섭은 이불에 비스듬히 기댄 채 흑염소를 그리기 시작했다. 다리와 몸통과 머리를 완성하고 뿔을 그리려다가 스케치북을 덮고 자세를 고쳐 앉았다.

“유 선생이 여름에 작업해 국전에 낸 〈가을〉 본 적 잇네?”

“이 미터도 넘는 작품 말입니꺼? 심부름 해드리믄서 봤심더.”

“아플리케 기법! 바탕은 낙타지인데 사십 일이나 염색햇디. 그 위에 가죽과 천을 자르구 오려 홈질한 거이야. 〈가을〉엔 무슨것 담겟네?”

“해바라기 여섯 송이에다가 흑얌셍이가 세 마립니더. 작년에 강렬 선생님 모시고 피랑에 올라갔었거든예. 흑얌셍이들은 풀 뜯어 묵고 해바라기도 피고 그랬심더.”

“〈가을〉에 담긴 흑염소와 해바라기래 꼭 통영 피랑서 본 기걸까? 생각해 보라! 해바라기는 해바라기구 흑염소는 흑염소야. 둘을 묶어개지구 스케치하구, 아플리케 기법으로 오레붙에, 제목을 떡 하니 〈가을〉이라고 달앗디. 턴하만물을 다시 골라 짜는 거, 고게 바로 디자인이디! 사실이

90

사실로 머물디 않구 신사실(新事實)이 되는 니유이기두 해. 쉽디?"

"몽창시리 에렵심더. 머릴 써서 구상도 해야 하구, 풍경도 부지리 보러 댕기야 하구, 밑그림두 수십 장씩 그리야 하는데, 시꺼정 읽으라 이 말씀 아입니껴? 고걸 우예 혼자 다 합니껴? 눈알이 히뜩 디비질 판임더. 생지옥이 따로 읎네예."

"가르쳐 줄 선생 잇구, 배울 교실 잇구, 아틀리에에 연필과 물감과 종애래 함긍도 말로 수두구리한데*, 어케 여구메가 지옥이네? 하루하루 소중히 하라우. 지옥에서 보낸 한 철이 아니라 턴국에서 보낸 한 철이니까니."

18

통영에선 손재주 자랑 말라.

통영은 그렇고 그런 항구가 아니라 삼도수군통제영이 자리 잡은 곳이다. 조선 수군의 심장부이자 집결 항구이기에, 통제사부터 군졸에 이르기까지 의식주를 챙기는 것은 필수다. 공방이 관아에 붙었으니, 그 이름도 으리으리하게 열두 공방이다. 열둘은 아주 많다는 뜻이므로, 열두 공방에선

* 넉넉하다

못 만드는 물건이 없다. 부채며 장석이며 그림이며 가죽이며 철물이며 고리짝이며 생활용품이며 금은 제품이며 갓이며 목가구며 옻칠이며 자개까지 능통한 장인들이 제비꽃처럼 날렵한 손을 들어 보였다.

통영 선부들 손놀림은 또 어떠한가. 많고 많은 물고기 중에 작디작은 멸치를 잡아 올리는 솜씨는 여느 선부와 비교하기 어려울 만큼 정교하다. 촘촘한 그물을 엮고 고치는 손가락은 금강산을 수놓는 아낙보다 변화무쌍하고, "투망!", "투망!" 외치며 그물을 던지는 손목은 물 찬 제비보다 날렵하다. 그물을 올리며 멸치 터는 장단엔 얹지 못할 노래가 없다.

통영 예인들의 손짓은 또 어떠한가. 통영오광대의 춤은 웃길수록 슬프고, 유치환과 김상옥과 김춘수의 시편은 과감하되 품격 있다. 김용주는 양화(洋畫), 윤이상은 양악(洋樂)에 통영의 나날을 자유자재로 담았다.

통영에선 머리와 손이 따로 노는 이들을 최하로 친다. 말 대신 행동을 믿으며, 그 손으로 그 사람을 평한다. 재산도 학력도 품성도, 단련된 솜씨 앞에선 하찮다.

19

추녀 밑으로 들어선 이중섭은 어깨의 빗방울부터 털어냈다. 먼지잼이더라도 우산을 쓰라는 남대일의 권유를 마다하고, 점퍼만 걸친 채 타달타달 골목으로 나선 것이다. 그림 외엔 매사가 더딘 사람이었다. 눈과 비를 맞을 때도 느릿느릿 걸음을 떼면서 나릿나릿 눈을 맞추며 쭝긋쭝긋 귀를 기울였다.

나전칠기기술원 양성소로 들어섰다. 기다리던 유강렬이 손을 들어 보였다. 1층과 2층 모두 어둡고 고요했다. 개구리처럼 뛰고 참새처럼 재잘거리는 학생들을 상상하며 걸음을 뗐다. 코를 샐룩거리면서 좌우로 고개를 돌렸다. 오래되었으면서도 신선하고 비릿하면서도 거친 냄새가 뒤섞여 풍겼다. 아틀리에에서 흔히 맡던 종이와 물감 냄새와는 달랐다. 나무도 있고 칠도 있고 흙과 쇠와 전복과 조개도 있었다. 나전칠기를 완성품으로만 접했지, 재료를 가까이에서 볼 기회는 드물었다. 나무와 칠과 흙과 쇠에는 뭍의 냄새가 어렸고, 전복과 조개에서는 갯내가 묻어났다. 비까지 내려 냄새가 더욱 짙었다.

2층으로 올라가 창가에 서서 담배를 피웠다. 미리 약속한 아침 10시까진 15분이 모자랐다. 우산을 쓴 채 골목을 오가는 행인들을 내려다보며, 유강렬이 물었다.

"캔버스는 진짜 소용없슴까?"

"내래 종애가 펜해서 기래."

"물감 무게르 이기지 못해 너덜너덜 거리구 찢어질지두 모르지비. 요구하는 규격으 말씀합소. 2메터이 넘는 것두 됨다. 나무판 짜구 염색두 하니, 중섭 형니메 요구하는 캔버스 하나 더 맹그는 건 식은 죽 먹김다."

"필요하문 말하갓어."

김봉룡의 작업실은 1층 구석에 자리를 잡았다. 호기심 많고 뛰놀기 좋아하는 학생들도 그쪽으론 가지 않았다. 양성소는 도립이기에, 도지사가 당연직으로 소장을 맡았다. 부소장인 김봉룡이 일본과 구라파에서 거둔 성공을 모르는 학생은 없었다. 통영중학교에 다니는 또래들과 시비가 붙을 때마다 대회 규모나 성격을 정확히 모르면서도 김봉룡의 수상 경력을 또박또박 외웠다. 일천구백이십오 년, 프랑스 파리, 세계장식공예품박람회 은상. 일천구백이십칠 년, 일본 도쿄, 우량공예품전 금패.

김봉룡은 실톱을 쥔 채 두 사람을 맞았다. 작업 중에는 누구도 들이지 않았지만 유강렬만은 예외였다. 난로에 올려 둔 주전자에서 결명차를 따라 권했다. 이제 쉰두 살이지만, 칠순의 미소가 담긴 턱수염을 쓸었다. 이중섭은 2년 남짓 통영을 오갈 때 인사를 나누긴 했다. 김봉룡은 공교롭게도 그때마다 마감에 쫓겨 작업 중이었기에, 술잔은 다음에 기울이자며 안타까워했다. 작업실에서 마주 앉은 것은 오늘이 처음이었다.

통영 출신이 아닌데도, 이중섭은 말보다 손을 믿는 사람이었다. 예술가를 만나면, 눈을 맞추고 말을 붙이는 대신 고개를 숙인 채 들었다. 그 자세를 취하면 상대의 손이 보였다.

김봉룡은 손가락이 갈쭉하며 마디마디가 튀어나왔다. 크고 짙은 흉터가 손등에 넷, 손바닥에 둘, 손목에 하나 있고, 자잘하고 희미한 흉터는 헤아리기 힘들 정도였다. 열 손가락 모두 마지막 마디엔 굳은살이 박였다. 오른쪽 새끼 손톱엔 피멍이 들었고, 왼쪽 검지 손톱은 반이 잘려 나갔다. 흙을 만지는 옹기꾼의 손이면서 나무를 다루는 목수의 손이고, 옻을 내고 정제한 후 바르는 칠꾼의 손이면서 연필이나 붓을 놀리는 화가의 손이고, 자르고 깎고 붙이는 공예가의 손이었다. 한 사람의 손에서 이렇듯 많은 역사와 기억을 발견한 적은 없었다. 이중섭은 탁자 위 도안으로 시선을 옮기며 알은체를 했다.

"모란넝쿨 맞디요? 요 구름은 낙랑칠기서 따온 게디요?"

김봉룡의 이마에 겹주름이 잡혔다. 작업실을 방문한 화가와 문인 중에서 도안을 보자마자 낙랑칠기를 언급한 이는 이중섭뿐이었다.

"칠화(漆畵) 그린 적 있소?"

"가형이래 칠기(漆器)를 좋아해시오. 반(盤)이나 안(案)이나 동경함(銅鏡函) 몇 점을 사셋디요. 구름이나 사령(四靈)이나 서수(瑞獸)도 보앗습네다. 탁월한 도안을 하신다구 듣긴 햇디만, 낙랑칠기 문양까디 섭렵하시다니 놀랍습네다."

김봉룡이 유강렬과 눈을 맞추곤 말머리를 돌렸다.

"갤차는 일을 즐기진 않는다 들었소."

"좋아하십네까?"

김봉룡이 즉답 대신 실톱을 건넸다. 이중섭이 받아 손바닥에 올려놓고 살폈다.

"스승인 전성규 선생님을 따라 도야마현 다카오카시 '조선나전사(朝鮮螺鈿社)'에 도착한 기 일천구백이십 년이라우. 나전을 갤차 줄라고 간 건데, 거서 이 실톱을 처음 봤소. 가위하고는 비교할 수 없을 맹큼 정교하게 문양을 자를 수 있다오. 나전칠기도 발전해야지. 통영엔 예전 방식을 따르는 공방이 여럿이우. 백골*(柏槢) 공방, 칠 공방, 나전 공방이 따로따로라, 백골쟁이는 펭생 백골만 맨들고 칠쟁이는 펭생 옻칠만 하고 나전쟁이는 펭생 나전만 붙인다오. 이라믄 펭생 해도 예술가는 못 되고 기술자로 살다 끝나는 거요. 일천구백이십팔 년 스승님이 서울에 '나전실업소'를 여셨고, 문인 화가 소리꾼 가리지 않고 널리 교유하셨소. 새로운 지식과 다양한 경험을 모다서 완저이 다른 공예학교를 세워야 된다는 기 내 생각이오. 그리 안 하믄 나전칠기는 옛날 방식 답습하다가 망할 거요. 전통 기술을 익히되 예술가가 될 것! 그랄라믄 백골과 옻칠과 나전을 한 사람이 다 할 줄 알아야 하오. 거다가 실톱처럼 지금 공예에서 각광 받는 기술과 재료도 알아야 하고, 또 밑그림부터 수채화나 유화도 배워야 하니, 혼자 감당할 일이 아니지 않겠소? 백골과 칠과 나전에 정통한 장인들에다가 최신 디

* 옻칠을 위하여 나무로 만든 바탕

96

자인과 염색과 판화를 익힌 유 선생 같은 공예가에 이 선생 같은 화가가 항꾸네* 해야 하오. 힘은 들겠지만, 십오 년만 딱 지나믄 나전칠기를 맨드는 예술가들이 앞다퉈 등장할 거요. 두우 보소."

유강렬에게 양성소 설립 배경을 듣긴 했지만, 나전칠기 명인 김봉룡의 설명을 들으니 울림이 컸다. 지금 대한민국에서 전통과 현대, 동양과 서양, 공예와 회화를 접목해 예술가를 양성하는 학교가 있는가. 나전칠기기술원 양성소는 아무도 딛지 않은, 위험하지만 매력적인 길을 내는 중이었다. 대작을 그려 일본으로 가겠다는 의지와는 다른 물결이 가슴에서 줄렁줄렁했다. 통영으로 청할 때부터 덧붙이려던 제안을, 유강렬이 김봉룡을 등에 업고 꺼냈다.

"미술사두 무조건 가르쳐야 함다. 역사이 와늘** 중요하지비."

이중섭이 거절하기도 전에 김봉룡이 손뼉을 쳤다.

"낙랑칠기부터 지금까지 모도 갤차 주소."

뼈끼리 부딪는 소리가 났다.

* 함께
** 완전히

20

　연필을 깎았다. 농부가 낫을 갈듯 심이 뭉툭한 녀석으로 골랐다. 전등을 켜지 않고도, 밤눈 밝은 올빼미라도 된 듯 익숙하게 칼을 놀렸다. 손을 베인 적은 없었다. 연필을 깎으며 주문처럼 시를 쫑얼쫑얼 외웠다. 양명문을 비롯한 시인들과 심심풀이로 암송 시합을 해서 진 적이 없었다. 누이 허난설헌의 시를 앉은 자리에서 술술 다 외웠다는 허균의 환생이란 놀림까지 당했다. 통영에 온 뒤부턴 줄곧 서정주의 시 '문'을 품어, 잠들지 못하는 밤의 동반으로 삼았다.

　무섭고 괴롭고 위태한 겨울밤이 이어졌다. 어려서부터 푹 자는 아이는 아니었다. 눈꺼풀을 내리고도 뭔가 보였다. 풍경일 때도 있고 동물일 때도 있고 식물일 때도 있고 사람일 때도 있고 그것들이 뒤섞인 괴물일 때도 있었다. 그 무엇에 빠져들면 한두 시간이 훌쩍 지나갔다. 매일 뜬눈으로 밤을 새운 건 아니다. 지인들과 어울려 절망을 나누고 걱정을 덜며 술잔을 기울이다가 보면, 자신도 모르게 잠이 들었다. 쥐어뜯긴 마음만큼이나 지친 몸이었다.

　통영에선 달랐다. 더 절망적이고 더 피로했지만, 취기가 오를 정도로 술을 마셨는데도 잠이 쉬이 오지 않았다. 아틀리에로 돌아와 숨을 고르면 '장면들'이 한꺼번에 떠올랐다. 천 개의 전구에 불이 동시에 들어온 것 같은 밤도 있었고, 만 개의 별똥별이 쏟아지는 듯해 놀란 밤도 있었으며, 공든 탑을 연이어 무너뜨리듯 새 장면이 옛 장면을 부수며 치솟아 턱 밑을 찌른 밤도 있었다. 놀라운 각성이었다. 머릿속에서 흐르는 음악을 오선지에 옮긴 모차르트처럼, 스케치북 한 권을 앞뒤로 가득 그리고 나면 동이 텄다. 탈진한 채 바닥에 드러누웠다.

　잠 못 드는 또 다른 원인은 '실패'였다. 통영에서 완성한 그림들이 흡족했다면 아무리 많은 장면이 떠오르더라도 잠을 청했을 것이다. 찾아든 장면을 원하는 수준으로 그리지 못한 밤엔 잠조차 사치였다. 잠을 줄여 덤벼드는 것 외엔 돌파구가 없었다. 횟수가 많을수록 실패도 늘었다.

　늘어나는 실패를 되짚고자 택한 것이 연필이다. 잠 못 드는 밤을 보낼 수밖에 없겠다는 확신이 들면, 스케치북을 펼치기 전 연필부터 깎았다. 연필이 아니라 붓으로 그리고 싶더라도 무조건 연필과 칼을 찾아 들었다. 연필 하나를 다 깎을 때까지도 갈망이 사라지지 않으면 작업을 시작했다.

　까마귀와 보름달이 먼저 떠올랐고 그다음은 물고기와 아이들이었다. 까마귀에 먼저 집중하려다가 붓을 놓고 연필 하나를 더 깎았다. 까마귀는 부산에서부터 몇 차례 그렸지만 흡족하지 않았다. 이 검디검은 새는 조금만 힘을 줘도 죽음에 너무 가깝게 들러붙었다. 그 느낌을 아예 없애긴 어렵겠지만, 삶을 향해 날아오르는 기운을 담고 싶었다. 까마귀 역시 매일매일 살아남고자 몸부림치는 존재가 아닌가.

　밤에 노니는 까마귀를 그리는 화가는 별로 없다. 밤도 어두운데 까마귀까지 더하면 윤곽부터 흐릿하니까. 부엉이를 비롯해 밤에 활동하는 몇몇을 제외하곤, 석양을 보며 둥지로 돌아가 날개를 접고 쉬는 것이 새들의 일상이다.

다 깎은 연필로 손등을 타닥거리다가, 종이를 뒤집고는 물고기부터 맵시 있게 그렸다. 위아래로 아이들이 들어갈 자리를 가늠했다. 순서를 바꿔, 바다에서 물고기와 노는 아이들부터 넣은 뒤 까마귀로 넘어가기로 했다.

사람에게 붙잡힌 물고기가 아니라 바다를 누비는 물고기란 사실을 강조하기 위해 자세를 바꾼다. 머리를 아래에 두고 등을 활처럼 휘게 한 후 꼬리를 높인다. 등지느러미부터 가지런히 세우고, 꼬리지느러미는 한껏 접었다가 반대로 튕겨 뻗기 직전이다. 걸음마보다 헤엄을 먼저 배운 벌거숭이 아이들이 두 팔을 내밀며 사방에서 달려든다. 자신들보다 큰 물고기라고 두려워하거나 물러서는 아이는 없다. 친구와 인사하듯 물고기를 안으려는 것이다. 물고기와 노는 법을 아는 아이들이고 오래 놀아 본 아이들이다. 물고기에게 바다 소식을 들은 아이들이고 물고기에게 항구의 일을 들려준 아이들이다. 기쁨은 보태고 비밀은 나눈다.

이색적인 물놀이를 오늘 마치지 못하고 내일까지 매달리면, 까마귀는 모레쯤 시작할지도 모른다. 차라리 그즈음이 좋겠다는 생각이 들었다. 그때도 불면은 여전할 테고, 달은 지구로부터 너무 멀지도 않고 지나치게 가깝지도 않은 궤도를 따라 마침내 보름에 이를 것이므로.

물고기와 아이

21

1953년 12월 성림다방에서 이중섭 개인전이 열렸다. 유강렬과 김용주가 두루 소식을 알렸다.

이중섭은 새벽에 다방으로 나왔다. 어제 정한 순서가 마음에 들지 않는지, 그림을 떼고 옮기고 붙였다. 뒤따라온 남대일이 거들려고 했지만, 혼자 할 일이라며 허락하지 않았다. 한바탕 배치를 바꾼 다음에도 쉬지 않고 오가며 그림을 노리느라 미간에 잔뜩 주름이 잡혔다. 큰 실패를 맛보았을 때, 갈기갈기 찢어버리고 싶을 때, 자책이 극에 이르렀을 때 짓는 표정이었다. 또다시 배열을 고치려고 오른발을 들었을 때, 출입문이 열리고 손님들이 밀려들었다.

전시회는 낮 2시에 시작할 예정이었지만, 계단을 오르는 발소리는 잦아들지 않았다. 진주와 고성에선 뭍길로, 마산과 여수에선 바닷길로 일찌감치 나선 관람객들이었다. 버스나 여객선에서 내린 뒤, 몰아친 추위에 혀를 차며 시장이나 해안 구경 대신 다방을 택한 것이다. 이중섭은 손바닥으로 이마와 눈을 가린 채 족제비처럼 다방을 나와 버렸다.

몸을 숨긴 곳은 호심다방이었다. 커피를 시켜 놓곤 구석 자리에 벽을 등지고 앉아 은지를 꺼내 송곳으로 긁기 시작했다. 다방에서 시간을 흘려보내는 짓은 부산 광복동에서 이골이 나도록 했다. 통영으로 와선 개인전 준비와 대작을 향한 징검다리를 놓느라 오블로모프의 나날을 잠시 잊었다.

11월 통영 도착 후 완성한 그림이 벌써 백 점을 넘겼다. 하루에 두세 점씩 그린 셈이다. 원산에서처럼 길게 내다보고 신중하게 이 궁리 저 궁리 할 형편이 아니었다. 최대한 빨리 수준을 높여 대작에 도전해야 했다.

유강렬이 호심다방으로 들어선 때는 오정(午正)이었다. 그 역시 부산에 가면 다방에서 다방으로 옮겨 다니며 지인들을 만났기에 이중섭의 행방을 미루어 짐작했다. 맞은편 의자에 가만히 앉아 곧장 말을 걸진 않고 기다렸다. 이중섭이 송곳과 은지를 주머니에 넣고 고개를 들었다.

"심사위원들이 놀라 쓰러뎃갓다야. 듣두 보두 못한 대작이니까."

제2회 대한민국미술전람회에 출품한 유강렬의 〈가을〉이 공예 부분 최고상인 문교부장관상을 수상한 것이다. 전혁림도 회화 부분에서 문교부장관상을 받았다.

"축하받으 사람은 중섭 형니메지비. 못 보던 그림이가 여럿임. 백 점은 넘는다구 대일로부터 들었을 때 솔직히 아이 믿었지비. 통영에 오구 이제사 한 달인데 밤으 꼬박 새구 밥두 안 먹구 그림에만 매달렸대두 말두 안 되는 숫자 아님까? 시메시메 하십쇼. 앓기라도 할가 걱정됨다."

이중섭이 따라 일어서지 않고 담배를 하나 더 꺼내 물었다.

"개인전…… 이거이 하는 게 아닌 것 같기두 하고 기래."

유강렬이 다시 앉으며 맞담배를 피웠다.

"열성으 다하신 겜다. 내야 원산서 형니메 그림들 봤으니 무시기 아쉬워하시는 줄 알지비. 오늘은 뜻으 다지는 계기로만 삼읍세다. 전쟁통에, 그래두 붓대 꺾지 않구 그림 붙들구 있었다는 걸 인정할 겜다. 굶기라문 기가 다 빨리지비. 드센 사람들 많이 왔습다."

"뉘?"

"그림쟁이는 물론이구 글쟁이 소리쟁이 북쟁이 철쟁이 춤쟁이 다 모였지비. 뜨뜻한 대귀탕 한 사발 해 제껴야 무릎두 허리두 쫙 피지비."

유강렬은 중앙시장 단골 식당으로 이중섭을 데리고 가선 대구탕을 시켰다. 젓가락으로 미나리부터 건져 낸 후 숟가락으로 국물을 한 모금 삼켰다. 간간짭짤하고 칼칼한 맛이 언 몸을 순식간에 녹였다. 살짝 데친 해삼까지 삼킨 유강렬이 설명했다.

"겨울 대귀탕두 진품이지만 여름 약대귀를 먹어 봐야 함다."

"약대귀?"

"약으로 쓴다 해서 약대귀라 하지비. 알이가 밴 암컷만 골라, 염장하여 말려 여름에 내지비. 소금약대귀보다두 귀한 게 간장약대겜다. 간장약물으 배게 해서 말리구 또 배개 해 주기르 세 탕 하구, 말릴 때 바짝 더 말려야 합메다. 인차 약대귀 짓는 모습 감상하게 될 겁다. 여름엔 간장약대귀 대접 꼭 하겠습다."

"고맙구만. 이거이 다 강렬이 덕이야. ……부산선 그리구 싶어두 못 그린 날이 많앗어."

"형니메가 와서 얼매나 좋은지 아십메까? 통영서 만난

김용주, 전혁림, 장윤성두 뛰어난 화가들이지만, 공예이 무시기구, 역사적으루다가 무슨것을 해 나가구 싶은지 아는 사람은 중섭 형니메임다. 원산서 말씀하셨지 않습까? 극과 극은 통한다구. 구라파서 발전시킨 새롭구 다양한 유파들으 두루두루 배우구 익히되 우린 우리 이야길 해야 한다구. 전통이라구 다 낡은 게 아니구, 지금 파리서 나오는 작품들이라구 모두 현대판은 아니라구."

"강렬이래 통영서 나전칠기기술원 양성소를 연다 했을 때 내래 전혀 놀라디 않앗어. 오히려 기뻣디. 나전칠기를 배우구 익히는 방법이야 대대로 잇으니, 기건 기대로 하문 돼. 근대 공예 작품으로 나전칠기를 새롭게 정립하구, 그에 맞는 학교를 맨드는 건, 우리나라서 강렬이만 할 수 잇디."

"형니메두 다음 국전에 출품하는 건 어떻습까? 일등할 겜다."

"상 받는 게 좋던 때두 잇엇디야……. 강렬인 출품하구 또 출품하라우. 공예의 위대함을 사람들이 알아둘 때까디, 대학에 공예과래 생길 때까디 디따 나가라."

이중섭이 부드러운 대구 살을 양 볼에 넣고 큰 눈을 끔벅거렸다. 대구 맛을 음미하는 것도 같고, 아무 생각 없이 바다를 바라보는 것도 같았다. 유강렬이 음식값을 내는 사이, 이중섭의 혼잣말이 파도처럼 흘렀다.

"내래 시방 시작두 않앗어."

22

　수줍음 많은 이중섭 대신 유강렬이 관람객들을 환대했다. 해동광유사 대표 김용제, 통영읍 의회 의원을 지내고 명정양조장을 경영하는 김기섭을 비롯한 통영 유지들에 이어, 장윤성이 양성소 학생들을 인솔해서 왔다. 여기저기서 그림을 칭찬해도, 창가에 기댄 이중섭은 무표정하게 담배만 피웠다.

　저녁 8시가 넘으니 다방은 한산했다. 김용주와 전혁림은 진주에서 온 박생광과 함께 주점으로 먼저 갔다. 김춘수와 김상옥도 뒤따랐다. 예술가들만의 뒤풀이가 기다리고 있었다.

　이중섭은 해가 진 뒤에도 커피를 석 잔이나 연거푸 마셨다. 전시한 그림들을 보는 것이 힘겨운지, 고개를 숙인 채 두 손으로 번갈아 얼굴을 쓸어내렸다. 비발디의 바이올린 협주곡 〈사계〉 중 '겨울'의 현란한 선율이 끝났지만, 다시 틀어달라 청하지 않았다. 커피와 차를 만들어 나르던 다방 여점원은 설거지를 마치고 이중섭을 흘끔 보며 손톱 손질을 시작했다. 이쯤에서 오늘 영업을 접자는 무언의 압력이었다. 이중섭은 그 바람을 들어주는 대신, 재떨이를 헤집다가 부스스 일어나 나갔다. 담배가 떨어진 것이다. 점원은 이중섭이 앉았던 자리로 와선 커피잔과 재떨이를 쟁반에 얹어 가져갔다. 그가 담배를 사서 돌아오면 문 닫을 시간이 지났다고 알릴 작정이었다.

낙오되었다가 뒤늦게 길을 찾은 철새처럼, 중절모를 눈썹까지 눌러쓴 사내가 문을 열고 들어섰다. 점원이 손등을 긁으며 억지웃음을 지었다.

사내는 외투를 벗지도 않고 전시작을 둘러보며 매우 느리게 걷다가 마지막 그림 앞에서 멈췄다. 중절모를 벗고 두 걸음 다가갔다. 보름달 아래 까마귀들이 모여 있는 그림이었다.

까마귀 다섯 마리를 제외하면, 보름달 아래 세 가닥 전선이 전부다. 산도 바다도 건물도 없다. 밤하늘은 달빛을 머금어 옅으며 밝고, 야행 나온 까마귀들은 짙고 어둡다. 세 마리는 전선에 앉고, 한 마리는 내려서는 중이며 한 마리는 횡으로 날아오는 중이다. 날아오는 까마귀의 벌어진 부리가 노란 달 속에서 유난히 크다. 전선의 까마귀들도 하나같이 부리를 벌리고 있다. 시끄럽다. 적막을 허락하지 않는 울음이다. 먹이 대신 물고 와 토한 소식은 무엇일까.

사내가 수첩을 꺼내 재빨리 끼적였다.

電線 戰線

새끼손가락으로 두 귀를 판 후, 안경을 벗어 손수건으로 닦아 고쳐 썼다. 허리를 숙일수록 턱이 점점 들렸다. 그림 속으로 빨려들 것 같은 자세였다. 점원이 손톱 열 개를 전부 다듬을 때까지, 사내는 작품을 보고 또 보았다.

이중섭이 담배를 문 채 양손을 비비며 다방 문을 열었

달과 까마귀

다. 겨울 갯바람이 따라 들어와선 점원의 머리카락을 흔들었다. 이중섭의 시선이 짜증 난 점원의 콧잔등에 머물렀다가 반대편 사내에게로 향했다. 담배를 내리고 다가섰다.

"청, 청마 선생님 아니십네까?"

이중섭이 유치환과 함께 주점으로 들어서자, 술잔을 여러 번 비워 몸짓과 목소리가 커진 예술가들이 동시에 일어났다. 유치환은 통영의 문화계를 이끄는 좌장이었다. 김춘수와 김상옥이 보필하듯 좌우를 지켰고 맞은편은 오늘 개인전을 연 이중섭의 몫이었다. 그 곁은 유강렬, 김용주, 전혁림, 장윤성, 박생광 등 화가들이 차지했다. 유강렬이 일어선 채 말했다.

"시간두 없는데 청마 선생님까지 오셨으니, 이중섭 화가 개인전이가 더욱 빛남다. 자, 요렇게 다들 모인 것두 오랜만임다. 잔들 채웁시다. 건배하구 축하 말씀 한마디씩 하는 게 좋지 않겠슴까? 이중섭 화가르 위하여!"

"위하여!"

박수 소리가 물너울처럼 지나간 뒤 전혁림이 일어섰다. 손바닥과 목덜미의 푸른 물감이 하늘빛 같기도 하고 바닷빛 같기도 했다.

"부산서도 보긴 했는데, 워낙 잘금잘금이라 애만 탔심더. 성림다방에 모다 놓으니 언충 낫지만, 야트마한 남망산을 반에 반도 못 올라간 거 같심더. 안뒤산 미륵산 몽땅 올라야지예. 잘 왔심더. 토영서 그릴만 한 데 궁금하믄 언제든 말할소."

박생광이 받았다.

"섭섭하네 이거. 누군 비단이고 누군 천 쪼가리가? 토영 비경(秘景)을 내한텐 숨카고 중섭 아우한테만 갤차 주겠다고?"

박생광과 이중섭은 1938년 자유미술가협회 제2회 공모전에 나란히 작품을 낸 적이 있었다. 도쿄에서의 인연이 통영까지 이어진 것이다. 나이는 박생광이 열두 살이나 위였다.

장윤성이 맞장구를 쳤다.

"섭섭한 화가 여어 더 있심더."

이중섭이 박생광과 장윤성의 빈 잔을 채운 뒤, 전혁림을 보며 말했다.

"고맙습네다. 원산선 풍경을 가끔 그렛디만, 부산과 서기포선 여유래 없엇시오. 통영 바다를 담는 솜씨야 힉림 형이 으뜸이디요. 꽁무닐 따라다니가시오."

유강렬이 흥을 돋웠다.

"축하하는 의미루다가, 〈돈돌날이〉 한 곡조 뽑겠슴다."

이중섭이 양손을 술상에 얹고 자진모리장단을 쳤다. 경상도에선 낯선 소리지만 함경도에선 모르는 이가 없었다.

돈돌날이 돈돌날이 돈돌날이요
리라 리라리 돈돌날이요 리라 리라리 돈돌날이요
돈돌날이 돈돌날이 돈돌날이요
모래 청산에 돈돌날이요 모래 청산에 돈돌날이요

돈돌날이 돈돌날이 돈돌날이요
리라 리라리 돈돌날이요 리라 리라리 돈돌날이요
돈돌날이 돈돌날이 돈돌날이요
시내 강변에 돈돌날이요 시내 강변에 돈돌날이요

유강렬이 앉자마자, 김상옥이 시소 끝자리에서 기회를
엿보던 아이처럼 일어서서는 가죽 가방을 열고 그림 한 장
을 꺼내 폈다. 푸른 닭과 푸른 게 그리고 꽃송이 다섯 개가
담겼다.

"대향이 쩌번 이월 제 시집 〈의상(衣裳)〉 출판기념회
때 축의금이 읎다고 요걸 그려 줬심더. 돈보다 훨썩 귀한
축하선물을 받고 본께, 시 한 수가 따라오데예."

막이 오른다. 어디선지 게 한마리 기어나와 거품
을 뿜는다. 게가 뿜은 거품은 공중에서 꽃이 된다. 꽃
은 복숭아꽃, 두웅둥 풍선처럼 떠오른다.

꽃이 된 거품은 공중에서 악보를 그린다. 꽃잎 하
나하나 높고 낮은 음계, 길고 짧은 가락으로 울려퍼진
다. 소리의 채색! 장면들이 옮겨가며 조명을 받는다.

이때다. 또 맞은편에선 수탉 한마리가 나타난다.

그는 냄새를 보고 빛깔을 듣는다. 꽃으로 울리는 꽃의 음악, 향기로 퍼붓는 향기의 연주—

　닭은 놀란 눈이다. 꼬리를 치켜세우고, 한쪽 발을 들어올린다. 발가락 관절이 오그라진다. 어찌된 영문이냐? 뜻밖에도 천도복숭아 가지가 닭의 입에 물린다.

　게는 연신 털난 가위발을 들고 기는 옆걸음질. 거품은 꽃이 되고, 꽃은 음악이 되고, 음악은 복숭아가 되고, 그 복숭아를 다시 닭이 받아 무는— 저 끝없는 여행! 서서히 서서히 막이 내리다.

　　　　　— 김상옥, '꽃으로 그린 악보'

　술잔이 다시 돌았다. 이처럼 심동(心動)한 시를 지어 준다면 자신도 축의금 대신 그림을 건네겠다고 너스레를 떤 이는 박생광이었다. 새벽 작업을 위해 술을 줄인 이중섭도 오늘은 건네는 잔을 납죽납죽 받아 단숨에 들이켠 후 눈주름을 잔뜩 잡으며 웃었다. 김춘수가 옆자리의 유치환에게 물었다.

　"우째 보셨습니꺼?"

　유치환은 대답 대신 고개를 끄덕였다. 작품이 좋다는 뜻이긴 했지만, 뒤풀이에 참석한 시인이나 화가들처럼 상찬하진 않았다.

닭과 게

이중섭이 유치환을 처음 만난 것은 1950년 10월이다. 원산에 입성한 국군 대열에 종군 문인 유치환도 함께한 것이다. 1950년 12월 이후엔 부산에서 오가며 마주쳤지만 깊은 대화를 나눌 기회는 없었다.

"괴변(怪變)입디다."

유치환이 품평을 위해 고른 단어가 예상 밖이었기에, 김춘수는 말을 얹지 못하고 눈치만 살폈다. 유강렬이 확인하듯 물었다.

"괴……변이라 했슴까?"

"가마구들이 사교(邪敎)의 망자(亡者)들 같지 않소? 보름달까지 망자 얼굴을 닮았소."

김상옥이 거들었다.

"승측한 건 맞지예. 낮에 가마구를 봐도 죽음이 뺨을 응때는* 거 같은데, 달밤이니 더더욱 그랬심더. 대향! 저어가 어뎁니꺼? 토영에 가마구들이 날아댕기긴 해도, 밤엔 둥주리**로 드가삐는데……."

김춘수가 지적했다.

"가마구들 눈하고 보름달이 똑같이 누렇심더. 달과 가마구들을 망자로 연결한 청마 선생님 평을 우찌 생각하십니꺼?"

이중섭은 잔부터 비운 뒤 담배를 물었다. 양 볼이 쏙 들어갈 만큼 깊이 한 모금 빨았다가 천장을 향해 길게 뱉

* 비벼대다
** 둥지

었다. 달을 가리키기라도 하듯 담배를 쥔 손으로 허공을 저어가며 말했다.

"너무너무너무 죽엇습네다. 사람만 죽은 거이 아니디요. 새들두 길바닥에 널렛디 않습네까? 서기포서도 부산서도 통영에 와서도 똑똑히 보앗디요. 새들이래 둥어니*로 돌아가딜 않구 밤에도 날아댕기는 건 배가 고파섭네다. 오늘 배를 태우디 않으문 영영 쓰러져 죽을 것 같아서디요. 달밤에 먹을 걸 찾아 오가는 사람들이래 괴변이 아니라문, 달밤에 자질 않구 댕기는 가마구를 괴변이라 할 수 잇갓습네까? 달밤엔 사람 눈깔두 누렇구 가마구 눈깔도 누렇디요."

김춘수가 한 문장으로 줄여 확인하듯 물었다.

"살라는 몸부림이다 이 말이지예?"

23

숙취와 두통에 자리끼를 찾아 더듬다가 눈을 떴다. 소반 위에 늘 두던 양철 주전자도 컵도 없었다. 아직 동이 트지 않은 새벽이었다. 문 옆에 누운 남대일을 제외하고도 코고는 소리가 여럿이다. 자리를 옮겨 이야기를 더 나누자고

* 둥지

116

제안한 이는 유강렬이었고, 이왕이면 아틀리에를 보여달라고 청한 이는 유치환이었다. 유강렬과 유치환과 김춘수가 비쓸대며 아틀리에에 도착하자, 자고 있던 남대일은 바닥에 깔아 둔 그림과 이젤, 화구를 치우느라 놀랄 틈도 없었다. 주점에서 챙겨 온 소주 네 병과 마른 멸치 한 움큼으로 세 시간 넘게 대화를 이어갔다. 주점에서는 그림 평만 간략히 들려줬던 유치환이 이중섭의 손을 쥐고 말했다.

"펭양이 우떤 덴지 내도 쫌 아우. 거서 쬐만한 사진관을 했거든. 단기 사천이백육십오 년이니까 서기 일천구백삼십이 년, 스물닷 살 묵었을 때요. 열닷 살에 도쿄 부잔(豊山)중학교에 들갔더니 놀라븐 거 투성이였수. 토영서는 못 봤던 기 천지삐깔이라 날마다 충격이었는데, 그중에서도 사진이 대기 놀랍고 매력적입디다. 돌아와 연희전문 댕기다가 도쿄로 다시 간 것도 사진을 지대로 배우고픈 욕심이 컸수. 펭양은, 뭐라케야 하나, 참말로 힘차고 세련된 도시더구만. 뽄쟁이들이 항그석이었지. 신문물이 엄청 들와 있었고, 영화 보는 거 맹큼이나 사진 찍히는 것두 좋아들 했다오. 토영이 겡상도선 손에 꼽는 항구긴 하지만서도, 펭양하고는 마이 다르고 원산하고도 다를 거요. 다른 구석이 있어야 자극도 되고 배우기도 하니…… 잘 왔수!"

유치환은 제일 안쪽에 눕자마자 코를 골았다. 김춘수와 이중섭과 유강렬도 취한 몸을 뉘곤 잠에 빠져들었다. 문 옆에 자리 잡은 남대일은 늘어놓은 그림과 화구 탓에 좁게만 느껴지던 아틀리에가 장정 다섯 명이 눕고도 남는다는 것을 그 밤 처음 알았다.

이중섭이 몸을 돌려 엎드린 채 담배부터 물었다. 베개에 턱을 괴곤 성냥을 찾아 그었다. 아틀리에가 갑자기 환해진 탓에 눈을 뜬 걸까. 김춘수도 돌아누우며 담배를 물었다. 이중섭이 김춘수의 담뱃불을 먼저 붙인 뒤 제 것까지 했다. 유치환과 유강렬은 돌림노래를 부르듯 코를 번갈아 고는 중이었다. 이중섭이 연기를 내뿜은 후 물었다.

"춥진 않으셨습네까?"

"아틀리에 주인의 열정 탓에 땀까지 흘리며 잤십니더."

"두루 연락해 두셔서 고맙습네다."

"우리가 고맙지예. 전시회에 '아아파'는 얼쭉 다 온 거 같십더."

"'아파'? 기게 뭐야요?"

"'아파'가 아이라 '아아파'! 첼로 연주까지 허들시리 잘하는 작곡가 윤이상 선배는 '아'를 더 길게 뽑아서, '아아아아파'라고 하셨어예. 토영 지식인이 두 파로 나뉘는 건 아십니꺼?"

이중섭이 고개를 저었다. 엎드린 김춘수가 팔꿈치를 방바닥에 나란히 붙이곤 양손을 깃발처럼 세웠다.

"요쪽은 '현실파'고 조쪽은 '아아파'입니더. 유치환 선생님은 '아아파'의 원로고 윤이상 선배는 허리고 지는 막내 축에 속하지예. 삼일 운동 나고 두 파가 생깄십니더. '현실파'는 일본인들에게 협조해 돈도 벌고 기술도 익혀 실력을 기르자는 입장이고예, '아아파'는 굶어 죽어도 타협은 못한다는 입장이지예. 윤이상 선배가 운을 딱딱 맞차가 '아아파'를 설명하신 적이 있심더. 민족의 설움을 제 설움으로 받아들인 '아아아아파'는 호수같이 맑은 바다 위에 뜬 달을 보고 아아 하구, 봄날 아지랑이 이는 전원서도 아아 하구, 가을 낙엽을 밟으믄서도 아아 한다구 말입니더. '아아파'들 중엔 옥살이한 사람도 많심더. 팔일오 해방 후에 '현실파'들은 빠져나간 일본인들 자리를 차지해가 토영 경제권을 잡겄다고 설쳤지예. '아아파'는 민족혼을 표현하구 가르칠라고 예술가도 되고 교육가도 됐심더. 문화협회도 맨들고……. 펭안남도 평원이 아이라 겡상남도 토영서 태어나 있다믄 돈이나 기술보단 민족의 양심을 지키는 '아아파'셨을 깁니더."

24

　두 사내가 중원 로터리를 돌아 고전음악 다방인 '칼멘'의 문을 열고 들어섰다. 아리아 〈하바네라〉가 야생마처럼 실내를 휘돌았다. 그들은 머리와 어깨에 앉은 눈부터 털어내고 창가 자리로 갔다. 1954년 첫눈이었다. 남원로터리에서 중원로터리까지 곧게 뻗은 길을 우산도 없이 걸었다. 유택렬은 이중섭의 갑작스러운 방문에 신바람이 났고, 이중섭은 유택렬의 어깨를 토닥이면서 원산의 날들을 떠올렸다. 유강렬과 유택렬이 금강산을 그리겠다며 왔을 때, 이중섭은 친구 한묵과 함께 그들을 맞았다. 한묵은 외금강면에 살며 고성의 금강중학교에서 학생들을 가르쳤다. 네 사람은 술 마시고 담배 피우며 온통 그림 이야기만 했다. 붓 하나를 주거니 받거니 하며 그리다가, 다시 담배 피우고 술을 마셨다. 넷이서 횡으로 걸어가면 길이 꽉 찼다. 어디로 갈지 정하지 않은 채 바다로도 가고 산으로도 갔다. 해방과 월남 사이 행복한 한때였다.

"어드메 잇니?"

둥근 돌 탁자를 사이에 두고 앉자마자 두리번거리기부터 했다.

"뉘기 말이오?"

"칼멘! 어울리는 너인이래 잇어서 다방 이름이 칼멘 아니네?"

"진해 온 지 칠일임다. 교재창서 업무 확인하느라 정신이……."

"바쁜데두 다방은 오갓구만."

"부산 제일부두 미군부대서 간판이랑 안내판이랑 그렸으 때 칼멘 이야길 들었지비. 피터라구 음대 다니다가 온 미군 장교이 있었지비. 진해 출장으 갔다와선 고전음악 틀어 주는 다방이가 있다구 자랑질 했슴메. 진해에 내리자마자 여기부터 와선 다섯 시간 있었지비. 소리이 요 정도루 짱짱하문서 든든하게 받치는 다방은 부산서두 드물지비. 마당에 닭새끼들 달아날 맹큼 축음기 크게 틀구 음악 듣던 북청으루 단번에 돌아갔슴다."

"택렬이래 바이올린두 제법 키디 않앗네?"

"그림에 재미 붙인 후론 관뒀지비."

"솜씨래 도망가갓니? 다음에 꼭 해 보라."

음악은 어느새 쇼스타코비치 교향곡 7번 〈레닌그라드〉로 넘어갔다. 유택렬이 특별히 좋아하는 작곡가였다. 이중섭이 지휘하듯 오른손을 흔들었다.

"택렬이두 통영으루 와서 양성소 학생들을 가라치는가 햇디."

"진해에두 계셨던 장윤성 선생이 데생으 맡았다 들었슴다. 거기에 둥섭 형니메까지 갔으니 껭길 자리가 없지비. 덤베 북청들은 범 기질으 타고 났슴메. 통영에 사촌형 강렬 형니메 계시니, 내야 여기 진해이 적당하지비. 군무원 자리두 잡았겠다……."

"통영 골째기는 유강렬이, 진해 골째기는 유택렬이? 알갓어. 뜻대로 하라. 의논이래 필요하문 언제든 오라. 통영 올 형편이 아니 되문 마산이 가까우니, 가서 최영림을 찾으라. 고향은 펭양이고, 도쿄 다이헤이요 미술학교를 다넷디. 내 이름 대문 도와줄 게야. 영림이래 참 착해."

눈은 세 시간이 지나도 그치지 않았다. 오후 4시를 넘긴 거리는 장복산을 덮은 먹장구름 탓에 벌써 어둠침침했다. 그들은 칼멘을 나온 뒤 북원로터리로 올라가 이순신 장군 동상 앞에 멈춰 섰다. 조각가 윤호중의 작품이다.

1947년 결성된 신사실파는 전위미술을 추구하는 그룹으로 김환기, 유영국, 이규상, 장욱진이 기존 동인이었다. 부산에서 이중섭은 백영수와 함께 새로 가입했는데, 조각가 윤호중도 광복동에서 미 문화원으로 올라가는 길목의 금강다방에서 함께 어울린 동인 중 한 사람이었다. 작년 봄에도 이중섭은 신사실파 동인들과 함께 이 자리에서 이순신 동상을 바라봤다. 유택렬이 진해에 자리 잡을 줄은 그 봄엔 몰랐다.

북원로터리를 한 바퀴 돈 후 진해역까지 걸었다. 외출이나 외박 나온 수병들이 자주 지나쳤다. 기차가 막 도착했는지, 역사(驛舍)에서 승객들이 쏟아져 나왔다. 너나없이 손바닥부터 폈고, 눈송이가 내려앉자 하늘을 올려다보며 웃었다. 두 화가 역시 서로를 보며 미소 지었다. 함경도와 평안도는 10월 초부터 눈발이 날렸고 3월 말까지 눈을 치워야 했다. 눈이 매우 드문 진해는 전쟁이 아니었다면 여행 갈 엄두도 못 냈을 먼 남쪽 항구였다.

진해역에서 중원로터리를 거쳐 남원로터리까지 내려갔다. 로터리 옆 고아원 뒷길로 접어들었다. 아이들이 눈 내리는 골목에서 놀고 있었다. 절반은 검정 고무신을 신었지만 나머지 절반은 맨발이었다. 뺨도 코도 손도 발도 푸르딩딩 얼거나 피딱지가 앉거나 아예 피와 고름이 뒤섞여 흘렀다. 3년 동안 전쟁을 치르며 많은 사람이 죽고 다치고 떠돌았다. 불행엔 저마다 이유가 있겠지만, 죽은 자는 말이 없고 산 자는 하루하루 먹고 입고 자야만 했다. 전쟁고아들은 어미 잃은 새끼 길고양이처럼 삶이 위태롭고 명이 짧았다. 아파도 치료받지 못하고 굶주려도 먹지 못하고 추워도 입지 못했다. 휴전 후 고아원엔 아이들이 넘쳐났다. 부모나 친척이 찾아와서 데려가는 경우는 매우 적었다.

속천까지 내처 걸었다. 가게 앞 의자에 바다를 보며 앉

앉다. 겨울이라 조업을 쉬는 낡고 작은 어선들이 어깨를 겯
듯 포구에 늘어섰다. 주전자에 받아 온 탁주부터 한 사발
씩 마셨다. 이중섭은 헐벗은 아이들과 마주친 고아원 골목
에서부터 입을 열지 않았다. 나눌 이야기는 며칠 밤을 지새
울 정도로 많았지만, 전쟁의 상처는 모두를 침묵으로 몰아
넣었다. 출동하는 군함에서 길게 뱃고동이 울었다. 여운이
사라질 때까지 기다렸다가 이중섭이 말했다.

"겨울 내내 대귀탕을 먹구 잇디. 고걸 먹으문서 무슨
생각하는 줄 아네? 이 대귀래 강렬이랑 택렬이 고향인 함킹
도 북청 앞바다를 지나 내래 살던 원산 앞바다를 거쳐 부
산과 진해과 마산을 돌아 통영 앞바다에서 잡헷갓구나. 휴
전선이 딱 그어데 사람은 못 오가디만, 대귀는 함킹도 강원
도 킹상도 바다를 다니는구나. 대구든 대전이든 서울이든
내래 가문 답답할 것 같아. 오마니가 그리우문 바다를 봐
야 하는데, 산으루 둘러 싸엣으문 어드롷간? 택렬이두 군
항으로 온 니유래 기거디? 이 바다를 보려구, 이 바다를 그
리려구."

"대귀탕은 해군들두 와늘 좋아하지비. 휴전선이 열
리문 북청으루 꼭 한번 초대하갓슴다. 원산서 둥섭 형니메
신세르 톡톡히 졌지비."

"강렬이 택렬이 또 묵이, 기렇게 넷이서 여행을 다시 가
문 어드롷겟니? 북청에 모여개디구 개마고원을 타다가 백
두산을 오르자우!"

"앞장서겠슴다."

"그리 하라우. 택렬이레 막대잡이를 서."

바다가 완전히 어두워졌다. 왔던 길을 되돌아 유택렬이 홀로 묵는 적산 가옥으로 갔다. 2층으로 올라가선 방문을 열자마자, 벽에 기댄 바이올린과 이젤이 보였다. 뒤따라온 이중섭이 이젤 밑에 놓인 화구 상자를 품에 안았다. 원산에서 유택렬에게 건넸던 선물이다.

"요것까지 챙겼구만. 내래 붓두 하나 못 개지구 나왔는데……."

상자를 열며 주문처럼 중얼거렸다.

"그리는 거디 그리는 거이야 그리는 거디 그리는 거이야 그리는 거디 그리는 거이야. 덤베 북청 그림을 좋아하구 바이올린두 애끼는 칼멘이 나타날 때까지!"

25

새벽부터 편지지를 붙들고 엎드렸다. 이불도 개지 않고 베개에 턱을 괸 채, 한 문장 쓰곤 한숨짓고 한 문장 쓰곤 또 한숨지었다. 베개 옆엔 이남덕이 12월 8일 도쿄에서 부친 편지가 놓여 있었다. 아내의 편지를 거듭 읽으며 행간을 어루만지는 것은 습관 아닌 습관이었다. 이 편지도 백 번 넘게 읽어 외울 지경이었다.

남대일은 두툼한 털옷까지 꺼내 놓곤 기다렸지만, 이중섭은 외출복으로 갈아입지도 않고 점심을 넘겼다.

"우떤 피랑으로 가시겠십니꺼? 겨울이라 해가 짜르거든예."

엉뚱한 질문이 돌아왔다.

"통영서 완성한 그림이래 몇 점이디? 한 번만 더 헤아려 보라."

"소품이 칠십팔 점, 육호에서 팔호까지가 삼십오 점입니더."

"오늘 삼십육 점째를 그리문 되갓구나."

"점심 준비하까예?"

"먼저 들라우. 내래 다 그리구 먹갓어. 뺑끼 가게부터 댕게오라. 화이트 두 통."

열흘 전 유강렬에게 받은 징크 화이트 물감이 벌써 떨어진 것이다. 이중섭은 부산이나 제주도에서도 물감이 부족하면 페인트를 섞어 썼다.

"강렬 선생님이 물감은 넉넉하게 주시겠다고……."

"유 선생두 빠듯할 거이야. 광목이나 밀가루로 받는 선생 월급이 얼마나 되갓어. 내래 쓰는 아틀리에과 먹는 밥과 국과 반찬까지 전부 유 선생이래 맡구 잇잖네? 염치가 잇어야디. 화이트는 앞으로두 계속 필요한데, 고때마다 손 벌릴 수는 없으니까니! 댕겨 오라."

중앙시장을 지나가다 보니 어물전 대야에 털게와 벌떡게가 가득 들었다. 이중섭은 닷새 전에 벌써 이 게들을 스케치북에 담았다. 서귀포에선 거의 매일 게를 보고 잡고 먹고 그랬지만, 통영 게들은 생김새와 기운이 달랐다. 남대일은 6월에 욕지도 앞바다에서 나는 꽃게를 꼭 먹어 보시라고, 다른 어떤 해안의 꽃게보다도 살이 많고 맛이 묵직하다며 자랑했다. 욕지도에 가야 할 이유가 하나 더 늘어난 것이다.

페인트통을 양손에 들고 돌아오는 걸음이 빨라졌다. 두 개의 잔교를 지나 골목으로 들어섰다. 오른쪽은 여관들이 어깨동무했고 왼쪽은 징검다리처럼 한 집 건너 한 집이 주점이었다. 술과 노래와 춤으로 흥청대는 곳에 나전칠기 기술원 양성소가 자리 잡은 것부터 어울리지 않았다. 학생들은 국민학교를 마치자마자 왔으니 기껏해야 열네댓 살이다. 유강렬은 주점을 기웃거리지 말라고 엄명을 내렸지만, 학생들의 눈과 귀가 화려하고 신나고 비밀스러운 분위기로 쏠리는 것을 막기는 쉽지 않았다.

"어이, 꼬매이! 도둑질했나? 어델 그레 급히 가노? 요 온나. 담배 있으믄 도고."

"양손에 머고? 뺑끼통 아이가? 간판 칠할라카나? 양성소서 그딴 거도 갤차 주나?"

"무슨 일 생겼니? 선생님들이 통 안 오시네. 보고 싶다 말씀드려."

남대일은 대꾸하지 않고 고개를 숙인 채 발끝만 보고 걸었다. 양성소 앞에서 마지막 훼방꾼이 등장했다. 말을 거는 대신 양발을 좌우로 움직여 길을 막았다. 유강렬이었다.

"무시기오?"

답을 못한 채 떨었다. 이중섭은 유강렬에게만은 들켜선 안 된다고 신신당부했다.

"따라오겠지비."

양성소 2층 교실로 올라갔다. 유강렬은 바지 주머니에서 열쇠를 꺼내 사물함을 열고 징크 화이트 세 개를 집어 내밀었다.

"뺑끼는 저 구석타리에 놓기오. 뭐 합메, 아니 받구?"

남대일이 떨며 받았다.

"명심하겠지비. 둥섭 형니메가 또 뺑끼를 사 오라 시키문, 낸대루 곧장 옴메."

"알겠심더…… 그란데예……."

망설이다가 물었다.

"징크 화이트를 다 내주시믄, 선생님은 머 갖고 작업하십니꺼?"

유강렬이 피식 웃은 뒤, 남대일이 들고 온 페인트를 턱으로 가리켰다.

"저게 안 보이니?"

아틀리에 계단을 오르는 내내 걱정했다. 페인트를 당장 찾아오라고 이중섭이 불호령을 내릴 것만 같았다. 서로 물감을 양보한 꼴이다. 조금이라도 나은 종이와 물감과 모델을 차지하려고 다투는 화가들의 전기(傳記)에선 등장하지 않는 이야기였다. 마지막 층계를 남겨 두고 태엽 풀린 인형처럼 멈췄다. 이중섭의 낮고 느린 목소리가 새어 나왔다. 폴 발레리의 시 '해변의 묘지'의 마지막 연이었다.

"바람이 닌다…… 살아야만 한다! 한 면에
니는 숨결은 책을 펠쳇다 다시 닫구,
파도는 산산이 부서져 바위서 내뿜어제 나온다.

날아라, 날아라, 현기증 나는 책장들이여.

때리 부세라, 파도여. 기뻐 춤추는 물로 때리 부세라,

삼각돛의 무리가 고기 잡던 이 고요한 지붕을."

이중섭은 아틀리에로 들어선 남대일의 손부터 살피곤 고개를 들어 눈을 맞췄다. 페인트통은 어디 있느냐는 질문이었다. 남대일이 주먹을 펴고 물감 튜브 세 개를 내보인 후 눈을 감았다. 이제 꾸중이 시작될 것이다.

한참을 기다렸지만, 물감을 가져가지도 않았고 호통을 치지도 않았다. 왼눈을 살짝 뜨곤 스승의 표정을 살폈다. 웃는 건 아니지만 성난 얼굴도 아니었다.

이중섭의 마음은 작년 7월 도쿄에 가 있었다. 여름 볕이 따가운 그곳에서 아내 이남덕과 두 아들 태현 태성을 만났다. 그리움이 깊었던 만큼 재회의 기쁨도 컸다. 아내와 아들들을 품에 안은 채 한 달이든 일 년이든 지내고 싶었다. 일주일 만에 헤어져 돌아올 때의 막막함과 슬픔이여!

귀국 후 거듭 고심했다. 해결책은 둘 중 하나였다. 하나는 아내와 두 아들이 한국으로 돌아오는 것이다. 김환기의 아내인 수필가 김향안은 이중섭을 볼 때마다 이남덕이 돌아오면 모든 문제가 풀린다고 했다. 김향안뿐만 아니라 다른 화우들도 도쿄로 편지를 보내 홀로 남은 이중섭의 외롭고 처량한 사정을 알렸다.

이남덕이 두 아들과 한국으로 돌아올 가능성은 없었다. 이중섭은 그들이 송환선을 타러 가기 전, 부산과 서귀포에서 함께 지낸 날들을 되짚어 봤다. 가족이 편히 자고 입고 먹는 데 필요한 돈을 벌어 온 적이 없었다. 가장 역할

을 못한 것이다.

판매가 순조롭고 작품 평이 좋다면, 두 겹의 이산을 겪은 이중섭의 처지를 안타까워하는 지인들이 나서서 돕는다면 일본행이 가능할까.

거듭된 질문 앞에서 장강에 가로막힌 물소 떼처럼 서성거렸다. 대작을 완성할 때까진 저만치 묻어 두고 쳐다보지도 않으려 했던 더러운 이름이 어둠을 찢고 올라왔다. 마영일!

서울에서 개인전을 성황리에 마치고 일본 입국에 성공하더라도 해결할 문제가 적지 않다. 마영일에게 사기를 당하며 덤터기를 쓴 돈이 자그마치 30만 엔이다. 상심한 나머지 폐결핵에 걸린 아내에게 꼭 필요한 건 정양(靜養)이다. 이중섭은 장차 도쿄에서 자신이 감당할 일들을 상상하며 편지를 고쳐 썼다.

내가 간다는 것에 대해 너무 어려운 온갖 사정들과 연결시켜 나약하게 생각하지 말아 줘요. 아고리*도 남자라오. 육체노동이라도 열심히 할 테요. 처음에는 페인트 가게 시다바리라도 괜찮소. 예술과 가족과의 아름다운 생활을 위해서라면 뭐든 할 각오가 되어 있소. 처음 반년 정도는 하루에 한 번만이라도 괜찮으니 내 혼자서 바깥에 방을 한 칸 빌려 혼자 힘으로 벌어서 밥을 먹고 제작할 생각이오. 일주일에 한 번 정도

* 도쿄 유학 시절, 턱(あご, 아고)이 긴 이중섭에게 붙인 별명이다.

가족들을 만날 수만 있다면 족하오. 이번에 가더라도 가족들과 같이 생활할 생각은 없어요. 어떻게든 반년 또는 일 년 정도 혼자서 헝클어진 마음을 조용히 정리하지 않으면 안 되겠소. 내가 가더라도 그대가 정양하는 데 조금도 방해되지 않겠다는 나의 결의를 말해두고 싶소.

통영에서 자신이 얼마나 성실하게 작업하고 있는지 알리는 쪽으로 방향을 돌렸다. 어둠을 계속 보고 있노라면 더 깊은 어둠에 갇히고 만다. 꼼짝달싹할 수 없는 불행한 결과에 이르기 전에 스스로 벗어나야 한다.

한없이 어두운 부분과 지극히 밝은 부분이 함께 담겼다. 보통 사람이라면 둘 중 하나를 지우겠지만, 이중섭은 둘 다 그대로 두었다. 어두운 마음도 그고 밝은 마음도 그다. 사랑하는 남자를 찾아 도쿄에서 원산까지 홀로 찾아온 이남덕이라면, 어두우면서 밝은 그 마음을 헤아릴 것이다. 부부 사이의 정직은 모순되지 않는 마음을 유지하는 것이 아니라, 틈이 생기고 감정이 뒤엉켜 뭐가 뭔지 모르겠더라도 숨기지 않고 그대로 보여 주는 것이다.

부지런히 작업하는 모습을 큰 소리로 읽으니, 해바라기처럼 고개 들 힘이 다시 났다.

"우체국에 가 국제우편부터 부티고, 밥 먹자우. 내래 굶는다구 너까디 굶딘 마라. 들소터럼 거침없이 행진하려문 배가 든든해야디 않갓어. 뭐 먹구 싶네?"

남대일이 입맛을 다시며 답했다.

"졸복국에 방풍탕펭채가 제철임더. 입에 맞으시까예?"

26

두 사람을 묶어 비교하는 역사는 오래되었다. 카인과 아벨이 그러하고, 유비와 조조가 그러하며, 나르치스와 골드문트가 그러하다. 음악가인 베토벤과 모차르트, 작가인 괴테와 실러도 이 범주에 든다. 화가들도 종종 언급되었는데, 대중은 고흐와 고갱을 제일 많이 입에 올렸다. 이중섭과 그의 친구들이 자주 논한 화가는 피카소와 마티스였다. 영향을 주고받으면서 질투도 하고 경쟁도 한, 서로의 작품 세계를 인정한 라이벌이었다. 열에 일곱은 피카소를 우위에 뒀고 마티스를 선호하는 화가는 셋이 될까 말까였다. 이중섭은 소수파에 속했다.

다양한 재료를 활용해 공예 작품을 만드는 유강렬은 피카소의 번뜩이는 창의성에 혀를 내둘렀다. 노력으로 도달할 경지가 아니라는 것이다. 이중섭 역시 피카소의 독특한 착상과 밀어붙이는 에너지를 부러워했지만, 굳이 둘을 비교할 때는 마티스를 언급하는 횟수가 많았다. 통영에 오고 나선 마티스를 가까이 두려는 마음이 더욱 커졌다. 예술 잡지 베르브에서 낸 〈마티스 작품집〉을 김용주의 서재에서 발견하곤 너무 기뻐 눈물까지 글썽였다.

피카소가 분방한 방외인이라면 마티스는 수도하는 교수다. 피카소는 무리와 어울리며 으뜸이 되기를 갈망했고 마티스는 홀로 숙고한 작품으로 무리에 충격을 주기를 바랐다. 피카소가 불이라면 마티스는 물이다. 물이긴 하되 그림 속에서 펄펄 끓는 물이다. 피카소는 그림 외에도 각종 기행(奇行)으로 유명했다. 때마다 바뀌는 뮤즈의 이름과 사진이 잡지와 신문에 실리고, 작업을 위해 사들인 저택과 즐겨 참여한 파티도 세인들의 주목을 끌었다. 기행은 그림값을 떨어뜨리기는커녕 몇 배 혹은 몇십 배 뛰어오르게 했다. 작품은 작품 자체로만 존재하는 것이 아니라, 이야기가 들러붙는다는 것을 누구보다 정확히 꿰뚫은 화가가 피카소였다. 스스로 이야깃감이 되는 것을 두려워하지도 않았고 귀찮아하지도 않았다.

마티스는 달랐다. 순간순간 과장된 삶을 드러내기보단 이젤 앞에서 대부분의 시간을 보냈다. 늘어놓으면 여러 여자겠지만, 각각의 시절에 마음에 품은 여자는 오로지 한 사람이었다. 그 한 사람을 뮤즈이자 애인이자 아내로 삼고 그림 안팎에서 사랑했다. 색감이 단순하고 강렬한 만큼 구성은 단단하고 주제는 분명했다. 통영의 이중섭에게 필요한 것은 피카소의 자유나 낭만이 아니라, 마티스의 절제와 선명함이었다.

27

　밤부터 바람이 거세더니 잔교를 덮칠 만큼 파고가 높았다. 이중섭은 일찌감치 스케치북과 이젤을 챙긴 뒤, 어린 조수가 채비를 마칠 때까지 담배를 피우며 기다렸다. 남대일은 솜바지에 털옷을 껴입고 귀를 덮는 모자를 쓰고 목도리를 두른 후 장갑까지 꼈다. 올해 들어 가장 추운 날이다. 손가락이 꽁꽁 얼어 댓잎 하나도 그리기 힘들 것이다. 햇볕 좋은 날엔 아틀리에에 머물고, 바닷바람이 몰아칠 때면 새벽부터 서피랑에 올라가는 스승이 원망스러웠다.

　이중섭은 점퍼 안에 놀랍게도 티셔츠만 걸쳤다. 모자나 목도리나 장갑은 아예 없고, 양말도 갑갑해서 싫었지만 억지로 신었다. 거듭 싸맨 제자를 보며 어깨를 으쓱 올렸다.

　"호들갑 떨디 마라. 피안도나 함깅도에 비하문 통영 겨울은 봄이디."

　이중섭이 앞장을 섰다. 강구안으로 나가지 않고 곧장 도로로 올라서선 소방서를 지났다. 익숙한 선창골 대신 해방다리 쪽으로 열 걸음을 더 걷다가 비스듬한 골목으로 접어들었다. 곁으로 붙는 제자에게 명랑한 얼굴로 설명했다.

　"통제영을 세울 때 난 옛 골목이라문서? 왜정 때 맨든 길들은 반듯반듯하디만, 요 골목을 보라. 왼편이든 오른편이든 살살 휘디 않네? 정겹구만!"

　두 달 동안 서피랑과 동피랑과 안뒤산 그리고 남망산

133

을 틈만 나면 오갔다. 해저터널을 지나 멀리 미륵산 용화사에 가선 효봉 큰스님과 차담까지 나눴다. 통영에서 나고 자란 사람도 한겨울엔 피랑과 산을 오르지 않는다. 이중섭은 그냥 올라갔다가 내려오는 것도 아니고, 비와 눈과 바람과 안개 속에서 몇 시간을 머물렀다. 채색을 시작하면서는 화구 상자까지 챙겼다.

배수지부터 갔다. 이중섭은 스케치북만 든 채 크게 한 바퀴 돌았다. 남대일은 이젤 뒤에서 기다렸다. 처음엔 스승이 가는 곳이면 어디든 따랐지만, 이내 지쳐 나가떨어졌다. 배수지를 도는 횟수를 정해 준다면, 스무 바퀴 아니 서른 바퀴도 함께 돌았으리라. 어느 날은 한 바퀴도 채 돌지 않았고 어느 날은 백 바퀴나 돌았다. 몇 바퀴를 돌지 물었더니 걸어 봐야 알겠다고 했다. 언제 어디서 무엇 때문에 멈출지 모르는 상황에선 걸음걸음이 늪이다. 이중섭은 열네 바퀴를 돌고 와선 배수지 풍경 그리는 작업을 봄으로 미뤘다.

"꽃 필 때 다시 오갓어."

강구안과 남망산이 내려다보이는 방향을 마음에 들어 하면서도 다섯 번이나 더 서피랑을 올랐다. 배수지는 횡으로 오갔다면 서피랑은 종으로 다녔다. 올랐다가 내려오고 또 오르기를 반복한 것이다. 이중섭은 화가에게 가장 중요한 재능으로 끈기를 꼽았고, 치밀하게 살피려는 의지라고 풀어 말했다. 뒷걸음질 치며 오르다가 멈추고선 "여기가 좋갓어!" 혼잣말했고, 가만가만 내려오다가 다른 곳을 발뒤꿈치로 찍어대며 "여기가 좋갓어!" 상기된 얼굴로 강조했다. 남대일은 그중 어디가 제일 마음에 드는지 물었다.

이중섭은 검은 별로 표시해 둔 네 군데 지점을 하나하나 짚으며 고민하다가 스케치북을 덮었다. 감탄한 장소들을 깡그리 잊은 사람처럼, 비탈을 다시 오르내리며 세 개의 잔교와 남망산을 쳐다보았다. 두 달 동안 쌓인 스케치에서 하나를 골라 채색하는 단계로 넘어가긴 틀린 셈이다. 새로운 지점에 서서 수십 장 다시 연필을 놀린다면 일주일이 금방 흘러갈 것이다.

남대일은 소나무처럼 서서 기다렸다. 이젤 두 개를 나란히 펴곤 화구 상자를 발아래 두었다. 북풍이 매서운데도 드문드문 사람들이 있었다. 강구안 풍경을 내려다보는 이들이 절반, 연을 날리는 이들이 절반이었다. 어른 키보다도 더 큰 방패연으로 자꾸 눈이 갔다. 욕지도에 살 땐 겨울이면 아버지를 따라 연을 날렸다. 통영으로 나오고 나선 연을 만들어 주는 이도 없고 날리자 권하는 이도 없었다.

몇몇이 다가왔다. 남대일은 그들이 묻기도 전에 스승을 설명했다.

"억수로 유명한 화가시라예. 나전칠기기술원 양성소 학생들 가르칠라고 오셨심더. 지도 거어 학생인데, 도와드리는 중이고예."

지금까진 대부분 스승과 제자를 잠깐 쳐다보다가 칭찬 몇 마디 얹고 지나갔다. 그날은 또래 소녀에게 엉뚱한 제안을 받았다. 멀리서 처음 발견했을 때는 움직이는 불꽃 같았다. 모자와 외투와 장갑이 모두 연분홍이었기 때문이다. 불꽃이 점점 다가왔다. 이젤을 가운데 두고 마주 보며 섰다. 얼굴이 달아오른 남대일은 부끄러움을 감추기 위해 오히려 소리쳤다.

"내 얼굴에 머 묻었나? 비키라! 스케치하는 데 방해된다."

소녀가 얼레를 내밀었다.

"바꿀래?"

남대일이 방패연을 날리는 동안, 이젤 앞에 연필을 든 채 서 있고 싶다는 것이다.

2년 만에 날려 보는 연이었다. 바람을 타기 위해 서피랑을 달렸다. 평지가 적은 만큼 더 힘껏 더 빨리 뛰어야 했다. 분홍 연이 떠오르자 사람들이 손뼉을 쳤고, 이젤 앞에 선 소녀도 웃었다. 이중섭 역시 고개를 들어 강구안에서 서피랑으로 올라온 바닷바람에 춤추는 연을 쳐다보았다. 아궁이를 탈출한 불꽃 한 점이 허공을 누비는 듯했다.

얼레를 풀고 또 풀었다. 멀어지는 연의 눈으로 세상을 내려다보고 싶었다. 피랑이 모두 담기고, 미륵도는 물론 한산도부터 욕지도까지 아우르는 겨울이여! 연이 올라갈수록 상상의 폭이 넓어졌다. 연의 붉음이 줄어들수록 바다의 푸르름은 커져만 갔다.

높고 푸른 상상이 갑자기 흔들렸다. 짝을 이룬 방패연들이 덤벼든 것이다. 교복 차림 중학생 둘이 킬킬대며 주먹을 휘돌렸다. 얼레를 급히 감거나 풀어도 두 연의 협공을 피할 수 없었다. 식은땀이 등줄기를 타고 흘렀다. 연줄을 누르는 힘이 강해지자 얼레를 붙들고 버티기에도 벅찼다. 줄을 아예 끊어 먹을 작정인 것이다. 팔을 놀리는 대신 비탈을 네댓 걸음 오른 후, 얼레를 재빨리 풀었다. 분홍 연이 다른 두 연보다 한 길은 높이 떠올랐다. 한 연은 곧장 뒤따랐고, 다른 연은 반원을 그리며 바람의 방향을 가늠했다. 공격하던 두 연 사이에 틈이 생긴 것이다. 얼레를 재빨리 감았다. 두 연이 힘을 합치기 전, 한 연씩 접근해 줄을 밀고 흔들고 눌렀다. 시비를 건 연들이 살길을 찾아 방향을 좌우로 틀었다. 싸움은 끝났고 화평이 찾아들었다. 남대일은 시선을 내려 피랑을 살폈고 소녀와 눈이 마주쳤다. 분홍연이 너불너불 따라 웃었다.

부산과 여수에서 동시에 배가 들어왔다. 세 군데 잔교 모두 승객과 짐이 넘쳐났다. 하선부터 마친 후 승선하도록 순서를 정했지만, 부산발 승객들이 미처 다 내리지 못했는데 통영발 승객들이 여객선으로 올라서며 뒤엉켰다. 해풍을 피해 조금이라도 빨리 잔교를 벗어나려 한 것이다. 사람들이 쓰러지자 비명과 욕설이 뒤섞이고 짐이 나뒹굴었다. 경찰들이 호루라기를 불며 아수라장을 바로잡으려 애썼다.

뱃고동이 길게 울자 언제 그랬냐는 듯이 다시 길을 내고 줄을 섰다. 욕지도행 신천호가 먼저 떠나고, 여수행과 부산행 배가 뒤를 이었다. 여객선들이 떠나자 부두의 승객과 짐꾼, 경찰관도 손과 귀를 비벼대며 추위를 녹일 곳을 찾아 흩어졌다.

서피랑에서 강구안 풍경을 그림으로 옮기던 이중섭이 붓을 놓고 허리를 가볍게 돌렸다. 여객선이 또 들어오고 다시 나갔다. 동녘에서 떠오른 해가 항구를 구석구석 비춘 후

서녘으로 기울었다. 그림자의 방향과 길이가 바뀌고 마침
내 그림자가 사라질 때까지, 꼼짝하지 않고 서선 집중했다.
끼니를 건너뛰고 오줌 누는 것마저 귀찮다며 물 마시는 것
도 꺼렸다. 해가 지면 아틀리에로 내려와 눈을 붙였고, 해
가 뜨기도 전에 다시 서피랑을 올랐다. 화구 상자를 열고
나무 팔레트에 물감을 짰다. 징크 화이트 옆에 이집티안 블
루와 인디안 옐로가 자리를 잡았다. 남대일은 숙소와 서피
랑을 오가며 점심과 이른 저녁을 날랐다. 이중섭은 멍게로
간을 한 주먹밥을 볼이 터지도록 넣어 씹지도 않고 삼켰다.

　　바다 너머 바다고 섬 너머 섬이다. 첩첩 부드럽게 이어
지는 흐름을 각진 모서리가 끊는다. 매일 오가는 여객선과
승객을 위해 파고 쌓고 자르고 세운, 바다로 통하는 면만
열린 네모반듯한 부두다. 정돈된 해안을 따라 늘어선 건물
들은 해운 회사와 식당과 시장과 창고다. 바다는 둘로 나
뉘되, 아래 항구를 떠난 배는 위 섬이 늘어선 바다로 이어
지고, 그 역도 성립한다. 돌아드는 것이 뱃길이요 마음길인
것이다.

　　남망산으로 오르는 뭍길도 따로 그렸다. 그 길 역시
지난달에 수십 장을 스케치했지만, 꼬박 하루를 들여 새로
그린 후에야 채색을 시작했다.

　　좌우가 뚫린 바다다. 강구안 각진 선착장을 오간 사
람이라면, 오른쪽으로 나란한 풍경임을 안다. 왼쪽에서 뻗
어 온 나뭇가지와 잔잔한 바다와 늘어선 건물들은, 보이
진 않지만 거기 부두가 있으리라 추측하게 만든다. 출발했
으되 완전히 빠져나가진 않은 항구에서 작별 인사를 건네

듯 마지막 길을 담는다. 물길 아닌 뭍길이다. 깊은 강은 오래 흐르고 높은 산은 멀리 뻗는다고 했던가. 남망산 길은 바다를 내려다보며 손을 흔들라고 만든 길 같다. 뭍길에서 물길을 살피고 물길에서 뭍길을 찾는 사람은 고향을 그리워하는 사람이다. 천 번 만 번 돌아갈 길을 준비하는 사람이다.

나흘이 순식간에 지나갔다. 이어진 듯 제각각인 풍경화 두 점이 완성되었다. 저물녘 서피랑에서 내려온 이중섭은 저녁도 먹지 않고 곯아떨어졌다. 남대일은 강구안을 담은 스승의 풍경화 두 점을 나란히 놓곤 밤을 꼬박 새웠다. 주먹으로 제 이마를 치며 자책하고 한숨 쉬었다. 나흘 동안 그도 스승을 따라 서피랑에 서서 강구안을 스케치북에 담았다. 바다와 건물과 사람으로 채웠지만 어딘지 허술해 새벽에 깨어난 스승에게 가르침을 청했다.

"지껀 우째 이리 휑합니꺼?"

이중섭은 그림을 훑더니 담배부터 찾아 물었다. 속이 쓰린 듯 인상을 잔뜩 쓰며 한 모금 빨았다가 뱉은 뒤 말했다.

"유 선생에게서 폴 세잔 배웠디? 화가에겐 중요한 거이 둘인데, 뭐과 뭐네?"

"눈과 정신이지예."

"눈으로는 자연을 보는 거이구, 정신이란 무엇이 갓어?"

"잘…… 모르겠심더."

"감각이래 논리를 동반한다!"

선착장을 내려다본 풍경

길

"……어렵심더."

"보이는 대루만 그리문 사진을 어드롷게 넘어서갓네? 해석을 해야디. 나흘 동안 뭘 그렛네?"

"강구안이지예. 저건 동피랑이고 또 이건 남망산……."

"누가 기걸 몰라?"

제자의 시선이 스승의 풍경화로 옮겨 갔다.

"마찬가지 아입니꺼? 선생님 것도, 이건 강구안이고 또 저건 남망산인데예."

"똑똑히 보라."

"모, 모르겠심더."

강구안을 출발한 여객선이 점점 작아지다가 섬 뒤로 사라지듯, 이중섭이 말끝을 흐렸다.

"물길! 원산에 가 닿는……."

28

아버지 이희주에 관한 기억은 없다. 이중섭이 세 살 때 사별한 탓이다. 열한 살이나 차이가 나는 형 이중석을 믿고 따랐지만, 형이 아버지가 될 순 없었다. 아비 없는 자식의 힘겨움을 알기에, 이중섭은 두 아들이 아버지의 빈자리를 느끼게 하긴 싫었다. 1952년 6월, 아내와 두 아들을 도쿄로 보낼 때 끝까지 풀지 못한 문제였다. 부산항에서의 이별을, 곧 다시 함께 살 것이라는 이중섭의 호언을, 다섯 살 태현은 어쩌면 기억하겠지만 네 살 태성도 기억할까.

1953년 7월, 도쿄에서 두 아들과 재회했을 때, 미안하다는 말부터 나왔다. 미안한 것이 많았지만, 열세 달이나 아버지의 자리를 비워 둔 것이 제일 컸다. 곧 다시 함께 살 것이라는 도쿄에서의 장담을, 여섯 살 태현은 확실히 기억할 것이고 다섯 살 태성도 어쩌면 기억할 것이다.

해를 넘겨 1954년이다. 일곱 살 태현과 여섯 살 태성은 아버지와 함께 사는 것이 쉽지도 간단하지도 않다는 것을, 당분간은 아비 없는 자식으로 살아야 한다는 것을 알아차렸으리라.

아비 없는 자식이 아니라 아비 있는 자식임을 느끼도록 하고 싶었다. 도쿄에서 같이 살겠다는 바람을 이룰 때까지, 시간은 멈추지 않을 것이고 아이들은 자랄 것이다. 그때까지 미루지 말고, 지금 통영에서 아버지의 자리를 조금이나마 채우기로 했다.

　아버지 이중섭, 어머니 이남덕, 장남 이태현과 차남 이태성을 함께 그렸다. 그림 속 풍경과 사건들이 생소할 수 있지만, 이남덕의 설명까지 자세하게 덧붙이면, 두 아들은 새로운 기억을 얻을 것이다.

　겪은 사실만 그리진 않았다. 지금까지의 빈자리도 문제지만 앞으로의 빈자리는 더 큰 문제였다. 아버지와 했으면 싶은 일과 갔으면 싶은 장소, 만났으면 싶은 사람과 동식물까지 모두 그릴 것이다. 넷이 머물 수만 있다면 먼 과거여도 되고 먼 미래여도 상관없었다.

29

　갑오년 설날을 욕지도에서 맞았다.

　이중섭은 이날도 서피랑에 오를 예정이었지만 마음을 고쳐먹었다. 스승이 그림에 매진하는데 자기만 고향에 다녀올 순 없다고 남대일이 고집을 부렸던 것이다. 좋은 말로 몇 번 타이르다가, 함께 욕지도로 가선 풍경을 그리기로 했다. 제자 겸 조수를 고향으로 보내 가족과 함께 너물비빔밥에 대구탕이라도 먹게 할 방법은 그것뿐이었다. 효봉 큰스님은 통영 앞바다가 이순신 장군의 물길이기도 하지만, 화엄의 세계를 펼쳐 놓은 곳이라고도 했다. 이중섭이 왜 하필 화엄이냐고 묻자, 큰스님은 〈화엄경〉의 한 구절을 읊었다. 욕지연화장두미문어세존(欲知蓮華藏頭尾問於世尊). 알고 싶거든 연화장 세계의 처음과 끝을 세존께 여쭤보라! 욕지도와 연화도와 두미도와 세존도가 이 문장에서 비롯한다는 것이다. 용화사가 있는 섬이 미륵도인 것도 예사롭지 않았다.

강구안 통영극장 앞에서 섣달그믐에 신천호를 탔다. 통영을 떠난 배는 첫개와 새섬과 딱섬과 연대도와 연화도를 거친 뒤에야 욕지도에 닿았다. 연화도를 지날 무렵 우도 쪽에서 상괭이 두 마리가 파도를 따라 넘실거렸다. 이중섭은 목을 길게 빼고 수면을 내려다보며 노래를 불렀다. 소나무야 소나무야 변함이 없는 그 빛.

일본인이 모여 살던 자부랑개 선창에 잠시 멈췄다가 최종 목적지인 욕지 선창에 도착했다. 배에서 내리자마자 남대일이 화구 상자와 이젤을 들고 앞장섰다. 고향집이 있는 상촌으로 가지 않고 바닷가 동촌을 따라 걸었다. 욕지도에 올 때마다 친구 유똘똘의 어장막에서 묵고 이른 새벽 상촌으로 올라갔던 것이다.

이중섭은 남대일과 유똘똘을 어장막에 남겨 두곤 스케치북과 이젤을 챙겨 들었다.

"둘러보구 오갔어."

"길라잡이 해드리겠심더."

"친구랑 잇으라."

해안을 따라 자부랑개 쪽으로 길을 잡았다. 아직 해가 떨어지기 전인데도 대취한 사내들이 비틀대며 맞은편에서

145

걸어왔다. 이중섭도 자부랑개 안방술집 거리의 명성을 들은 적이 있다. 일제강점기부터 마흔 개나 넘는 술집에 식당과 여관과 당구장까지 늘어서선 흥청댄다는 것이다. 연중 내내 고등어 파시(波市)가 섰고, 그 맛은 일본까지 두루 소문이 났다.

바닷가로 내려서면 푸른 바다를 거리낌 없이 담겠지만 길 없는 비탈로 기어오른다. 무성한 잎 다 떨구고 벌거벗은 채 눈바람을 맞은 가지들이 바다를 가린다. 그 뒤에 이젤을 세운다. 답답하고 쓸쓸한 구석이 많다며, 시원스럽게 탁 트이도록 하라고 몇몇 벗이 충고했지만, 겨울나무를 가까이 품는 것이 또한 이중섭의 마음이다. 자부랑개 입구의 지붕들이 발아래다. 바다를 향해 세로로 길쭉한 집이 눈에 띈다. 관망하지 않고 달려드는 기운을 노란 지붕으로 돋보이게 한다. 겨울나무를 구석으로 밀지 않고 중앙에 세운다. 줄기는 수직으로 곧은 대신 오른쪽으로 살짝 기운다. 차지할 공간이 늘어난 왼쪽 가지들이 횡으로도 달리고 하늘로도 솟는다. 아래쪽에도 키 작은 나무들을 울타리처럼 둘러친다. 나무들 앞은 자부랑개 푸른 바다다. 개들도 고등어를 물고 다닐 만큼 풍요로운 바다다. 돈이 모이는 만큼 눈물이 쌓이고 세상의 온갖 근심이 밀려드는 바다다. 그 바다의 번뇌를 끊고 언 손으로 서서 그린다는 사실 자체가 소중하다. 청정한 믿음을 갖고 싶다.

"대향 선생님. 어데 계십니꺼?"

벌써 어둑어둑 날이 어두웠다. 바닷길이 아니라 숲길에서 남대일의 목소리가 들려왔다. 이중섭은 스케치북을

욕지도 풍경

덮고 연필을 챙겨 주머니에 넣었다. 안방술집 불빛이 대낮처럼 환했다. 부산이나 서귀포에서였다면 저 빛으로 들어가서 밤새워 마셨겠지만, 자부랑개를 등지고 동촌으로 돌아왔다. 방금 만난 깨달음의 바다에 푸른빛을 빨리 칠하고 싶었다.

어둑새벽 어장막을 나섰다. 동촌에서 중촌을 지나 상촌까진 오르막길뿐이었다. 면사무소를 지나 남대일이 졸업한 원량국민학교 넘어 욕지제일교회의 십자가 아래를 통과했다. 길은 점점 가팔랐지만 남대일의 걸음은 더욱더 빨라졌다. 상촌으로 접어들면서는 뛰다시피 했다. 앞마당에 도착해 거친 숨을 몰아쉴 때, 까까머리 사내아이 둘이 달려와서 품에 안겼다. 뒤이어 주걱을 쥔 아낙이 부엌에서 나왔다.

"어무이!"

어머니 최성자였다. 대일이 툇마루에 짐을 부려 놓고 기다렸다. 헉헉대며 올라온 이중섭에게 냉수부터 권한 뒤 물었다.

"쉬실래예?"

아버지 남협은 남의 배를 타고 먼바다까지 조업을 나가는 선부이니, 장남이 통영에서 돌아오는 날이라고 항상 집에 머물진 않았다.

이중섭은 안방 문 위 액자에 든 가족사진을 올려다보았다. 세 아들이 의자에 나란히 앉고, 부모는 뒤에 섰다. 장남 남대일이 꽃다발을 들고 가운데 의자를 차지한 채 정면을 응시했다. 차남과 막내는 잇몸이 드러날 만큼 웃었지만, 장남은 무표정할 뿐만 아니라 두려운 빛까지 살짝 비쳤다.

국민학교를 졸업한 다음 날 통영으로 나가 유영사진관에서 찍은 기념사진이었다. 왕방울 눈에 짙은 눈썹과 주먹코는 아버지와 판박이였다. 남협의 얼굴을 바라보는 이중섭의 입가가 실룩거렸다. 인연의 시작을 확인한 것이다.

밥상은 넉넉했다. 설날을 맞아 장남이 스승과 함께 왔으니, 최성자로선 최선을 다해 마련한 음식이었다. 대구탕에 생선찜 그리고 나물도 아홉 가지였다. 숭늉까지 마신 뒤 이중섭이 말했다.

"대일이 걱정은 말라요."

최성자는 입을 가린 채 웃기만 했다.

설날이라고 그림을 쉬진 않았다. 새벽부터 화구 상자와 이젤을 챙겨 상촌에서 군자개로 넘어가는 시금치재에 올랐고, 포구가 한눈에 내려다보이는 언덕을 옮겨 다니며 스케치를 했다. 어제 그리다 만 자부랑개 풍경은 통영으로 떠날 때 다시 가서 작업할 예정이었다. 이중섭의 손이 갑자기 멈췄다. 낮고 굵은 소 울음이 들렸기 때문이다. 이젤은 그대로 둔 채 소리가 들린 쪽으로 향했다. 황소 한 마리가 바다를 굽어보며 한가롭게 되새김질을 하는 중이었다. 이중섭은 담배를 피워 물곤 고개를 끄덕였다. 포구 풍경보단 소를 스케치하며 새해 첫날을 보내기로 한 것이다.

저녁부터 바람이 거칠고 파도가 사나웠다. 최성자가 세 아들과 안방에서 자고 이중섭은 건넌방에 묵었다. 남협은 끝내 돌아오지 않았다.

이슬아침부터 눈을 떴다. 통영이든 욕지도든 일어나는 시간은 같았다. 방문을 여니 바다는 어두웠고, 별들만 그 위에서 드문드문 빛났다. 된바람이 들이쳤지만, 문을 닫지 않고 하늘을 우러렀다.

"펜히 주무싰습니꺼?"

남대일이 어느새 문 옆에 나와 서 있었다. 그도 역시 스승처럼 새벽잠이 없었다. 최성자와 두 동생은 아직 깨지 않았다. 이중섭이 제자를 방으로 들이려다가 문득 물었다.

"벽화 그려봤?"

"언지예."

이중섭은 방을 나와 남대일을 데리고 부엌으로 갔다. 쇠꼬챙이로 아궁이를 뒤적이더니 나무를 골라 꺼냈다. 숯이 된 녀석도 있고 타다 만 녀석도 있었다.

"골라 보라우."

스승과 제자는 아궁이 옆 벽을 보며 나란히 앉았다. 처음으로 함께 한 작업이었다. 양성소 실습 시간에 연필뿐만 아니라 목탄으로도 데생을 했지만, 아궁이에서 나온 숯으로 벽화를 그린 적은 없었다. 남대일이 머뭇거리며 물었다.

"멀 그립니꺼?"

강강술래. 춤추는 가족이다. 수평선으로 새해 첫 태양이 오른다. 아빠와 엄마와 세 아들이 손을 잡고 돈다. 강강술래. 아빠는 만선에 따라온 상여금이 자랑스럽고, 엄마는 곱게 자른 가래떡이 사랑스럽다. 강강술래. 맏이는 수백 장 밑그림을 끝낸 오른손에 힘이 실리고, 둘째는 아침저녁으로 먹이를 준 고양이가 곁을 허락한 기쁨에 실실 웃고, 셋째는 부모와 두 형의 즐거운 얼굴을 보니 덩달아 신이 나선 양팔을 흔들어댄다. 강강술래. 다섯 사람이 딛는 땅은 돌려 긋고, 섬으로 내몬 가난의 벽은 층층 횡으로 쌓아 올린다. 고정된 직선 앞에서 움직이는 곡선이 힘차다. 강강술래. 돌고 돈다. 돌면서 확인하는 원은 정겹다. 돌면서 다지는 원은 안전하다. 이 원이 가족이다. 강강술래.

이중섭은 삼 형제를 맡았고, 아빠와 엄마는 남대일의 몫이다. 벽이 울퉁불퉁하고 숯이 쉽게 부서지는 바람에 검댕이 손과 얼굴에 곧잘 묻었다. 스승과 제자는 벽화를 그리다 말고 서로의 얼굴을 바라보며 킬킬거렸다. 그 소리에 잠을 깬 최성자와 남은 두 아들도 부엌으로 들어왔다. 아이들은 벽화를 보자마자 손뼉을 치며 웃음을 터뜨렸다. 누가 첫째고 둘째고 셋짼지 알아차린 것이다. 최성자는 자신을 쏙 빼닮은 여인에게 미소를 머금었다가 눈물을 훔쳤다.

30

이중섭은 읍내 곳곳에 모습을 드러냈다가 사라졌다. 비슷한 시각에 서피랑과 동피랑과 안뒤산에서 보았다는 목격담이 심심치 않게 들려왔다. 신출귀몰 이길동이란 별명까지 생겼다. 굼벵이보다 느린 사람에게 어울리진 않았지만, 근거 없는 평가는 아니었다. 양성소에서 세병관까진 아무리 천천히 걸어도 30분이 채 걸리지 않는다. 이중섭은 세

춤추는 가족

병관에 간다며 아틀리에를 나서고서도 일주일이나 그곳에 닿지 못했다. 그 대신 양성소와 세병관 사이 곳곳에서 평안도 사투리를 쓰는 화가가 사람들 눈에 띄었다. 목격담이 뒤섞이면서 분신술에 능한 화가가 되었다.

이중섭이 늦은 밤까지 귀가하지 않더라도, 남대일은 예전처럼 바삐 다니며 찾지 않았다. 스승의 행적을 탐문하는 방법을 터득한 것이다. 스승의 그림을 그날그날 살피면, 그저께는 어디로 향하다가 어디쯤 머물렀고 어젠 어디서 스케치북을 폈으니, 오늘 해가 진 뒤까지 그림에 열중하고 있는 곳은 어디겠구나 짐작할 수 있었다.

무척 드물긴 해도 이중섭이 단번에 목적지에 도착한 적도 있다. 봄바람이 불기에는 이른 늦겨울 새벽이었다. 남대일의 뒤통수를 쓰다듬으며 말했다.

"얼떵 가자!"

비몽사몽간에 물었다.

"어데로 말입니꺼?"

잠자리에 들 때까지만 해도 새벽길을 나서겠다는 언질은 없었다.

"용주 형님 뵈러!"

화가 김용주의 집으로 가자는 것이다. 어제 펴놓은 이불이 그대로인 것을 보니, 밤을 꼬박 새워 작업한 듯했다. 채색까지 마치고 나면 서너 개비 줄담배를 피우며 허전함을 달랬다. 하고 싶은 말이 차오르면 화우들을 찾아갔다. 한밤이든 새벽이든 가리지 않고 일단 가선 대문을 두드린 후 기다렸다. 오늘 새벽 그가 택한 화우는 김용주였다. 남대일이 주섬주섬 바지를 입는데, 이중섭이 덧붙였다.

"별서로 갈 거이야."

목적지가 서피랑 아래 집이 아닌 것이다.

"어덴데예, 별서가?"

"산양국민학교 옆!"

괘종시계를 확인하니 5시도 되지 않았다. 산양국민학교까지는 남대일도 초행이었다. 가방에서 지도를 꺼내 위치와 거리부터 확인했다. 샛길로 빠지지 않고 곧장 가더라도 두 시간이 넘게 걸렸다. 추위에 허기까지 겹치면 길 위에서 낭패를 볼 수도 있다.

"어제 강렬 선생님이 주신 시루떡이 남았심더. 퍼뜩 데파 오께예."

"혼자 가갓어."

이중섭은 약속에 늦은 사람처럼 계단을 성큼성큼 내려갔다. 만나고 싶어도 만날 수 없는 어머니가 원산에 있고, 아내와 두 아들은 도쿄에 있었다. 만나고 싶을 때 만날 수 있는 것이 다행이자 축복이라고, 이중섭과 유강렬은 맞장구를 치곤 했다. 남대일이 따라 내려와선 장갑을 내밀었다.

"이거부터 낄소. 바닷바람이 매섭심더. 해도 올케 안 떴는데, 광막풍에 동상 걸립니더. 심하믄 손구락도 짤라예."

불 꺼진 여관 골목을 빠져나왔다. 굶주린 고양이들이 어두운 구석에서 눈을 반짝이며 아기 울음소릴 냈다. 소방서를 등지고 왼쪽으로 꺾은 후 도로를 따라 해저터널까지 묵묵히 걸었다. 해방다리를 지나 통영군청에 이르렀을 때,

남대일은 돌아서서 스승의 위치를 확인했다. 지난가을처럼 까마귀들을 따라 사라질 수도 있기에 사방의 소리에 귀를 기울였다. 새소리가 들리진 않았다. 이중섭은 어깨를 한껏 움츠리고 두 손을 어긋나게 겨드랑이에 낀 채 걸음을 뗐다. 제망 회사 창고들 앞엔 운반할 그물이 쌓여 있었다. 터널에 닿을 무렵 진눈깨비가 내리기 시작했다. 남대일은 터널 입구로 먼저 피한 뒤 빨리 오라며 팔을 흔들었다. 이중섭은 언제나처럼 고개를 들고 두리번거리며 굼뜨게 걸었다. 진눈깨비로 목이라도 축이려는 걸까? 아니면 고양이 세수라도?

터널에서 문제가 생겼다. 이중섭의 걸음이 달팽이처럼 느려지다가 이윽고 멈춘 것이다. 해저터널을 걸어서 통과하는 것이 처음도 아니다. 용화사로 효봉 큰스님을 뵈러 갈 때도, 미륵도에서 육지와 바다를 관망하려 했을 때도, 일제강점기에 완성한 이 터널을 지났다. 그때는 날이 훤히 밝았고, 지상에서 해저로 들어가는 빛을 잠시 살피긴 했어도 이토록 뒤처지진 않았다.

손바닥에 딱 잡히는, 스케치북을 잘라 만든 수첩을 꺼내 그리기 시작했기 때문이다. 군데군데 밝혀 둔 전등이 묘한 분위기를 자아냈다. 터널이 곧게 뚫리지 않고 완만하게 휘는 바람에, 어둠은 어둠대로, 빛은 빛대로 흩어지며 뒤섞였다. 명암에 민감한 화가는 열 걸음 내디뎠다가 열다섯 걸음 물러났고, 스무 걸음 나아갔다가 서른 걸음 뒤돌아왔다. 남대일은 이제는 익숙한, 연필을 반복해서 놀리며 자책하는 스승을 지켜보다가, 미륵도 쪽 터널 출구에 먼저 가서 기다렸다.

빠른 걸음으로 6분이면 지났을 터널을 60분 만에 나오고도, 이중섭은 아쉬운 듯 고개를 자꾸 돌렸다.

"용주 선생님께 오늘 안 가실 겁니꺼?"

남대일이 상기시키지 않았다면, 해저터널 부근에서 새벽 나들이를 마쳤을 것이다.

산양국민학교에 도착했다. 두 시간을 예상했지만 곱절이 걸렸다. 해저터널에서 한 시간을 허비했고, 진눈깨비가 가루눈으로 바뀌면서 해안을 따라 난 길이 미끄러웠던 탓이다. 서두르는 이중섭을 쫓아 아틀리에를 나서느라 우산도 챙기지 못했다. 눈을 맞으며 한 시간을 걷느니 터널로 돌아가 그칠 때까지 기다리다가 다른 날로 미룰 법도 했다. 김용주와 미리 약속한 것도 아니기에, 가지 않았다고 탓할 사람도 없었다. 이중섭은 터널을 빠져나오자마자 입을 굳게 닫은 채 꾸준히 걸음을 뗐다. 하겠다고 마음먹으면 어떻게든 해내는 사람이었다. 날씨는 고려 사항이 아니었다.

산양국민학교에서 김용주의 집까진 또 걸어서 10분 남짓이었다. 이중섭은 학교를 한 바퀴 돈 뒤 교문을 나와 마을로 들어섰다. 뒤따르던 남대일이 물었다.

"알고 가시는 거라예?"

"봄에두 왓디. 미주(美酒)래 익엇다는데 거절할 수 잇갓어? 용주 형님 댁엔 화집과 시집두 많아. 턴국이지!"

대문은 열려 있었다. 이중섭이 마당으로 들어서자, 대청마루에서 이젤을 놓고 설경(雪景)을 그리던 김용주가 양팔을 활짝 편 채 내려왔다.

"아침부텀 우짠 일고?"

길 위에서 네 시간이나 보냈지만, 새벽에 떠났기에 김용주는 아직 아침도 먹기 전이었다.

"형님 보구파 왔디요."

뒤따라 들어온 남대일이 허리 숙여 인사했다.

"들가자. 강구안서 여까지 걸어왔나? 옴팍 젖었네. 옷부터 갈아입어야겠구마."

더운물 목욕까지 했다. 남대일에게 맞는 옷이 없어서, 김용주의 바지와 셔츠를 받아 단을 접어 입었다. 꼴이 우습다며 이중섭이 한참을 웃었다. 어느새 눈이 그쳤다.

"아침은 비빔밥인데, 우떻노?"

"좋습네다."

개조개유곽과 군소무침이 함께 나왔다. 남대일은 김용주가 그리던 설경이 궁금했지만 보진 못했다. 불청객들이 목욕하고 옷을 갈아입는 동안 캔버스와 이젤을 치운 것이다. 이중섭과 유강렬은 미완성작을 서로 보여 주며 품평하길 즐겼지만, 김용주는 특별한 경우가 아니고는 완성작도 공개하지 않았다. 고독을 즐기는 편이기도 했고, 귀국 후 경상도에 두루 제자들을 두었기에, 말 한마디를 하거나 그림 한 점을 내보일 때도 신중했다. 이중섭과는 구라파와 일본의 화가들에 관해 솔직히 대화하고, 장차 그리려는 작품의 방향도 상세하게 의논했다. 이젤을 치우긴 했지만, 이중섭이 최근 작업을 보여달라고 했다면, 서재를 겸하는 아틀리에로 안내했을 것이다.

"구경시켜 주가시오?"

이중섭은 뜨듯한 온돌방 대신 질퍽한 논두렁을 원했다.

김용주는 천석꾼의 맏손자였다. 해방과 전쟁이란 소용돌이가 한반도를 휘감았지만, 원산에서 남부러울 것 없던 이중섭이 극빈자가 되어 부산과 서귀포를 거쳐 통영까지 왔지만, 김용주는 여전히 통영에서 손꼽히는 부자였다. 일제강점기에 문부성전람회와 조선미술전람회에 연거푸 입상한 실력자이기도 했다.

김용주는 신발장을 열어 가죽신을 내주었다. 피랑에 둘러싸인 강구안에 비해, 들녘이 훨씬 넓고 평평했다. 하염없이 펼쳐지던 논이 추락하듯 바다에 닿았다. 하양과 파랑의 극명한 대비에 눈이 시릴 정도였다. 김용주는 별다른 설명 없이 앞서 걷기만 했다. 나들이할 때마다 색과 빛의 흐름을 파악하느라 분주한 이중섭을 배려한 침묵이었다.

혹자는 김용주에게 왜 아틀리에를 서울에 열지 않느냐고 물었다. 실력과 재력을 겸비했으니 상경해서 자리를 잡으라는 것이다. 지금이라도 마음만 먹는다면 가능한 일이지만, 그는 서울보다 통영을 택했다. 고향이라서라기보다는 그림을 향해 온전히 투혼을 발휘하고 싶어서였다. 해방 전 도쿄든 해방 후 서울이든, 다방이나 주점에서 그림을 논하는 이들은 언제나 있었다. 몰려다닌다고 좋은 그림이 나오는 것은 아니다. 화가라면 홀로 오래 보아야 하고, 본 것을 정직하게 그려야 한다.

김용주는 유강렬과 이중섭을 특히 아꼈다. 가족을 돌보며 안온한 삶을 누리는 가장의 밥 냄새가 아니라, 하루

아침에 야생에 내던져져 매일 먹잇감을 구해야 하는 야수의 피비린내여! 실컷 못 그리는 가난의 냄새였고, 뜻대로 돌아가는 구석이 전혀 없는 울분의 냄새였다.

1951년 유강렬이 왔을 때도 가장 먼저 환대했고, 1952년부터 유강렬이 이중섭을 초청해서 마련한 특강에도 기꺼이 참석했다. 1953년 이중섭이 며칠만이라도 일본으로 건너가서 가족을 만나고자 한다는 이야기를 들었을 때는, 백방으로 방법을 수소문했다. 부산보다는 통영에서 떠나는 것이 오히려 낫다고 충고한 이도 그였다. 도쿄를 다녀온 이중섭이 통영에 머물기로 하고 부산에서 왔을 때, 김용주는 유강렬을 환대했을 때처럼 극진하게 맞아들였다.

이중섭이 온 뒤부터 김용주도 더욱 자주 이젤 앞에 섰다. 이중섭이 징크 화이트 물감을 다 쓰고 페인트를 몰래 사 오다가 들켰다는 소식을 유강렬 편에 듣고선 모처럼 소리 내 웃었다. 열망이 엄청나게 크면서도 염치를 아는 인간인 것이다. 김용주는 유강렬에게 짧게 묻곤 했다.

"시작했나?"

이중섭은 매일 쉼 없이 그렸지만, 김용주가 시작했느냐고 묻는 그림은 따로 있었다. 그것은 바로 소였다. 소 그림이라면 북에는 이중섭이 있고 남에는 진환이 있다는 말이 돌 만큼, 해방 전부터 주목받았다. 피난과 이산과 가난을 고려하더라도 침묵이 너무 길었다. 유강렬은 시간이 더 필요하다고 답했다. 통영에 정착한 뒤, 이중섭이 이런저런 소를 스케치하고는 있지만, 아직 채색에 들어가진 않았다는 것이다. 연필로 대충 윤곽만 잡은 소만 봐도 엄청난 힘이 느껴지니 기대하시라는 사족을 달았다.

양삭골까지 가기엔 눈 쌓인 땅이 질었다. 골짜기에 들면 한여름에도 시원하고 맑은 바람이 불었다. 숲 그늘에서 수박 한 덩이 꼭 먹기로 약속하고 뒤돌아섰다.

이중섭이 걸음을 멈춘 곳은 헛간을 고친 닭장이었다. 암탉 스무 마리와 장닭 한 마리가 그곳에서 눈과 비와 바람을 피하거나 널찍한 마당으로 나와 흙 파고 모래 목욕하고 햇볕을 쬐었다. 수첩을 꺼내 펴는 이중섭에게 김용주가 불쑥 물었다.

"장닭한테 사랑을 제일 마이 받는 암탉을 알겠나?"

이중섭은 양발로 번갈아 눈을 헤집곤 부리로 젖은 흙을 쪼는 암탉들을 살폈다.

"요놈입네까?"

깃털이 제일 화려한 닭을 골랐다. 김용주가 고개 저었다. 활달한 닭을 택했지만 정답이 아니었다. 다섯 번이나 계속 틀리고 나니 찾을 마음이 사라졌다. 김용주가 답을 알려줬다.

"맨 구석에 축 늘어진 놈 보이제? 맞다 맞다. 뒷목과 등더리에 털이 다 빠지가 맨살이 뿔겋게 들난 닭!"

남대일이 끼어들었다.

"사랑받는데 꼬라지가 와 저렇습니꺼?"

"종일 쫓아댕기믄서, 부리로 쪼고 올라타고 난리를 부리니까. 쟈가 저래 배슬배슬한 이유가 하나 더 있다. 장닭이 안 볼 때, 암탉들이 몰려와가 구박하는 기라. 너무 진한 사랑과 너무 독한 미움을 한꺼번에 받으니 저 꼬라지제. 엥

가이 하는 법이 읋다. 니가 안주 사랑을 알 나는 아이지만, 사랑이란 기 저래 힘든 기라. 죽을 둥 살 둥 모르고 하는 사랑이 진짜제. 일평생 살믄서 그랄 때가 흔치 않다. 님이 곁에 왔을 때 불끈 잡아야제.”

31

'아아파'에 대한 설명을 듣고 나선 종종 그들이 걸어 온 길을 떠올렸다. 열 시간 넘게 그림에 몰두하다 보면, 한숨과 함께 저절로 "아아!" 소리가 나왔던 것이다. '아아파'의 특징 중 하나는 반일을 내세우면서도 일본 유학을 대부분 다녀왔다는 점이다. 구라파로 유학을 떠나지 않는 이상, 근대 지식과 기술을 배우고 익히려면 일본을 통하는 수밖에 없었다.

김용주도 김환기도 이중섭도 모두 대학에서 양화를 배우고 그렸다. 여기서 양화는 당연히 구라파 회화를 뜻하지만, 선생도 일본인이고 전공 서적도 일어 번역본이 대부분이었다. 구라파 회화를 알기 위해선, 그 그림들을 먼저접한 일본 예술가와 학자들의 견해를 공부하고 이해하는 것이 중요했다.

일본을 통해 구라파 회화를 배우는 것을 넘어, 구라파 회화에 영향을 끼친 일본 문화도 궁금했다. 19세기 말 프랑스 파리에서는 '자포니즘(Japonisme)'이란 단어가 등장할 정도로 일본 문화가 크게 유행했다. 각종 잡지가 일본 특집을 다룰 뿐만 아니라 〈일본을 걷다〉나 〈일본 미술〉처럼 프랑스인이 쓴 일본 관련 책이 속속 출간되었다. 그 중심엔 우키요에가 있었다.

인상파는 양화를 익히는 조선 유학생들이 반드시 거쳐야 하는 관문이었다. 이중섭은 고흐가 1887년에 그린 〈탕기 영감의 초상〉에서 우키요에들을 처음 보았다. 영감의 모자 위로 후지산이 우뚝했고, 에도시대 유녀(遊女) 중에서 가장 지위가 높은 계층인 오이란의 화려한 모습도 담겼다. 고흐는 아예 우키요에를 흉내 내 〈오이란〉과 〈비 내리는 다리〉를 같은 해에 그렸다. 1888년 아를에 내린 눈을 보며, 일본과 똑같은 풍경이라고 편지에 적을 정도였다.

이중섭은 구라파 회화에서 우키요에의 영향을 확인하는 데 그치지 않고, 파리로 모인 화가들이 우키요에에 매혹된 이유를 알고 싶었다. 그것은 논리적으로 따지는 일이기도 했고, 우키요에를 염두에 두고 직접 자신의 그림을 그려보는 일이기도 했다.

우키요에의 두 가지 특징에 주목했다. 하나는 과감한 구도이고 또 하나는 강렬한 색채였다. 대상을 고스란히 그림으로 옮기는 것은, 우타가와 히로시게를 비롯한 우키요에 화가들의 목표가 아니었다. 핵심을 강조하기 위해서라면 과감하게 생략하고 눈에 띄게 확대했다. 차가운 것은 한없이 차갑고 뜨거운 것은 한없이 뜨거웠다. 점점 짙어지거나 옅어지는 대신 단일한 느낌과 이야기가 그림을 채웠다.

이중섭에게 자포니즘과 우키요에는 구라파 예술과 아시아 예술의 관계를 새롭게 바라보는 망원경이자 현미경이었다.

이중섭이 도쿄에서 내내 관심을 쏟은 것은 아방가르드 회화였다. 구라파의 문학과 철학을 두루 섭렵하며, 구상과 추상의 관계까지 깊이 따졌다. 마티스의 야수파에서 피카소의 입체파까지, 현재 구라파에서 각광 받는 다양한 실험을 화집과 신문을 통해 음미하고 분석했다. 마티스와 피카소가 아프리카 예술에 감명받고 그것을 각자의 그림에 녹이려 애썼다는 사실도 알게 되었다.

이중섭은 제 살처럼 친밀한 전통문화와 너무나도 먼 곳에서 온 낯선 외래문화를 어느 것도 배제하거나 비난하지 않고, 함께 품어 그림에 담는 법을 고민했다. 아방가르드 회화가 시공을 넘나들며 무의식의 심연과 자유의 극한을 꿈꾸더라도, 화가가 살았던 곳, 다녔던 학교, 읽었던 책, 사귀었던 사람들의 흔적이 점점이 박혀 있었다. 나와 타인, 고향과 타향, 전통과 전위, 현실과 꿈의 문제가 이 길에서 때론 가시처럼 솟고 때론 별처럼 빛났다. 예술가가 몸과 마음을 열고 그 전부를 받아들이고자 도전할 때, 어떤 작품이 탄생하고 어떤 삶이 펼쳐지는가를 이중섭은 또한 알고 싶었다.

역사의 행운을 누렸다는 회고는 역사의 한계에 갇혔다는 뜻이기도 하다. 몇몇 예술가는 그 한계를 깨닫고 자기 식대로 넘어서려 몸부림쳤다. 이중섭도 그랬다.

32

그 겨울 이중섭이 피랑만큼이나 즐겨 찾은 곳은 충렬사와 세병관이다. 착량묘에서 충렬사와 세병관까지 그네처럼 오갔다. 남대일은 도쿄에서 유학한 양화가 이중섭이 통영의 전통 문물과 이순신 장군에는 관심이 없을 줄 알았다. 김용주와 전혁림처럼 통영이 고향인 화가들을 만나면, 이중섭이 먼저 이순신 장군을 언급했다. 전혁림이 한산도 뱃길을 상세히 설명하며 조선 수군을 이야기할 때는 숨죽이면서 경청한 후 질문을 거듭했다. 전혁림의 〈충렬사〉를 감상한 다음 날 새벽엔 충렬사 돌계단에 종일 앉아 있기도 했다.

통영 아이들이 믿고 자랑하듯, 이순신 장군은 통영에서 태어나지도 않았고, 세병관에서 병사들을 지휘한 적도 없다. 현재 위치에 통제영이 들어선 것은 장군이 전사한 후였다. 이중섭은 장군의 발길이 한산도에만 머물렀다고 여기진 않았다. 장군은 삼도수군통제영을 세운 한산도에서 당연히 인근 섬과 가까운 포구를 살폈을 것이다. 그 포구가 바로 지금의 통영이고, 그 섬이 통영과 이어진 미륵도였다. 한산도와 통영 사이 바다가 이순신 장군의 심장이라는 주장도 폈다. 심장에서 피가 전신으로 퍼지듯, 그 바다에서 남해는 물론 황해와 동해까지 뱃길이 통한다는 것이다.

장군의 심장과도 같은 바다를 그릴 것이냐는 질문에

164

는 웃기만 했다. 안뒤산에도 여러 번 올랐지만 바다를 따로 스케치하진 않았다. 물이 뚝뚝 떨어지는 듯한 전혁림의 풍경화를 보고는 거듭 술을 따르며 좋아했다. 가슴에 다도해를 품고 오른손으로 푸른 불꽃을 피우는 화가라고 평했다.

동물이든 식물이든 혹은 무생물이든 시간의 두께를 그림에 담아야 한다고도 했다. 강구안 갈매기를 예로 들자면, 갈매기가 내 앞에 내리기 전까지 어디 있었고, 내 앞을 떠난 후 어디로 가는지까지 살펴야 한다는 것이다. 새끼 갈매기는 어디에서 어미를 기다리냐고 따져 묻기도 했다. 남대일은 그런 것까지 생각한 적이 없었고, 생각해야 하는 줄도 몰랐다.

충렬사 앞에서도 그랬다. 이중섭은 백 년 전 충렬사를 궁금해했고, 백 년 후까지 구체적으로 상상하길 원했다. 역사의 흐름을 알아야 지금 현재가 전부라는 거짓 믿음을 지니지 않는다는 것이다.

유강렬은 1951년 통영에 자리 잡은 후에도 자주 부산을 왕래했다. 피란 온 국립박물관의 공예품과 도자기를 감상한 후, 박물관 학예관 최희순과 대화를 나눴다. 두 사람은 그 가을 부산에서 열린 제1회 수출공예품전시회 심사 위원단으로 처음 만났다. 화가 김환기가 최희순에게 유강렬을 소개했다. 최희순이 악수한 손을 놓지 않고 뜻밖의 칭찬을 건넸다.

"손이 윷가락처럼 늘씬하니 곱습니다."

네 살 위인 최희순은 개성부립박물관에서부터 고유섭

을 스승으로 모시고 수많은 문화재를 답사하며 기록해 왔다. 도쿄에서 근대 공예를 공부한 유강렬으로선 최희순의 말 한마디 한마디가 전통을 더 깊이 이해하는 통로였다.

최희순은 광복동 다방에서 종종 예술가들과 어울렸다. 최희순이 설명을 시작하면, 화가나 문인은 추임새나 겨우 맞추는 수준이지만, 이중섭은 달랐다. 박물관 소장품의 꼴과 색과 용도를 막힘없이 논했다. 이야기를 꺼내는 방식도 특이했다.

"기걸 뒤집어 바닥을 살핀 밤이 잇디요……"

"그 상(像)이래 만제 보문 다릅네다……"

"귀에 걸구 다녓어. 무겁드라야. 긴데 견딜 만하더라……"

최희순이 꼼꼼하게 관찰해서 장단점을 논한다면, 이중섭은 곁에 두고 사용하면서 발견하거나 깨달은 점을 들려주는 식이다. 남대일이 그 차이를 짚었더니, 이중섭이 비밀 하나를 풀어놓았다.

"가형께 배운 거이야. 골동을 알아보는 눈이 나보다 열 곱 탁월햇디. 딱딱한 이론이 아니라 요걸 써 보라 저걸 곁에 둬 보라 햇구, 열흘이든 한 달이든 잊은 듯 지내다 글쎄 이리케 물어보잖니. 써 보니 어땜? 지금은 보물이지만, 백 년이나 천 년 전엔 일상용품인 걸 고때 깨달앗디. 흐름을 살펴야 하구, 그 흐름에서 오늘 내게 중요한 거이래 무언디 고민하라우! 만인의 충렬사나 세빙관이 아니라, 일천구백사십 년 욕지도서 태어나 올해 열다섯 살인 남대일의 충렬사와 세빙관을 발견하라 이 말이디."

166

그 겨울 세병관은 이중섭만의 세병관이었다. 이전도 이후도 그처럼 세병관을 그린 화가는 없었다. 지나친 생략 때문에 과연 이것이 세병관이 맞는지조차 의심하는 평자도 있었다. 지금까지 화가들은 하나같이 세병관의 장대함에 주목했다. 조선의 바다를 지킬 만큼 높고 넓고 길었던 것이다.

특강을 위해 몇 차례 통영을 오갈 때는 이중섭 역시 세병관의 위용에 압도되었다. 바다를 지키고 다스리기 위해선 이렇듯 호방한 건물이 필요하다고도 여겼다. 통영으로 이주한 후 그 마음이 조금씩 바뀌었다. 방문객이었다면 딛기 어려운 곳까지 돌아다니고, 오래 머물러 살피면서 생긴 변화였다.

앞이 아니라 뒤다. 앞이라면 드나드는 대문에 넓은 마당과 현판이 있겠지만, 뒤는 없다. 앞이라면 강구안과 피랑과 섬을 조망할 자리가 있겠지만, 뒤는 없다. 없다고 세병관이 아닌 것은 아니다. 친한 사이엔 얼굴이 아니라 뒤통수로도 그 사람을 알아본다지 않는가. 뒤에서 시작하면 당연하게도 세병관이 앞을 가린다. 안뒤산 비탈을 올라갈수록 바다와 섬이 더 많이 드러나겠지만, 그 역시 세병관을 포함해 통영 앞바다를 관망하려는 관광객의 시선이다. 이곳이 세병관이란 사실을 드러내기 위해서라면, 강구안의 물빛과 섬의 형세를 건물 위에 조그맣게 담는 것만으로도 충분하다.

전체가 아니라 부분이다. 잎 하나로 나무를 드러내듯이 단어 하나로 인생을 이야기하고, 기둥 하나로 건물을 설명한다. 세병관을 사진에 전부 담고자 뒷걸음질 치는 이들을 얼마나 많이 보았던가. 알려면 다가가야 하고, 다가갈수록 보고 듣고 냄새 맡고 맛보고 만질 수 있는 것은 부분이다. 상심하긴 이르다. 한 번 다가가면 일부를 아는 데 그치지만, 백 번 다가가면 전체가 떠오른다. 오늘 부족하면 내일 채우고 내일 부족하면 모레가 있다. 아예 네모꼴 창틀을 두고 그 안만 그린다. 잘라 낸 것이 아니라 그리지 않았을 따름이다. 그리지 않고도 이미 충분히 세병관이다.

그 겨울 충렬사 역시 이중섭만의 충렬사였다. 전혁림의 〈충렬사〉는 건물을 사실대로 펼쳐 가로로 넓지만, 이중섭의 〈충렬사〉는 단 하나의 문과 건물만 담아 세로로 길다.

건물이 아니라 마음이다. 〈세병관〉이 내려다본 풍경이라면, 〈충렬사〉는 우러른 마음이다. 명정(明井)에서 손을 씻고 지극히 낮은 곳에서 계단을 차례차례 딛고 문을 지나 또 더 많은 계단을 오르면, 이순신 장군을 기리는 사당인 충렬사에 닿는다. 사당 위로 펼쳐진 하늘이 높푸르다. 맑은 존경이다.

〈세병관〉과 〈충렬사〉를 완성한 후, 이중섭은 남대일과 나란히 누운 새벽에 이순신 장군 이야기를 들려줬다. 양성소 다른 교사들이나 통영에 대대로 살아온 어른들의 이야기와는 사뭇 달랐다.

"사람은 둘로 나뉘디. 전쟁을 겪은 사람과 겪디 않은 사람! 전쟁을 모르는 남해바닷가 사람들보다두 내래 니순신 장군님과 더 가깝다구 느께. 장군님두 나두 전쟁을 겪엇으니까니. 둥세전이냐 현대전이냐, 나라과 나라 사이 전쟁이냐 나라 안 전쟁이냐, 요딴 식으로 나누딘 말라마야……. 전쟁은 전쟁! 전사자보다 몇 배 많은 삶을 뒤흔들구 파괴해. 새로운 무서움이구 낯선 끔찍함이라 이거이야. 죽는 것두 두렵디만, 개진 걸 다 잃구 사는 것두 무시무시하긴 마찬가지디. 가솔두 친구두 돈두 직업두 없이 사는 자의 슬픔과 고통을 장군님께선 아셔. 하루라두 빨리 전쟁을 끝내구 싶으셨던 거이야. 길멘서두 서두르다 패하문 그 피해 고스란히 백성들에게 가. 냉정하게 버티며 견딘 사내! 전쟁이 무슨것인가를 온몸 온 맘으로 깨달은 사내! 통영 앞바다는 장군님이 오가신 물길이디. 내래 세빙관이나 충렬사나 착량묘에 가문 전쟁부터 떠올려. 장군님과 함께 고민할 문제니까니. 이 망할 전쟁이 몸과 맘에 새긴 상처를 장군님께 보여드리려구 붓을 놀렛던 거이야. 알갓어?"

세병관

충렬사

33

전쟁은 이중섭이 평생 매달린 화두다.

초현실주의로도 불리는 쉬르레알리즘을 배우고 익힐 때는 제1차 세계대전을 아는 것이 급선무였다. 산업혁명으로 이룩한 근대 문명이 사회를 발전시키고 인류를 행복하게 하리라는 낙관은 무너졌다. 더 많은 사람을 더 효율적으로 죽이는 데 새로운 과학기술이 사용되었다. 총과 포를 쏘는 싸움은 칼과 활을 들고 맞서는 싸움에 비할 바가 아니다. 적군이 어디에 있는지도 모른 채 목숨이 달아났다. 공포와 불안이 예술가들을 덮쳤고 작품을 변화시켰다.

1916년생인 이중섭이 1914년부터 1918년까지 일어난 제1차 세계대전을 기억하는 것은 불가능한 일이다. 1939년에 시작해 1945년에 끝난 제2차 세계대전은 그의 인생 행로를 바꿨다. 1943년 8월 도쿄 생활을 청산하고 원산으로 돌아온 것은 1941년 12월 진주만 공습으로부터 시작된 태평양전쟁의 양상이 극심해진 탓이다. 제1차 세계대전이 대부분 구라파에서 일어난 반면, 제2차 세계대전에 속하는 태평양전쟁은 태평양과 동아시아 전역에서 벌어졌다. 1943년 7월에 체포되었다가 1945년 세상을 떠난 송몽규와 윤동주의 예에서 보듯, 많은 조선인 유학생이 불량선인으로 감시당하고 붙잡혀 옥에 갇혔다. 제2차 세계대전이 일어나지 않았다면, 이중섭은 도쿄에 좀 더 머물렀을 것이고, 구라파 유학을 떠났을 수도 있다.

　육이오동란이라고도 하고 육이오사변이라고도 하는 한국전쟁은 이중섭이 세 번째로 맞닥뜨린 전쟁이다. 아내와 두 아들을 지키며 자유롭게 그리기 위해선 원산을 떠나 남으로 내려올 수밖에 없었다. 1950년 12월 부산에 도착하고 일 년 남짓 서귀포에 머물다가 다시 부산으로 돌아온 후 1953년 11월 통영으로 옮길 때까지, 극빈자이자 피란민 이중섭은 전쟁의 참상을 매일매일 겪었다. 전투가 벌어지는 전방뿐만 아니라 기약 없이 장기전을 견뎌야 하는 후방의 고통도 이만저만이 아니었다. 굶어 죽고 얼어 죽고 아파 죽었다.

　제1차 세계대전은 기억이 없고, 제2차 세계대전엔 원산으로 돌아와 아틀리에를 열어 그림 작업을 계속했지만, 한국전쟁은 이중섭을 철저하게 고립시켰다. 집을 잃고 가족을 잃고 화가로서의 삶을 잃었다.

　1953년 7월 휴전 소식을 접했을 때는 걷잡을 수 없는 울분이 터져 나왔다. 원산을 비롯한 북녘땅을 되찾고 전쟁이 끝나기를 바랐던 것이다. 실향민으로 살고 싶지 않았다. 아무리 정을 붙이고 지낸다 해도, 선한 이웃들이 친절을 베푼다 해도, 남해의 항구들은 타향이었다.

　1954년 통영의 이중섭은 전쟁이 다시 일어나지 않기를 바란다. 전쟁은 사람을 무기력하게 만든다. 개개인이 세운 계획을 무너뜨리고, 삶의 조건을 강제로 바꿔 버린다. 부자가 극빈자로 전락하기도 하고, 건강한 사람이 병자가 되기도 한다. 전쟁이 다시 터지기라도 하면, 서울에서 개인전을 열 수도 없고 일본으로 건너갈 수도 없다.

　　오산학교를 졸업하고 도쿄로 갓 넘어갔을 때, 이중섭은 전투하듯 예술을 하겠노라 말하곤 했다. 그만큼 치열하게, 죽을 각오로 임하겠다는 뜻이다. 제2차 세계대전과 한국전쟁을 겪으면서, 더 이상 예술을 전쟁에 비유하지 않게되었다. 전쟁과 예술은 전혀 어울리지 않는 단어였다. 예술은 평화다. 평화여야 한다.

　　전쟁은 머물지 못할 이들과 어울리게 하고, 가려고 마음먹은 적도 없는 곳에 닿게 하고, 상상 못한 일까지 하게만든다. 부산 광복동 다방에서 접한 팔도 사투리가 귀에쟁쟁거린다. 전쟁이 아니라면 그들이 부산까지 와선 다방에 모여들었겠는가. 전쟁이 아니라면 이중섭이 통영에 올일도 없고, 나전칠기기술원 양성소에서 학생들을 가르칠일도 없고, 걸어서 피랑과 세병관과 충렬사와 강구안을 다니거나 배를 타고 욕지도를 오가며 그림을 그릴 일도 없다. 유강렬을 아주 가끔 만나긴 했겠지만, 거의 매일 양성소와다방과 아틀리에에서 밥 먹고 커피 홀짝이고 술잔 건네며지내지는 않았을 것이다. 전쟁은 고요히 흘러가던 각자의길을 이리 뒤집고 저리 비틀면서 흩고 모은다. 뜻밖의 만남에 자극받은 예술가들의 상상은 진하고 새롭다. 전쟁이 고마운 것은 결코 아니지만, 그 체험이 작품 세계를 바꾼다는사실을 부인할 순 없다. 제1차 세계대전을 겪은 예술가들이 초현실을 주장했다면, 제2차 세계대전과 한국전쟁의 포화 속에서 겨우 목숨을 건진 예술가들은 어떻게 현실을 파악하고 그 너머 평화로 나아갈 것인가. 이중섭에겐 이 문제를 그림으로 푸는 것이 후반생(後半生)의 과업이었다.

34

새 학기가 시작되었다. 첫날을 맞는 양성소 학생들의 발걸음은 가볍고 얼굴엔 웃음이 떠나지질 않았다. 수업료를 받지 않았기에, 가난하지만 더 배우고 싶은 이들이 양성소 문을 두드렸다. 기수별로 정원은 40명이며, 국민학교를 갓 졸업한 열네 살부터 네댓 살 위까지 뒤섞여 배웠다.

수업은 아침 9시에 시작하지만, 미리 가서 준비하는 습관이 몸에 밴 남대일은 30분 일찍 집을 나섰다. 양성소까진 느린 걸음으로도 5분 남짓이었다. 오른쪽 어깨에 멘 공구 상자를 손바닥으로 계속 어루만지며 오동나무로 만든 상자가 잘 보이도록 팔을 휘적거렸다. 작년 봄 입학 때는 공구 상자는커녕 책 보따리도 없었다. 다섯 명이 돈을 모아 실톱을 하나 사서 돌려 가며 썼다.

어젯밤 이중섭이 개학 선물로 공구 상자를 건넸다. 남대일은 태어나서 지금까지 선물이라곤 받아 본 적이 없었다. 양성소 건너 유영사진관 앞에 이르렀을 때, 동급생 다섯 명이 참새처럼 모여들었다. 상자 속까지 보여달라는 아이도 있고, 얼마냐며 값을 따지는 아이도 있고, 손끝으로 상자 모서리를 건드리는 아이도 있었다. 남대일은 얼마든지 보여 주겠다며, 값은 정확히 모르지만 통영에서 제일 비쌀 것이라고 했다.

사진관 주인 류완영이 물뿌리개를 들고 나왔다. 짧은 머리를 올백으로 빗어 넘긴 그는 아침마다 가게 앞에서 학생들과 인사를 나눴다. 바지 주머니에서 사탕을 꺼내 나눠 주기도 했다. 공구 상자를 보더니 손뼉을 치며 감탄했다.

"중섭 선생님이 주셨심더."

류완영이 공구 상자를 받아 열었다.

"뻘로 하지 말고 열심히 배워. 살믄서 요레 훌륭한 스승 만나기 에렵다."

"명심하겠심더."

허리를 숙였다가 편 남대일은 돌아서는 대신 사진관 진열창으로 다가갔다. 액자 세 개가 선반에 가지런했다. 열 명이 넘는 단란한 가족사진과 다도해를 찍은 풍경 사진 사이에 놓인 사진을 마른침을 삼키며 쳐다보았다. 독사진의 주인공은 붉은 코트에 검은 치마를 입은 소녀였다. 단발머리가 찰랑대는 얼굴이 달항아리처럼 동그랬다. 눈썹은 짙고 눈은 크고 왼뺨에 보조개는 깊었다. 두 손을 코트 주머니에 넣고 정면을 응시하는 눈빛이 봄 하늘처럼 선명했다. 사진을 보자마자 단번에 알아차렸다. 서피랑에서 얼레를 내밀었던 바로 그 소녀였다. 류완영이 등 뒤에서 물었다.

"이쁘제?"

남대일은 아무 답도 못한 채 양성소로 단숨에 뛰어 들어갔다.

176

이중섭은 학생들이 모두 앉기를 기다렸다. 작년 봄에
도 특강을 했기에 인사가 필요하진 않았다. 유강렬이 호통
을 치며 학생들을 끌고 가는 스타일이라면, 이중섭은 침묵
하거나 물러나는 방식으로 주목받았다. 학생들은 텅 빈 교
탁을 보며 고개를 갸웃거렸다. 데생 시간엔 꽃이나 과일이
나 석고상이 놓였던 것이다. 이중섭은 간이 흑판을 채워나
갔다.

　　　희뿌연 빛이 찢어진 커튼 사이로 들어왔고, 색이
바랜 꽃무늬 벽지는 서글퍼 보였다. 침대는 싸구려 나
무로 만든 옷장과 화장대 사이에 비좁게 끼어 있었다.
구석의 오물통 옆에는, 낡은 신발 한 켤레가 널브러져
있었다.

이중섭은 분필로 칠판을 툭툭 치곤 설명했다.
"자, 요기에 어드런 얘기가 흐르네? 기걸 알라문 뭐부
터 고민해야갔어?"
침묵 속에서 학생들과 눈을 맞춘 후 스스로 답했다.
"오물통, 다시 말해 똥과 오줌과 물을 버리는 통 옆에
는 낡은 신발 한 켤레가 널브러져 잇엇다. 바로 이거이야.
낡은 신발 주인이래 누구갓어? 신발을 왜 버렛디? 버린 후
어두루 간? 방에서 누구래 무슨거슬 뉘랑 언제 와 어드롷
게 하엿는가부터 공책에 쓰구 그려 보라."
통영의 여관방이 아니라 프랑스 파리 북호텔의 방이
라는 이야기를 들었을 때, 남대일은 헛웃음과 함께 고개를

끄덕였다. 통영이든 파리든, 가난뱅이가 머물다 가는 방은 비슷하게 낡고 비슷하게 더럽구나. 지친 몸을 뉘고 곤한 잠에 빠지긴 통영 사람이나 파리 사람도 거기서 거기구나. 가난뱅이의 고단한 삶을 상상하며 누추한 방을 그릴 땐 구라파 화가나 한국 화가도 차이가 크질 않겠구나.

칠판에 적힌 문장 세 개를 삼십 번은 넘게 읽었다. 동급생들은 단어 몇 개를 공책에 적고 고개를 갸웃거리며 데생을 시작했다. 남대일은 떠오르는 이야기들로 두 바닥을 빽빽하게 채운 다음, 무딘 심을 다듬고자 연필까지 깎았다. 선을 열 개도 긋기 전에 수업을 마치는 종이 쳤다.

다음 수업은 줄음질이고 담당 교사는 김봉룡이었다. 학생들은 1층 마룻바닥에 줄지어 앉아선, 수업에 참고하기 위해 교탁에 옮긴 작품들을 경탄의 눈으로 바라보곤 했다. 나전칠기를 평생의 업으로 삼으려는 이들에게 김봉룡은 살아 있는 전설이자 닮고 싶은 스승이었다.

계단을 내려가는 발소리가 요란했지만, 2층 창가에서 거리를 내다보던 이중섭은 고개를 돌리지 않았다. 손에는 스케치북을 무기처럼 들었다.

"아틀리에에 갖다 놓으까예?"

이중섭은 연필을 수평으로 들어 올려 전깃줄에 맞추곤 물었다.

"낡은 신발을 누구래 신엇다구 상상햇네?"

남대일이 버텼다.

"채색꺼정 마치고 말씀드리겠심더."

35

강의가 시작된 후 다방 출입이 잦았다. 양성소엔 교무실이 따로 없었고, 교실에도 교사들이 앉을 의자가 부족했다. 창가에 서서 대화를 나누다가 이야기가 길어지고 시간 여유가 있을 때는 다방으로 옮겼다.

호심다방으로 들어서자 최영림이 손을 흔들었다. 그 옆에 앉은 이는 김춘수였다. 이중섭이 김춘수와 악수한 뒤, 최영림을 포옹하다시피 끌어안았다.

"수업 어케 하구 완?"

1916년생인 최영림은 이중섭과 동갑이지만 평양 공립 종로보통학교를 2년 늦게 들어갔다.

"마산상고과 성지여고 모두 입학식만 해시오. 마츰 김 시인이 통영 간다기에 따라 왔디오. 지낼 만합네까?"

이중섭이 뒷머리를 긁적였다.

"학교 선상을 먼저 햇으니, 은인 영림이래 알 거 아이네?"

이중섭은 최영림을 부를 때 꼭 '은인'이란 단어를 앞에 붙였다. 생명의 은인이란 뜻이다. 김춘수가 끼어들었다.

"유강렬 선생께 들었심더. 겨울에 피랑을 오르내린 횟수가 삼 년째 토영서 사는 유 선생 두 배라멘서예? 대단하심더."

"내래 서기포과 부산서 말술만 먹구 게으름 부렛으니

179

까니 통영서 만회하려는 게디요. 꾸준한 거야 최영림을 당해 낼 수 없습네다. 들으셨갓디만, 영림이래 없엇으문 우리 가족 원산서 배에 오르지두 못햇을 겁네다."

1950년 12월, 이중섭은 원산 기지사령부 해군 정훈실 문관인 최영림 덕분에 아내와 두 아들, 그리고 장조카 이영진까지 데리고 승선할 수 있었다. 최영림은 한국전쟁이 발발한 후에도 고향인 평양에 머무르다가, 금강산 여행 증명서를 겨우 얻어 원산까지 기차로 이동한 후, 금강산 온정리 신계사로 걸어 들어가 숨어 지냈다. 다행히 북진하던 국군을 만나 원산으로 나왔고, 그때 이중섭의 집에서 신세를 졌다.

인연은 거기서 그치지 않는다. 이중섭 가족이 1951년 1월부터 12월까지 서귀포에서 지낼 때도 제주읍 해군 정훈실에 근무한 최영림의 도움을 받았다. 1951년 12월 이중섭은 거처를 다시 부산으로 옮겼고, 최영림은 1952년 1학기부터 마산상업고등학교와 성지여자고등학교에서 미술을 가르쳤다.

"펭양과 원산서 맺은 각별한 인연은 주욱 다 들었심더. 같은 보통학교를 나온 줄은 몰랐네예."

최영림이 말했다.

"개인전 못 와 미안합네다."

이중섭이 받았다.

"내래 더 미안하디. 넌말에 데일회 마산미술전이래 잇엇다문서? 몇 점 출품햇?"

"〈월하불(月下佛)〉과 〈정물〉과 〈무(舞)〉, 석 점입네다."

"궁금하구나 야. 이따금 떠올라. 은인 영림이래 그린 제주도 바닷가 돌집!"

최영림은 1951년부터 제주도 풍경을 꾸준히 그렸다. 돌로 만든 집과 담 그리고 바람을 맞으며 풀을 뜯는 말들.

"삼 년이나 지낫습네다. 고걸 그릴 때만 해두 내래 숙부님이 마산으로 피난 나오신 것두 몰랏시오."

이중섭이 커피를 한 모금 머금고 잠시 천장을 올려다보았다.

"서기포서 게 먹던 거이, 벌써 삼 년 전이가?"

"남덕 형수과 태현이 태성이 잘 잇디요?"

"기럼."

김춘수는 최영림과 시선을 주고받은 뒤 청했다.

"개인전이 대성황이었단 소식 들었십네다. 그룹전도 준비 중이시라면서예? 토영서도 하고 마산서도 해 주시믄 안 되겠심꺼? 수화(樹話) 선생도 일전에 허락하싰어예. 이왕이믄 대향 선생과 함께 했으믄 한다고……."

수화는 일본에서부터 줄곧 어울렸고 신사실파 동인이기도 한 선배 화가 김환기의 호다. 최영림이 거들었다.

"내래 삼월 삼십일일부터 사월 오일까지 비원다방서 개인전 합네다. 기때두 오시고 그룹전두 해주시라요."

이중섭이 흔쾌히 응했다.

"가디! 오늘 미리 축하주를 내갓어."

"내래 사야디요."

"좌우간, 고 말투부터 바꾸라. 동갑끼리 요는 무신 죽일 놈의 요야."

"나이는 같디만 선배래 이 년이나 보통학교를 먼저……."

"선배라는 말두 거슬리디만 참갓어. 요 요 해가믄서 두상태기* 취급하디 말라. 목숨 살린 은인이니, 높임말을 쓴다문 내래 써야디. 말부터 놓구 또 내래 오늘 사는 술 원 없이 마시문, 마산에 그림 거는 거 허락하갓어."

최영림은 일찍이 원산과 부산과 서귀포에서 이중섭과 여러 날 억병으로 마셨다. 대낮에 시작한 술판이 밤을 지나 아침을 맞고 다음 날 낮에도 끝나질 않았다. 김춘수는 어차피 통영 본가에서 사나흘 묵을 작정이었으니 상관없었지만, 최영림은 내일 오후 성지여고에서 새 학기 첫 수업을 할 예정이었다. 이중섭이 다시 권했다.

"통영 오구 낮술은 처음이다야."

최영림은 내일 새벽 첫배로 떠날 마음을 먹곤 답했다.

"알갓시오. 술두 마시구 말두 놓구, 다 합세. 둥섭 선배, 앞장서구래. 춘수 시인이 더 훤하갓디만……."

김춘수도 이중섭에게 양보했다.

"토영 술판 떠난 지 에북 됩니더. 마산 어시장이라믄 모시고 갈 데가 많지예. 마산서 전시회 할 때 지가 안내하기로 하고, 오늘은 뜻대로 할소. 따라가겠심더."

이중섭이 양팔을 들어 마산에서 온 사내들과 어깨동무를 하고 나섰다.

"강렬이래 단골인데, 아주마니 손맛이 일품이디. 빙아

* 늙은이

182

리 메옴*으루 출발해 보갓어."

최영림이 걱정스러운 얼굴로 물었다.

"통영 사람들은 빙아리를 메워 먹습네까?"

김춘수가 이중섭과 눈을 맞추곤 웃었다.

"벵아리맛을 아시니 토영 사람 다 되셨심더. 영림 선생!
걱정 말소. 여서 벵아리는 어린 닭이 아이라 사백업더. 검
지 마디만 허고 속이 훤히 비치는 놈을 토영선 벵아리라 해
예. 먹어 볼소. 씹는 맛이 끝내주니까예."

36

물안개는 통영의 또 다른 매력이다. 안개가 밀려들면
강구안과 피랑은 물론이고 앞바다에 층층이 놓인 섬들까
지 순식간에 사라진다. 미륵산 꼭대기에 올라서도 보이는
것이 없다. 안개 낀 날 선부들은 손을 놓고 쉰다. 수천 번
오간 뱃길이 갑자기 낯설어져 암초를 만나거나 다른 배와
부딪치기 때문이다.

이중섭은 안개 속에서도 돌아다니기를 멈추지 않았다.
남대일이 통영 안개의 지독함을 설명했지만, 한 귀로 듣고
한 귀로 흘렸다. 맑은 날 보이는 것이 있고, 안개 자욱한 날

* 병아리무침

183

보이는 것이 있다고 했다. 축축한 기운이 발목과 무릎을 감고 사타구니까지 올라왔다. 담벼락에 생선 내장을 칠한 듯 비린내가 풍겼다. 외길이라 믿는 순간 갈림길이 나왔고, 골라 들어간 길마다 막다른 골목이었다. 안개가 부린 수작인가 싶어 눈앞의 벽을 손바닥으로 더듬은 후에야 돌아섰다. 걸음을 바삐 놀릴수록 길을 더 자주 잃을 때면, 원산에서 스치듯 만났던 소설가 김사량이 일본어로 쓴 소설 〈천마〉의 한 구절이 떠올랐다.

　　　　……묵묵히 되짚으며 구석구석 누비고 걷는 동안, 결국 그는 길을 잃고 말았던 것이다.

　백 점을 넘게 그렸다고, 이남덕에게 보낸 올해 첫 편지에 자랑삼아 썼다. 또 두 달이 흐르는 동안 그보다 더 많이 그렸다. 완성한 수량을 과장하진 않았지만, 작품은 양으로 평가받는 것이 아니다. 만 점의 범작보다 한 점의 걸작이 중요하다. 편지에 백 점을 그렸노라 적은 것부터 내세울 대작이 아직 없음을 뜻한다. 화가의 삶을 누구보다도 잘 아는 이남덕이기에 남편의 사정을 헤아려 짐작했을 것이다. 그림이 서귀포나 부산에서보다 나아진 것은 사실이지만, 거기서 만족할 수는 없었다. 거금을 내고 작품을 사 모으는 애호가들은 화가의 처지를 고려하지 않는다. 서귀포보다 부산보다 혹은 원산이나 도쿄에서보다 나은 것이 아니라, 적어도 이 나라에선 월등해야 한다. 이중섭은 비교당하는 걸 끔찍이 싫어하지만, 현실은 현실이었다. 지옥에서 빠져나가려면 가장 높은 봉우리에 올라야 하는 것이다.

통영에서의 넉 달은 실패다. 종이값, 물감값 걱정하지 않고 아틀리에에서 맘껏 작업한 것이 오히려 화근일까. 덤비 북청은 약속을 지켰고, 대작을 그리지 못한 책임은 전적으로 이중섭 자신에게 있다.

안개다. 대작으로 올라가는 계단이 보이지 않는다. 피란이라는 핑계, 가난이라는 핑계, 가족이라는 핑계도 이젠 댈 수 없다. 여기서 그리지 못한다면 화가 이중섭의 실력이 그 정도에 불과하기 때문이다.

유강렬, 유택렬, 전혁림, 장윤성, 박생광, 최영림처럼, 이중섭이 도쿄와 원산에서 거둔 성취를 아는 화우라면, 눈으로도 기대하고 손으로도 기대하고 입으로도 기대했다. 소는 언제 그려 보여 주겠는가?

이중섭도 안다, 결국 소라는 것을! 마티스에게 예배당이 꽃이라면 이중섭에게 예배당은 소였다. 이미 많은 소를 그렸고, 그릴 때마다 최선을 다했다. 다시 말해 통영에서 그려야 하는 소는, 이중섭도 일찍이 그려 본 적이 없는 소여야 한다. 진환을 비롯해 다른 화가들이 그린 소와 견주는 것은 무의미하다. 수백 장을 스케치하고 수십 일을 고민했지만, 아직 완전히 새로운 소에 이르지 못했다. 언제 그 소가 그림 속으로 걸어 들어올지는, 이중섭도 솔직히 모른다.

다시 안개다. 안개 속에서는 정직해야 한다. 통영에서 2백 점 넘게 그린 화가가 아니라, 단 한 점의 소도 그리지 못한 형편없는 화가가 바로 나다. 부끄럽다.

37

김봉룡이 이중섭의 아틀리에로 온 것은 안개 짙은 그 아침이 처음이자 마지막이었다. 유강렬을 앞세우고 헛기침을 하며 들어섰다. 이중섭은 이젤을 서둘러 치우곤 나서서 맞았다.

"누추한 곳까지 어케 오셨습네까? 다방에라두 가시디요."

"우리 서이 일욜 아침부터 만났다고 토영 바닥에 소문낼 일 있소?"

은밀하게 의논할 장소로 이중섭의 아틀리에를 일부러 고른 것이다. 유강렬의 시선이 구석에서 물감을 정리하던 남대일에게 향했다. 이중섭이 과제를 냈다.

"세빙관을 담아 오라. 맑은 날은 여러 번 그렛지만 안개 낀 날엔 간 적 없디?"

남대일이 아틀리에를 떠난 뒤, 세 사람은 둘러앉았다. 유강렬이 덤비 북청답게 할 말만 간단히 먼저 하고 일어서는 스타일이라면, 이중섭은 물러나고 또 물러나며 충분히 들은 후 몇 마디를 겨우 보태는 쪽이었다. 김봉룡은 연장자의 체면을 중시하며 이야기판을 이끌되, 제 뜻을 정확하게 담은 단어나 문장이 떠오를 때까지 결론을 내지 않고 숙고했다. 교무실이 따로 없기도 했지만, 아침부터 셋이서 둘러앉은 것이 처음이었다. 유강렬이 양성소 1층 김봉룡의 작업실로 들어가 처결할 일들을 설명하면, 김봉룡은 대부분 받아들였다. 그렇게 나눈 대화라고 해 봤자 길어야 5분이었다. 이중섭은 김봉룡의 나전칠기 작품을 볼 때마다 감탄하며 칭찬했지만, 따로 약속을 잡아 찾아가진 않았다. 양성소든 다방이든 혹은 강구안 부두든 우연히 만나면 자연스럽게 인사하고 덕담을 나누며 서로의 관심사를 주고받는 것이 전부였다. 김봉룡은 김봉룡의 작품에, 유강렬은 유강렬의 작품에, 이중섭은 또 이중섭의 작품에 몰두하기 위해 만남을 줄이고 시간을 아낀 나날이었다. 김봉룡이 턱수염을 쓸어내리며 말했다.

"딴 소문은 듣고도 모른 치 넘깄는데, 요건 너무 얼척 읎고 숭하다 이 말이오. 나전칠기기술원 양성소는 엄연히 겡상남도서 맨든 학굔데, 그래가 도지사가 소장을 당연직으로 맡는 긴데, 우째 유 선생캉 내캉 둘이서 짜고 학교를 집어삼킬라고 든다는 겐지……."

"고딴 개소린 천구백오십일 년부터 들었습다. 조사하자문 하라 하십시오. 아무리 파야 백지장이구 결백하다는 게 증명될 겁다."

"유 선생 말이 백 배 천 배 맞소. 끊음질 가르치는 심부길 선생이나 옻칠에 열심인 안용호 선생이나 건칠 특강 나오는 강창원 선생이나 모두 양성소 칭찬하기 바쁘니까. 웬만한 미술대학보다도 체계가 잡혔고 과목도 다양하고 수준도 깊다고. 이기 다 유 선생이 중심을 잡고 헌신해준 덕분이오. 이중섭 선생 같은 실력자를 부산서 모셔 오기까지 했는데, 지들이 뭐 한 게 있다고 궁시렁궁시렁 해쌌

는지……."

"어떤 머저리 같은 게 모함질하는 검메?"

"호심다방과 성림다방서 커피 마시다가 들었다카니, 뻔하지 뭐. 쪼만한 바닥 아니겠소?"

이중섭이 비로소 끼어들었다.

"저 역시 헛소문을 전해 듣긴 햇습네다. 두 분 꾸미는 음모에 대향까지 합세햇다 허튼소리 하더래요. 웃구 말앗는데, 자꾸 말이 도는 걸 보니, 학교를 꿀꺽 삼키려는 쥐새끼들이래 잇기는 잇나 봅네다."

유강렬이 말했다.

"중섭 형니메두 들었슴까? 우릴 먼바다 외딴 섬으루 만들겠단 개수작질입메다."

이중섭이 받았다.

"양성소래 섬이긴 하디요."

김봉룡이 물었다.

"뭔 소리요? 섬이라니?"

"통제영 공방서 나전칠기래 비롯되엇다 들엇습네다만……."

김봉룡이 보충했다.

"맞수. 자개 붙이는 거는 패부방(貝付房)서 허고, 공예품 칠하는 거는 칠방(漆房)서 혓소. 두 방을 합치믄 바로 나전칠기라오. 일천구백팔 년부터 통영공업전습소가 생기가 철공과 목공을 배우고 가르쳤소. 일천구백십칠 년에 데라우치가 총리 대신이 됏을 적에, 선물로 보낸 통영나전 상(床)도 전습생들이 만들었다우."

유강렬이 받았다.

"부소장님두 천구백삼십 년에 고대 미술 나전칠기 공예소르 서울에 세우셨습메다."

이중섭이 제 뜻을 실었다.

"전습소든 공예소든 통제영 공방 전통을 이은 겁네다. 양성소는 새로운 도약이디요. 김 부소장님이 이어온 전통에 유 선생이 일본서 배우구 익힌 근대 디자인과 공예 감각을 접목한 거이니까요. 전통만 집착한다거나 신사조만 배우려 드는 이들은 납득 못 할 겁네다. 통영이라서 문제인 건 아니디요. 부산에 잇든 서울에 잇든, 이 정도 스케일과 다양성을 디닌 학교를 맨들것다 하문 터무니없는 비난이 날아들엇을 겁네다. 나전칠기기술원 양성소가 누구도 발 디딘 적 없는 섬이라서 기렇디요. 신비롭구 우뚝한 섬. 그 섬을 두 분께서 힘 합쳐 맨드신 겁네다. 어떤 흉문이 들려와두 양성소를 지키라요."

김봉룡이 이중섭의 손을 감싸 쥐었다.

"좌악 풀어 주시니 진짜배기로 고맙수. 이 선생 오셔 가, 양성소가 풍성해졌소. 내도 귀 있소. 다방 구석에 숨은 쥐새끼들이, 두 분에 대해 택도 읎는 비난을 우째 하는지 훤히 안다 이 말이오. 토영은 유강렬과 이중섭에게 엄청시리 베풀었는데, 이북 뜨내기들은 토영에게 해 준 기 읎다? 주고받고를 시장통처럼 따지는 것 자체가 남부꾸럽소. 유 선생이 읎었으믄 양성소를 세우기나 했겠소? 이 선생이 토영서 걸작을 완성하믄, 토영은 그 작품에 깃들어 영원히 빛나는 거요. 이 간단한 이치를 와들 모르는지, 참……."

이중섭이 조심스럽게 물었다.

"아츰 댓바람부터 오신 거이 흉문 때문만은 아니디요?"

김봉룡이 유강렬과 눈을 맞춘 후 말했다.

"도와 군에 자꾸 읎는 말을 맨들어 넣는 모양이오. 누군 자개 붙이고 나무 칠하는 실습을 지나치게 많이 시킨다 허고, 누군 나전칠기 배우는 과정에 디자인, 정밀 소묘, 데생 같은 기 와 필요하냐 허고, 누군 특강 맡을 화가가 토영도 많은데 꼭 부산서 데리왔어야 하느냐 허고, 누군 학생들한테 충분한 지원이 가질 않는다 허고, 누군 이레 주먹구구식이라믄 도립이 아니라 나전칠기 교육에 헌신하려는 개인이나 회사에 맡기 보라 허고…… 이랄 땔수록 쪼만한 트집도 잡히믄 안 됩니더."

유강렬이 끼어들었다.

"오늘 마칠 반닫이가 있지 않습까? 혼자 먼저 가십시오. 둥섭 형니메랑 할 말 있슴다."

김봉룡이 자리를 떴다.

"천구백오십일 년 팔월, 나전칠기기술원 강습회로 수업했을 때부터 뒷소리 낫소. 양성소르 멋잇게 키우문 그깟 소문 싹 달아날 거라 믿엇슴메다."

유강렬의 어깨를 다독이며 말했다.

"양성소래 비실비실하고 빛도 안 나문 뺏으러 들갓어? 부소장님은 통영이 고향인지라 얽힌 게 많으니 더 힘들 거이야. 토박이들 보기엔 우린 외지인 다시 말해 뜨내기래 맞디. 모르긴 몰라도 이북내기들이 〈적기가(赤旗歌)〉나 몰래

190

부르는 적구(赤狗)는 아닌가 사상부터 확인해야 한단 개
소리두 나왓을 거이야."

적구, 즉 붉은 개는 공산주의자를 뜻했다.

"무시기 때문에 고향 떠나 머나먼 통영까지 왔는데…
…."

"일천구백오십이 년 오월 부산서 신사실파 그룹전 할
때두 기관원이 왓더란 말 햇디? 장욱진이를 연행해 한심한
걸 물엇어. 와 땅두 소두 빨갛게 그렛냐고. 강렬인 빨강 칠
한 그림 없네?"

"있슴메. 형니메는?"

"나두 문화학원부터 많이 써 왔어. 색깔 개지구 사상
을 논하는 건 웃기지만, 부소장님 말씀대루 트집은 잡히지
않는 거이 좋갓어. 강렬이, 자부심을 가제! 너무나 멋진 학
교를, 아는 사람 하나두 없는 타향에 세웟잖네."

검은 동자를 올리곤 김봉룡이 마지막으로 뱉은 단어
를 기억해 낸 후, 이중섭이 덧붙였다.

"통영 말루……단디 하자우, 단디!"

"고맙소. 봄 구룹전 진짜 열어야 하지비."

이중섭은 1953년 봄 유강렬, 장윤성과 통영에서 3인
전을 열었다. 유강렬은 여기에 전혁림까지 합류시켜 4인전
을 하자는 의견을 작년 말부터 냈다.

"마산서두 영림이래 춘수 시인과 와선 그룹전에 참여
해 달라더만. 내래 강렬이나 영림이래 원하문 뭐든 하디. 다
만……."

꽁초를 비벼 끄고 새 담배를 피워 물었다. 꺼내기 곤란

한 이야기가 있을 때는 이렇게 시간을 끌었다. 피할 때까지 피하다가 결국 말을 꺼내는 식이었다. 그 습관을 알기에 유강렬도 허리를 고쳐 세우곤 기다렸다.

"그룹전으론 목돈 만들긴 어렵갓디?"

"개인전 준비해 보겠슴다."

"관두구 말라야. 넉 달 만에 통영서 또 개인전을 하는 건 우습지."

38

이중섭은 통영에서 새로운 취미를 얻었다. 기회 있을 때마다 전통 공예품을 아틀리에에 들인 것이다. 입이 쩍 벌어질 만큼 비싼 것도 있었지만, 큰돈 들이지 않고 가까이 둘 만한 것도 적지 않았다. 더군다나 이중섭 곁에는 나전칠기 명장(名匠) 김봉룡과 부산으로 피란 온 국립박물관을 드나들며 전통 공예품을 음미하고 연구하는 유강렬이 있었다.

통제영이 들어선다는 것은 삼도수군통제사를 필두로 조선의 바다를 지킬 장졸들이 머물며 생활한다는 뜻이다. 17세기 초엔 그들을 위한 각종 물품을 여러 고을에서 조달받았으나, 곧 통제영에 따로 장인을 두어 생산하는 방식으로 바뀌었다. 18세기 초부터 개별 공방을 차례차례 설치했

고, 18세기 말에 이르러 열두 공방 체제를 갖추었다. 1895
년 통제영이 폐지되자 장인들은 열두 공방에서 쫓겨났지만,
통영과 그 인근에 머물며 솜씨를 전승했다.

　이중섭이 처음 아틀리에로 들인 것은 선자방(扇子房)
에서 만들던 부채였다. 생선 꼬리를 닮은 미선(尾扇)을 부
치며 들어오자, 남대일은 여름도 아닌데 웬 부채냐고 물었
다. 이중섭은 그림에 몰두하다 보면 한겨울에도 얼굴과 목
덜미와 겨드랑이가 땀으로 젖는다며, 부채는 화가들의 필
수품이라고 맞섰다. 그로부터 열흘 뒤, 칠방(漆房)에서 옻
칠까지 마쳤다 하여 칠선(漆扇)이라 불리는 접는 부채를
하나 더 구했다.

　그다음엔 느티나무 소반을 들여와 자리끼와 시집을
나란히 올려 뒀다. 선대가 소목방(小木房)에서 대대로 일
했다는 장인이 만든 이층 농도 들였다. 쓰던 물건이라 귀퉁
이가 떨어져 나갔지만, 이중섭은 원산 아틀리에에도 이와
꼭 닮은 이층 농이 있었다며 좋아했다. 패부방(貝付房)에
서 정성을 쏟아 만들어 왔다는 나전함(螺鈿函)을 구했을
땐 그 안에 작은 붓을 넣곤 품에 꼭 안고 잤다. 나전함 윗
면엔 자개를 실톱으로 다듬어 붙인 '欲窮其林(욕궁기림)'
이라는 네 글자가 선명했다. 옆면은 복숭아나무들이 꽃과
연못과 밭과 집과 닭과 개와 사람을 감싸듯 둘렀다. '숲이
다하는 데까지 가려 한다'는 글귀는 도연명의 〈도화원기
(桃花源記)〉에서 가져온 것이다. 이중섭은 열 개의 나전함
중 이 글귀를 보자마자 집어 들었다.

　상자방(箱子房)에서 만들던 고리도 하나씩 늘어 모두

세 개가 되었다. 대나무로 엮고 위짝과 밑짝을 맞춘 직육면체 상자엔 완성작을 넣어 보관했다. 이중섭은 한번 넣은 그림은 다시 꺼내 보지 않았기에, 위짝을 열고 그림을 정돈하는 것은 남대일의 몫이었다.

미선, 칠선, 통영반, 이층 농, 나전함, 고리는 곁에 두고 썼지만, 생필품이 아닌 것들도 아틀리에로 가져왔다. 총방(總房)의 탕건, 입자방(笠子房)의 흑립, 동개방(筒箇房)의 활집을 고리 위짝에 진열하듯 두었다. 안자방(鞍子房)의 말안장과 화자방(靴子房)의 목신과 화원방(畫員房)의 통영 지도, 야장방(冶匠房)의 환도, 은석방(銀錫房)의 장석(裝錫)은 지닌 이를 수소문하고 따로 찾아가 감상했다. 열두 공방으로 불렸지만 통제영에 필요한 물품의 종류와 수량에 따라 공방은 열둘에서 열여섯까지 늘기도 하고 줄기도 했다.

날씨와 상관없이 화구를 들고 피랑이나 세병관이나 강구안으로 자주 나갔지만, 아주 궂은 날엔 가끔 아틀리에에 머물기도 했다. 그리다가 잠시 땀을 식히거나 생각에 생각을 더할 때, 열두 공방에서 만들어왔다는 공예품을 만지고 닦고 또 하염없이 바라보았다. 도쿄에서 배운 구라파의 근대미술로는 알 길이 없는 단아한 쓸모의 세계였다.

39

　안뒤산 남쪽 기슭 호주 선교사의 집으로 향했다. 선교
사들의 헌신적인 활동 덕분에 많은 통영 사람들이 근대 교
육을 받고 의료 혜택을 누리며 새로운 예술에 눈을 떴다.
1913년에 지은 붉은 벽돌 건물은 멀리서 보아도 이국적이
지만, 횟대에 앉은 닭들은 토종이었다.

　이중섭은 닭장 앞에 이젤을 놓자마자 양손을 비비며
볼에 바람을 불어 넣었다. 풍경이 마음에 든다는 몸짓이
었다. 다양한 동물을 골고루 살피는 화가도 있고, 마음에
끌리는 동물만 오래 반복해서 보는 화가도 있다. 이중섭
은 후자였고, 닭이라는 일물(一物)이 만물로 확장되었다
가 다시 화가 이중섭이라는 일물로 귀속되는 식이었다. 닭
이 곧 이중섭일 수는 없지만, 닭이라는 대상을 무한히 확장
한 그림의 독특함은 오로지 화가 이중섭만이 구사할 수 있
었다.

　통영에는 유난히 학이 많았다. 봄부터 소나무 숲을 찾
아 둥지를 튼 학들은 여름을 지나 가을까지 안뒤산을 넘기
도 하고 바다 건너 한산도를 오가기도 했다. 이중섭은 양
팔을 좌우로 펴고 턱을 들어 수탉처럼 홰쳤다. 서른 마리도
넘는 학이 머리 위를 돌며 날았다. 바람을 타면서 오르기도
하고 내리기도 했다. 이중섭은 부지런히 연필을 놀렸다. 한
마리도 그리고 두 마리도 그리고 여러 마리도 그렸다. 닭도

보고 학도 보았다.

닭을 그리는 화가는 많다. 그중에서도 투계를 그린 김
용주의 〈방위〉는 이중섭도 거듭 칭찬한 작품이다. 검은 암
탉이 모이를 쪼는 동안, 하얀 수탉은 고개를 빳빳하게 들
고 사방을 경계한다. 눈은 날카롭고 발가락은 길다. 늠름
하고 강인하다. 이중섭은 김용주와는 다른 방향을 택했
다. 굳건한 힘을 포착하기보단 날렵한 움직임을 중시한 것
이다.

살점이라곤 없고 날개, 다리, 몸통까지 오직 선(線)이
다. 두 새는 서로를 향해 달려든다. 사랑일 수도 있겠고 다
툼일 수도 있겠다. 최대한 빨리 가까이 가기 위해 날개부터
편다. 땅을 박차고 허공으로 몸을 띄운 다음부턴 움직임의
연속이다. 흔들리고 꺾이고 솟고 내리고 휘돈다. 마음먹은
대로 움직이기 위해선 시시각각 자세를 바꿔야 한다. 날개
를 활짝 편 채 두 다리를 쭉 뻗은 아래쪽 새는 날아오르려
는 의지로 허리까지 휜다. 다리가 유난히 길지만 낯설진 않
다. 날아올랐다가 내려오는 위쪽 새는 수평에 가까운 몸통
에서 거의 수직으로 목을 꺾는다. 두 날개는 목이 꺾인 곳
에서 상하로 뻗어 있다. 두 발은 얼굴을 맞댄 새의 몸통을
당장이라도 움켜쥘 기세다. 부리와 부리, 머리와 머리, 몸
통과 몸통, 날개와 날개, 다리와 다리가 곧 엉킬 듯하다. 격
렬함 뒤에 따르는 감정은 무엇일까. 황홀경일까 허무일까.

남대일이 곁으로 와선 한참을 살피다가 물었다.

"달구새*입니꺼 학입니꺼?"

이마에 달린 벼슬을 보면 명명백백한 닭이지만, 길쭉

한 다리와 활짝 편 날개는 학에 가까웠다. 이중섭은 웃기만 할 뿐 답하지 않았다.

　　해 지기 전 호주 선교사의 집을 내려왔다. 강구안으로 곧장 가지 않고 충렬사를 지나 서문고개를 넘었다. 통영여중도 호주 선교사의 집처럼 붉은 벽돌로 지었다. 토요일 저녁인지라 학생들은 하교했고 교실 불도 꺼졌다. 세병관 앞에서 잠시 쉬며 이중섭이 물었다.

　　"몇 번째디?"

　　"열 번은 넘을 깁니더. 쩌번에 채색까지 끝냈는데두 네 번 더 오싰지예."

　　"와 자꾸 오는 거 같네?"

　　"아수버서…… 아입니꺼?"

　　이중섭이 고개 저었다.

　　"사랑해서디."

　　"사랑…… 이라고예?"

　　"대일이두 흉낼 냇스니까 짐작할 거 아이네?"

　　"지가 무신 흉낼 냇단 겁니꺼?"

　　"개학허구 나서 심부름만 보내문 함홍차사인 니유가 머네? 통영여중 서문고개를 수캐터럼 왔다 갓다 하는 거이 내래 모를 줄 알앗어?"

　　"그기 아이라……."

　　"호심다방에 쪽질 건넷으문 빠꾸해서 와야 되디 않네? 세빙관으루 올라가선 서문고개 쪽으로 꺾구 통영여중

* 닭

197

닭

닭

앞을 서성엣겟디? 내래 바로 길 건너 잇엇디만 알아채질 못
하두만.”

"잘못했심더.”

"이 학교 다니네?”

"그런 거 아입니더.”

"새게 들으라. 서성이기만 하문 소용 잇갓어. 부딪테야
디!”

"……부딪치라고예?”

"늦추다간 놓치구 말아.”

"그래 본 적 잇습니꺼?”

혀 위에서 웅얼거리던 말이 겨우 입술 사이로 새어 나
왔다.

"……해야디!”

"예? 뭐라고예?”

이중섭은 답하지 않고 아틀리에가 있는 강구안을 향
해 뛰었다. 통영에 온 뒤 숨이 찰 만큼 내달린 건 처음이었
다. 기도하는 마음이었다.

40

저것이 기도로구나 느끼도록 한 사람은 둘이다.

우선 결혼 후 이름을 이남덕으로 바꾼 아내 야마모토

마사코! 영국국교회 선교사가 믿음의 씨를 뿌린 고베기독 부흥교회의 세례 교인이기에 연애 중에도 찬송가를 허밍으로 부르거나 성경 구절을 읊조렸다. 1945년 4월, 하카타항에서 임시 연락선을 타고 바다를 건너왔을 때, 몇 번의 행운으로 소식이 닿아 서울 조선호텔 앞 여관에서 상봉했을 때, 그녀는 이중섭의 두 손을 맞잡곤 하늘을 우러르며 거듭 말했다. 고맙습니다, 고맙습니다. 신을 향한 감사의 기도였다.

또 한 명은 원산에서 어울렸고 월남해서 다시 만난 시인 구상! 이중섭이 머무는 부산이나 구상이 사는 칠곡에서 둘이 만나면 종일 함께 지냈다. 다른 문인이나 화가들과 어울릴 때처럼 반가움을 성급하게 술로 풀진 않았다. 눈빛과 침묵으로 원산을 그리워하며 서로의 형편을 살피고 고민을 가늠했다. 구상은 너무 힘들면 무작정 견디지 말고 성당으로 나오라고, 예수의 생애를 살펴보길 권했다. 이중섭은 사람 좋게 웃거나 담배를 꺼내 물거나 나무 작대기로 바닥에 십자가 셋을 그었다. 루오가 〈미제레레(Miserere)〉, 즉 '불쌍히 여기소서'라는 제목으로 선보인 쉰여덟 점의 연작을 논하기도 했다. 그날 구상은 궁리 중인 시의 일부를 읊었다. 아직 시가 되지 못한 묵상의 파편이라고 했다. 적군의 묘지 앞에서 떠올린 그 마음을, 이중섭은 기도로 받아들였다.

살아서는 너희가 나와
미움으로 맺혔건만
이제는 오히려 너희의
풀지 못한 원한이 나의
바램 속에 깃들어 있도다
　　　　　── 구상, '적군 묘지 앞에서'

　통영에 와서도 이중섭은 계속 기다렸다. 아틀리에까지
갖췄고 상경해서 개인전을 연 후 도쿄로 갈 마음이 바빴지
만, 아직은 때가 아니라고 느꼈다. 세병관에서 강구안 아틀
리에까지 달리며 지금까지 자신이 무얼 기다렸는지 깨달았
다. 그가 기다린 것은 저것이야말로 기도로구나! 라고 느
낀, 죽음조차 넘어서는 간절함이었다.

41

　속삭이는 소, 친구가 많은 소, 여물을 맛보고 찡그리
는 소, 코뚜레를 흔들며 나무 그늘에서 조는 소, 우는 소,
되새김질하며 거품 흘리는 소, 기뻐 껑충껑충 뛰는 소, 노
리는 소, 송아지를 불러들이는 소, 뒷발질에 열심인 소, 실
수하는 소, 떨어진 꽃잎을 물끄러미 내려다보는 소, 교접하

는 소, 어미 소에게 도움을 청하는 소, 코를 박고 물을 마시는 소, 올려다보다가 별을 발견하고 놀라는 소, 밭 가는 소, 날아가는 멧비둘기와 참새를 따라 고개 돌리는 소, 외톨이를 자처하는 소, 내달리는 소, 빼앗는 소, 머리에 머리를 부딪치는 소, 고집부리는 소, 벽을 들이받는 소, 엎드려 기다리는 소, 가지 않겠다고 버티며 뒷걸음질하는 소, 앞발로 땅을 파헤치는 소, 꼬리를 흔들어 벌레를 쫓는 소, 먼저 알아보고 다가와서 인사하는 소, 오르막길 앞에서 한숨 쉬는 소, 늙었지만 병들지 않은 소, 멍한 눈으로 세월을 되씹는 소, 웃는 소, 새끼 낳는 소, 먼저 죽은 사람을 그리워하는 소, 어미 소를 싫어하는 소, 숨는 소, 산책을 즐기는 소, 잠든 소, 병들어 마른 소, 절뚝거리는 소, 용서하는 소, 냄새 맡는 소, 멈춰 기다리는 소, 죽은 소.

42

배경은 황톳빛이다. 군데군데 거듭 밟힌 자리는 무거운 갈색에 가깝다. 농사에 잔뼈가 굵은 농부라면, 흙 맛 좋은 색이라 할 것이다. 소가 딛는 땅을 찾아 횡으로 검은 줄을 긋는다. 걸어온 길이며 걸어갈 길이다.

배경과 소가죽의 빛깔이 다르지 않다. 안은 밖이고 밖은 안이다. 꼴을 만드는 희고 굵은 선이 없었으면 안팎을 구분하기 힘들다. 검은 선이 그림자처럼 흰 선에 붙어 몸의 균형을 잡는다. 밖의 사건이 안을 채운다. 본 것, 들은 것, 만진 것, 냄새 맡은 것, 맛본 것이 안을 바꾼다. 감당하기 힘든 일들이 연이어 닥쳤을 땐 작아지고 물러나고 숨으려 했지만, 이젠 맞서 싸울 때다. 지금까지 들이친 온갖 몰이해와 욕설과 폭압과 슬픔과 절망이 내 안에서 흐르고 뭉쳐 얼마나 단단해졌는지, 겉과 속을 같은 색에 담아 보여 주려는 것이다. 숨김없이 투명하다. 나는 옹이다. 나는 굳은살이다. 나는 멍이다. 나는 흉터다.

　　발굽 두께, 원을 그리며 떨어지는 꼬리 모양, 귀의 흔들림과 성기 색깔까지 수십 번 다르게 그리며 연습을 마친 결과다. 하나하나 뜯어봐도 이중섭의 인장이란 평을 듣고 싶다. 그 모두를 바탕에 깔되, 부딪쳐 뚫고 나가는 원동력부터 부각한다. 급소를 지키는 갑옷 같다. 나는 땀이다. 나는 피다. 나는 숨이다. 나는 근육이다. 나는 뼈다.

　　머리는 낮추고 등은 세운다. 오른쪽 뒷다리는 후방에서 굳건하고, 오른쪽 앞다리는 전방에서 날렵하다. 전자는 보급대요 후자는 척후병이다. 쭉 뻗은 왼쪽 뒷다리 바로 앞에 왼쪽 앞다리가 놓인다. 모여 믿음을 나누고 흩어져 의심을 버린다.

　　다리 넷에 두 상황이 겹친다. 왼쪽 앞다리만으로 머리와 목과 어깨를 지탱하기 때문에 무게중심이 앞으로 쏠린 현재 상황이 하나고, 들고 있던 오른쪽 앞다리가 땅에 닿는 순간 돌진해 나아갈 미래 상황이 또 다른 하나다. 팔레트에서 물감을 듬뿍 바른 붓이 마지막으로 집중한 것은 뿔한 쌍이다. 다음 대결을 향한 깃발처럼 순백으로 단정하다. 정면으로 내달려 치받으려는 의지다. 세상과 맞서다. 전쟁과 맞서다. 이산과 맞서다. 외로움과 맞서다. 공산주의와 맞서다. 자본주의와 맞서다. 그 모든 적이 뭉친 또 하나의 소와 맞서다. 통영에서 그린 첫 소다.

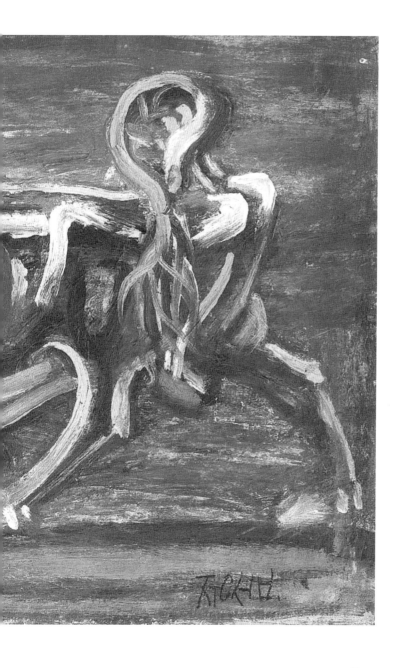

들소

43

벼르고 벼르던 4인전을 연 곳은 호심다방이다. 성림다방에선 작년 12월에 이중섭이 개인전을 열기도 했고, 네 사람의 작품을 골고루 걸어야 하니 공간이 더 넓고 출입하기편한 호심다방이 적격이었다. 나전칠기기술원 양성소에서학생들을 가르치는 유강렬과 장윤성과 이중섭에 통영에서나고 자란 전혁림까지 합류하자 훨씬 많은 주목을 받았다.

이중섭은 전시회 준비를 위해 동원여관으로 거처를 옮겼다. 그림에 골몰하고 싶을 때면, 부산에서도 종종 여관을잡고 작업했다. 타향으로 피란 온 떠돌이 화공에게 여관보다 어울리는 곳이 어디 있겠느냐며 웃었다. 출품작을 집중해서 그릴 뿐만 아니라, 그룹전을 여는 세 화가와 작품을늘어놓고 대화를 나눴다.

처음엔 동원여관으로 홀로 갔다. 양성소의 빽빽한 강의와 실습을 따라가야 하는 남대일을 배려하는 마음이었다. 이중섭은 열흘 앞으로 다가온 전시회를 위해 거의 매일밤샘 작업을 할 예정이었고, 남대일에게 가장 필요한 것은숙면이었다. 어린 조수는 그런 법이 어디 있냐며 동원여관골목에 퍼질러 앉아 소리 내 울었다. 이중섭은 결국 그를안으로 들였다. 잠은 아틀리에에서 자되, 통금 전까진 곁에서 심부름하는 것을 허락했다. 덧붙여 마감을 정하고 작품에 도전하도록 권했다.

"양성소 학생들만 참가하는 대회를 작년부터 열었다 문서? 올핸 나전과 칠 외에 회화도 뽑기루 정햇으니까니, 열심히 하라."

전시회 첫날부터 관람객들이 이중섭의 소 앞으로 몰려들었다. 작품의 크기는 세 화가에 비해 작았지만, 뿜어져 나오는 기운은 벽을 채우고도 남았다. 스스로 달리고 스스로 먹고 스스로 쉬고 스스로 싸우는 당당함이 뿔에서 꼬리까지 가득했다.

자기 마을에도 이처럼 멋진 소가 있다고 자랑하는 관람객이 여럿이었다. 이중섭이 찾아와 온종일 스케치를 했다는 주장까지 나왔다. 겨울과 봄 내내 강구안과 피랑은 물론이고 해저터널을 지나 미륵도까지 돌아다녔으므로, 들른 마을이 한두 군데가 아니다. 마을마다 힘 좋은 소가 한두 마리는 있기 마련이며, 씨소와 싸움소는 일소에 비해 덩치도 크고 힘도 셌다.

이중섭은 괴죄죄한 몰골로 전시회장에 들렀다. 감지 않아 헝클어진 머리는 이마를 가렸고 눈은 충혈되었으며 볼은 푸석푸석했고 입가는 짓물러 딱지가 앉았다. 손등과 손톱과 목덜미엔 물감이 덕지덕지 묻었다. 구부정한 허리로 배틀배틀 걸을 때마다 종이와 기름과 물감에 더해 땀에 전 베개와 빨지 않은 양말 냄새가 뒤섞여 악취를 풍겼다. 관람객이 이중섭을 알아보고 인사라도 건네면, 황급히 뒷걸음질해 구석 의자에 앉았다. 소 그림 앞에 모인 이들을 큰 눈 끔벅이며 쳐다만 보았다.

이중섭의 소를 보자마자 기뻐한 사람은 유강렬이었다. 전날 밤 출품작을 걸 때부터 얼싸안았다.

"최고지비. 도쿄랑 원산 소와는 와늘 다름다!"

칭찬을 들을수록 고개부터 숙이며 자리를 피해 온 이중섭이지만 이번에는 확인하듯 물었다.

"맘에 드네?"

"좋지비. 이토록 늠름한 소는 처음임다."

새 그림 앞에는 여학생부터 노파에 이르기까지 여자가 많았다. 그녀들은 눈만이 아니라 손으로도 즐겼다. 닭이냐 학이냐를 논했던 그림 앞에서 자주 웃었다. 학 두 마리가 위와 아래로 서되, 아래쪽 학은 날아오르듯 고개를 들고 위쪽 학은 날아내리듯 고개를 내려, 머리와 머리가 부딪칠 듯 가까운 전통 문양을 모르는 통영 여자는 없었다. 그 문양에선 분명히 학이지만, 그녀들 눈에도 이중섭의 새는 온전한 학은 아니었다.

풍경화 앞에선 박수가 잦았다. 깨달음의 박수였다. 그림을 보자마자 강구안과 세병관과 충렬사라고 알아차렸을 뿐만 아니라, 어디쯤 서서 어느 방향을 보며 그렸는지까지 짐작했다. 통영 사람들만이 누리는 즐거움이었다. 언 손 언 발로 강구안과 피랑과 유적을 오간 결실이었다.

부모 손에 이끌려 온 아이들은 은지화 앞을 독차지했다. 남대일이 지키며 선 자리이기도 했다. 아이들이 은지화를 못 만지도록 하라고 유강렬이 엄명을 내린 것이다. 다른 그림들은 말긋말긋 쳐다만 보던 아이들이 허리를 숙인 채 은지화를 살피다가 슬그머니 팔을 뻗곤 했다. 손바닥에 올

210

려놓기 딱 좋을 만큼 작은 은지에 사람이며 나무며 열매를 정교하게 새긴 솜씨가 놀랍고 신기했던 것이다.

　　김봉룡이 양성소 학생들과 나전칠기 장인들을 이끌고 왔다. 유강렬과 장윤성과 이중섭까지, 양성소에서 디자인과 정밀묘사, 데생, 도안을 책임진 강사들 수준을 한눈에 가늠할 수 있는 자리였다. 유치환과 김춘수를 비롯한 문인들은 완전히 새로우면서도 친근한 물결이라는 평을 번갈아 내놓았다. 서울을 비롯해 어느 대도시에서 전시해도 상찬받을 작품이라는 것이다. 양성소를 음으로 양으로 트집 잡아 비난하던 이들도 악담은 못했다.

　　이중섭은 마지막 날 유강렬, 장윤성, 전혁림과 함께 모처럼 대취했다. 그림이 전부인 행복한 밤이었다.

44

　　세병관에서 충렬사로 가려면 '서문까꾸막'이라 불리는 고갯길을 넘어야 했다. 오르막으로 접어들어 숨이 차오르기 시작할 때쯤 보이는, 좌우대칭으로 지은 2층 붉은 벽돌 건물이 통영여중이다. 긴 수직 창이 2층은 아홉 개, 1층은 현관을 제외하고 여덟 개가 가지런했다. 굳게 닫힌 창들은 벽돌만큼이나 단단해 보였다. 남대일은 길 건너 꽃 핀 벚나무 뒤에 서선 봄 하늘을 우러렀다.

종소리와 함께 학생들이 삼삼오오 교문을 나섰다. 곳곳에서 벚꽃보다 환한 웃음이 터졌다. 쉰 명도 넘는 학생들이 빠져나간 뒤에야, 남대일은 벚나무 앞으로 나섰다. 그소녀였다. 서피랑에서 방패연을 내밀고, 유영 사진관 액자속에서 붉은 드레스 차림으로 보조개를 드러낸 소녀. 길을건너온 남대일이 소녀가 속한 여학생들 앞을 막고 섰다. 교복 왼쪽 가슴에 붙은 이름표부터 확인했다.

우정희.

남대일은 그 이름을 입안에서 굴렸다.

"서피랑…… 맞제?"

우정희가 그를 알아보곤 물었다. 남대일은 돛대처럼서선 겨우 고개를 끄덕였다. 우정희만 남고 나머지 여학생들은 고갯길을 올라갔다.

남대일은 소녀의 이름도 나이도 사는 곳도 몰랐다. 또래로 보였지만 그보다 많을 수도 있고 적을 수도 있었다. 유영사진관으로 다시 가선 액자 속 소녀에 대해 물었다. 류완영은 가게 손님의 이름이나 주소는 알려주는 법이 아니라며 딱 잘라 거절했다. 남대일이 시키지도 않은 사진관 청소를 사흘 연속으로 말끔하게 하자, 지나치듯 뱉었다. 통영여중으로 가 보라고.

"여꺼정 와 찾아왔는데?"

웃지 않아도 또렷한 왼뺨의 보조개를 보며 동문서답을 했다.

"남대일이다! 내 이름……"

우정희가 앞니를 드러내며 웃자, 오른뺨에도 우물 같

은 보조개가 파였다. 남대일이 눈을 질끈 감았다가 깊게 숨을 들이마신 뒤 다시 뜨곤 말했다.

"부탁할라고…… 왔다."

하교하는 여학생들이 곁눈질하며 지나갔다. 간혹 교문 앞까지 찾아오는 남학생이 있긴 하지만, 남대일처럼 교복도 없이 줄자 하나만 들고 온 경우는 없었다.

"쪼매만 걷자. 시간 되나?"

"어데로?"

"강구안!"

우정희가 손목에 찬 시계를 확인했다.

"거까진 못 간다. 집에 손님 오신대서, 바로 가가 어무이 도와드리야 하거든."

"그라믄 저어 벚나무 아래꺼정만."

길을 성큼 건너 방금까지 숨어 기다렸던 벚나무로 향했다. 남실바람이 고개를 넘어 불었고, 뒤따라온 우정희의 어깨에 벚꽃잎들이 내려앉았다. 남대일이 돌아서선 물었다.

"니 내 모델 서줄 수 있나?"

"모델? 므슨 모델?"

"모나리자 같은……."

우정희가 반걸음 다가서자, 어깨에 앉았던 꽃잎들이 두 사람의 발등으로 떨어졌다. 남대일은 실톱을 쥔 오른손에 힘을 준 채 물러나지도 않았고 시선을 피하지도 않았다.

"내를 그리고 싶다…… 이 말가?"

"……맞다."

남대일이 휘파람을 불며 계단을 올라 아틀리에 방문을 열었을 때, 이중섭은 엎드린 채 편지를 쓰는 중이었다. 그는 가슴 밑에 깔았던 베개를 무릎 위에 얹곤 마주 앉았다. 남대일이 참지 못하고 방금 통영여중 앞에서 감행한 일을 알렸다.

"허락받았심더. 부디쳤다고예."

이중섭이 조수의 앞머리를 쓰다듬고는 물었다.

"〈북호텔〉 문장으루 상상한 그림은? 너 빼곤 다 제출했어. 빵점 받구 싶네?"

"곧 내겠심더."

"늦게라두 꼭! 포기하는 거이 제일 나쁘니까니."

남대일은 편지지 옆에 놓인 시집을 보며 고개를 갸웃거렸다. 책 제목과 저자가 불어로 적혔기에 읽을 수 없었다. 이중섭은 1936년 오산고등보통학교를 졸업하고 도쿄 제국미술학교에 입학했을 때, 일 년 동안 열심히 불어를 배우고 익혔다. 프랑스 파리로 건너가고 싶은 마음이 컸기 때문이다. 여러 사정으로 파리 유학 대신 문화학원으로 학교만 옮겼지만, 그 후로도 공부 삼아 불시(佛詩)를 외우곤 했다. 태평양전쟁과 한국전쟁이 터지지 않았다면, 어떻게든 파리로 떠났을 것이다.

"베를렌느! 외웠던 시래 여러 편이디. 일어로두 암송하구 불어로두 암송하구. '겨울은 끝났다', 특히 좋아. 도쿄선 원문을 읊구 일어로 옮기구 또 고걸 조선말루 바꿨디. 오랜만에 외워봤는데 더듬더듬……. 년습해야갓어. 용주 형님 댁에서 빌레게디구 왔디. 가브리엘 포레란 작곡가래 곡을 붙이기도 햇어. 들어보갓어?"

　　이중섭이 일어나선 양팔을 아랫배에 붙이곤 '겨울은 끝났다'를 불어로 부르기 시작했다. 묵직하면서도 섬세한 목소리가 아틀리에를 메웠다. 북풍이 물러가고 봄 햇살이 방 안 가득 퍼지는 듯한 기분이었다. 노래를 마친 후, 이중섭은 시집을 들곤 감정을 실어 불어로 유려하게 읊어 나갔다. 남대일을 위해 그 뜻을 번역해 풀어 줬다.

　　　　겨울은 끝났다. 포근한 빛은
　　　　땅에서 밝은 하늘까지 춤을 춘다.
　　　　가장 슬픈 마음도 대기에 흩어져 있는
　　　　거대한 기쁨에 굴복해야만 한다.

　　　　울적하고 병든 이 파리(Paris)조차
　　　　새로운 햇살을 반기는 듯하며,
　　　　어마어마한 포옹을 하려는 듯,
　　　　선홍색 지붕들로 이어진 수많은 팔을 뻗는다.

　　　　한 해 전부터, 내 영혼에는 봄이 들어서 있고,
　　　　푸르게 되돌아온 달콤한 화월(花月)은,
　　　　불꽃이 불꽃을 에워싸듯,
　　　　내 이상 위에 이상을 얹어 놓는다.

　　　　푸른 하늘은, 내 사랑이 웃고 있는 불변의 창공을

길게 늘이고 승화시키며, 화관을 씌운다.
계절은 아름답고, 내게 주어진 시간은 넉넉하다.
결국 내 모든 소망에 차례가 주어진다.

오라 여름이여! 가을도, 겨울도 계속해서
오라! 오, 이 환상과 이 이성이
장식하는 그대여, 내게는
사계절이 다 아름다우리라!

— 폴 베를렌, '겨울은 끝났다'

45

통영 사람들은 바닷바람이 매섭고 장대비가 쏟아지면 영등 할매가 화를 내서 그렇다고 했다. 음력 2월 풍신제(風神祭)를 영등굿놀이라고 부르는 것도, 영등 할매가 날씨를 좌지우지하고 미역이며 전복이며 소라의 생장을 관장하기 때문이다. 이중섭은 2월 1일 영등환영제도 보았고 2월 15일 영등송별제도 구경했다. 정당새미라고도 불리는 명정에서 물을 긷는 처녀들의 볼은 물동이에 꽂은 동백꽃보다 붉었다.

영등굿놀이가 끝난 뒤에도 종종 명정을 찾았다. 충렬사 홍살문 아래쪽에 자리한 우물은 두 개였다. 사각형 우물은 이순신 장군 생신이나 중요한 제사처럼 특별한 날에만 아껴 썼다. 그 옆 팔각형 우물은 누구나 떠 갔다. 통영 사람뿐만 아니라 멀리 고성이나 거제에서까지 와선 이 물을 담아 갔지만, 우물이 마른 적은 단 한 번도 없었다. 화수분이었다.

이중섭은 인적이 드문 이른 새벽이나 늦은 밤에 명정을 찾았다. 동백나무가 흔들리고 대숲이 여우처럼 울어대거나 억수가 퍼붓는 날에도 와선 쭈그려 앉곤 했다. 사각형 우물 근처엔 가지 않고 팔각형 우물만 들여다보았다. 해가 뜨기 전이든 진 뒤든, 아무리 들여다봐도 우물은 깜깜했다. 비바람까지 심할 땐 차고 습한 기운이 이무기처럼 올라와 온몸을 감쌌다.

명정으로 그토록 자주 갔지만 물을 길어 마신 적은 없었다. 갈증이 심한 여름에도 마른침을 삼키기만 했다. 마시러 간 것이 아니라 보러 간 것이다. 붓이 준마처럼 달리는 날도 명정으로 갔고 생각이 막혀 붓 한 번 놀리기 힘든 날도 명정으로 갔다.

우물 속을 내려다보노라면, 꼴을 갖출 만큼은 아니지만 어둠이 조금조금 움직였다. 해와 달이 뜨고 비와 바람까지 더하면 수면의 불규칙한 흔들림이 점점 심해졌다. 그 떨림, 그 꺾임, 그 솟아오름은 이중섭의 마음이기도 했다. 몸을 비추는 거울이 아니라 마음을 살피는 거울로 명정 팔각형 우물을 택한 것이다.

사랑

눈물을 제일 많이 쏟은 곳도 명정이다. 눈물이 우물로 떨어지지 않도록 급히 고개를 치켜들곤 했다. 찾는 사람이 적은 탓에, 눈시울이 붉고 눈물이 맺히더라도 울음을 들키진 않았다.

명정, 이 오래된 우물을 들여다보며 자신의 마음을 확인하고 눈물을 훔친 이가 이중섭만은 아닐 것이다.

46

김춘수는 통영에 강연하러 왔다가 동일호를 타고 구마산으로 돌아갔다. 최영림 개인전이 열리는 비원다방으로 들어섰다. 휴일 오후인데도 관람객이 제법 많았다. 전시회의 주인공인 최영림이 보이지 않았다. 손님과 함께 대기실로 쓰는 구석방에 들어갔다기에, 문을 톡톡 두드렸다. 조용했다. 다시 두드렸지만 마찬가지였다. 둥근 손잡이를 쥐고 돌렸다. 고개를 숙인 채 나란히 앉은 이중섭과 최영림이 열린 문틈으로 보였다. 탁자에 놓인 은지를 각자 송곳으로 긁고 있었다. 얼굴엔 개구쟁이 같은 웃음이 가득했다.

저물 무렵 유강렬이 비원다방으로 왔다. 최영림과 김춘수는 통영 손님들을 데리고 어시장 횟집으로 갔다. 볼락과 가자미를 회로 떠 접시에 담고 소주를 마시기 시작했다. 김춘수가 먼저 잔을 비우고 술을 돌렸다. 마산에서 이중섭과 마주 앉는 첫 자리였다. 김춘수는 통영에선 좌중을 이끌 수 없었다. 유치환의 명성은 정지용이 서울에서 통영까지 만나러 올 만큼 높았고, 재력이 상당한 양화가 김용주역시 김춘수보다 열한 살이나 위였다. '아아파'의 영원한 막내인 것이다. 마산에선 보필해야 할 선배가 없었다. 이중섭에게 마산으로 꼭 한번 오라고 권한 이유이기도 했다. 최영림은 월남한 화우들의 축하주를 피하지 않고 넙죽넙죽 받아 마셨다. 김춘수가 이중섭에게 불쑥 물었다.

"토영서 지대로 고독해지셨데예?"

"기렇게 보옛습네까?"

"소가 바위보다 딴딴해 놀랐심더. 한 수 배웠어예. 마산서 그룹전 여는 것도 잊지 않으셨지예?"

"4인전쯤 되는 겁네까?"

"적으믄 3인전 많으믄 6인전! 두 번 하믄 더욱 좋심더."

"김 시인이 도채기란 걸 몰랐습네."

"도채기?"

"함깅도 말이디요. 욕심꾸러기!"

김춘수가 웃으며 받았다.

"아! 예술 할 땐 도채기고 싶습더."

"내 그림서 한 수 배웠다 했습네까? 밥벌이두 못 하는 화공에 불과하디요. 시인을 가르칠 경지래 아닙네다."

"로댕이 읊었으믄 릴케두 읊었을 깁네더."

"로댕이래 거장이니까 릴케터럼 뛰어난 시인에게 영감을 줬갓디요."

이중섭이 자꾸 스스로를 낮추자 김춘수가 빨딱 일어

섰다.

"지금꺼정 지가 본 우떤 그림보담도 고독했심더."

라이너 마리아 릴케의 시 '고독'을 읊었다. 3행부터는 이중섭도 낮은 목소리로 따라 외웠다.

고독은 비와 같다.
저녁을 향해 바다에서 올라와
멀리 떨어진 평야에서
언제나 적적한 하늘로 올라간다.
그리하여 비로소 도시 위에 떨어진다.

밤도 낮도 아닌 박명에 비는 내린다.
모든 골목이 아침을 향할 때,
아무것도 찾지 못한 육체와 육체가
실망하고 슬프게 헤어져 갈 때,
그리고 시새우는 사람들이 함께
하나의 침대에서 잠자야 할 때,

그때 고독은 강물 되어 흐른다……

— 라이너 마리아 릴케, '고독'

김춘수와 최영림은 여관을 잡고 밤새워 마시자며 붙들었지만, 이중섭은 유강렬과 함께 막배를 타고 진해로 넘어갈 예정이었다. 구마산 부두까지 따라온 최영림은 두 사람과 나란히 선창에 서서 담배를 피웠다. 아직도 술이 덜 깬 듯 고개를 흔들었다. 지난번 통영에서 만났을 때 말을 트기로 했지만, 다시 존대했다.

"터를 닦아 둘 것이니까니…… 둥섭 선배두 올라오기오."

최영림은 숙부와 함께 다음 달 상경하기로 마음을 굳힌 것이다. 이중섭이 받았다.

"서울이래 마산이나 통영관 달라. 멍텅구리터럼 굴다간 팔레트두 붓두 다 뺴앗기디. 정신 똑바루 채리구 먹구 살 궁리부터 하라우. '니둥섭하믄 소 문학수하믄 말'이란 소문이래 떠돌앗디만, 영림이두 말을 독특하게 그렛디. 그 말 타구 남쪽 바달 한 바쿠 돌려구 햇더니, 어렵갓구만."

"남해뿐이갓습네까. 오데든 갑세, 둥섭 선배는 내 말 타구 내래 둥섭 선배 소 타구."

"재밋갓군. 강렬이, 너도 가자우."

유강렬이 웃으며 담배를 껐다.

"승선할 시간입메다. 영림 형니메, 이사 잘 가시오. 몽땅 뛰어났지만 〈내 살던 집〉이가 참 좋았지비. 후에 평양 가문 영림 형니메 집으루 방문하겠슴다."

"꼭 오라. 꿩다대기 들어간 냉면부터 한 그릇 비우구, 대동강 숭어두 내갓어."

최영림이 이중섭의 손을 굳게 잡았다.

"금강산터럼, 서기포터럼, 서울서도 가티 그립시다. 빈말 아니우다. 꼭 연락하기요."

진해항에 닿으니 날이 벌써 어두웠다. 이중섭은 유강렬을 따라 해군 교재창 옆 신흥동 하천을 걸어 올라갔다. 천변을 따라 핀 밤 벚꽃이 절정이었다. 통영도 벚꽃이 만발했지만, 벚나무가 사람보다 많다는 진해만큼은 아니었다. 낮 벚꽃이 삶의 기쁨을 노래하는 가수라면, 밤 벚꽃은 아침이면 사라질 걸 알면서도 정성껏 손발을 놀리는 무희였다. 관광객은 낮 벚꽃을 즐기고 진해 사람은 밤 벚꽃을 즐긴다는 이야기를 나중에 들었다.

이사한 단층 적산 가옥의 방은 두 칸이었다. 이중섭과 유강렬은 안방에서 유택렬의 아버지 유병추에게 큰절을 한 뒤 건넌방으로 옮겼다. 유택렬은 동생 유양렬에게 술을 받아 오라며 내보냈다. 유양렬이 돌아왔을 때는 건넌방이 비어 있었다. 칼멘에서 밤을 새워 이야기도 하고 음악도 듣고 술도 마시기로 마음을 바꾼 것이다. 유양렬은 칼멘에 술과 안주만 넣어준 뒤 돌아갔다.

세 사람은 술이 한 순배 돌 때까지 말이 없었다. 유택렬이 레코드판을 뒤적이다가 하나를 골라 턴테이블에 올렸다. 베토벤 피아노소나타 14번 〈월광〉이 흘러나왔다. 유강렬이 곧장 본론으로 들어갔다.

"아무래두 서울로 올라가야 하겠슴다."

유택렬이 받아쳤다.

"북청 아니문 어드메든 타향이니, 시골에 박혀서 차곡하게 작품하는 게 최고라 하지 않았슴까?"

"니두 형니메랑 올라가자."

"세계 제일 공예 학교루 키워 보겠다 하지 않았슴까? 양성소는 형니메 피와 살인데 그걸 두구 서울루 가시겠다는 게 말이 됨까?"

"내 말 말구 니 말 해보지비."

"형니메처럼 학교르 세우진 않았지만 북청이가 아니라 문 진해서 살겠슴다. 천구백사십오 년 삼월 강제 징집되어 진해에서 훈련받구 해방 때까지 근무했슴다. 이 작은 항구이 마음에 쏙 들었지비. 천구백사십오 년 팔월 십오일 해방후 진해에서 북청까지 네 달이나 걸었드랬슴다. 배때 고푸구 잘 자리는 없지만, 신나구 좋은 여행이었지비. 걷다가 마음에 드는 곳에선 몇날 씩 묵으며 풍경두 그리문서……. 그때 생각했던 거 같슴다. 기회가 되문 북청서 거꾸로 걸어내려와 진해에 닿겠다구. 기왕이문 겨울에 떠나 남쪽으루 올수록 점점 따뜻해지구 진해에 도착해선 벚꽃으 봤으문 싶었지비. 진해 뜰 마음 없슴다."

유강렬이 목소리를 높였다.

"아침에 집 나서문 점심 때 만나 도다리쑥국이래두 한 그릇 해제께야지비. 서울과 진해는 멀어두 너무 멉메. 진해이 아름다운 건 알겠지만 살부치끼리 가찹게 살아야 하지비."

"아이 간다 말씀드렸슴다."

이중섭은 담배를 연이어 피웠고, 어색한 침묵이 흐르자 유강렬에게 먼저 물었다.

"도울 일이래두?"

대세를 따랐다면 작년 7월 27일 휴전 직후 짐을 꾸렸을 것이며, 통영에서 양성소 강의도 하면서 대작을 그려 보라 이중섭에게 권하지도 않았을 것이다. 서울로 떠난 화우들의 처지와 심정은 이해하지만, 유강렬은 통영에 남을 뜻이 확고했다. 정확하게 말하자면 자신이 처음부터 끝까지 준비해서 세운 나전칠기기술원 양성소를 지키겠다는 의미다.

"드러내놓구 다투질하는 거이 좋은 일 없슴다."

결정하면 밀어붙이는 덤비 북청 유강렬의 입에서 상경이란 두 글자가 나왔다는 것은 곧 양성소를 포기한다는 의미였다. 세계 최고 공예 학교를 세우겠다는 꿈을 접은 것이다. 대작을 통영에서 완성할 때까지 물심양면으로 돕겠다고 작년에 이중섭에게 했던 약속도, 나전칠기의 미래를 만들어가겠다고 3년 전 김봉룡에게 했던 맹세도 깨뜨려야 한다. 이중섭은 양성소에 불어닥친 어려움을 시시콜콜 따지지는 않았다. 김봉룡과 유강렬이 이미 한 차례 아틀리에까지 찾아와선, 질투와 편견이 뭉쳐 모함의 회오리바람이 몰아친다고 털어놓지 않았는가. 미루어 짐작이 가능한 부분을 송곳으로 찌를 필요는 없었다.

"서울로 가문 입에 풀칠할 건 잇네?"

이중섭은 이 난관 때문에 예술가 유강렬이 꺾이거나 뽑히지 않기를 바랐다. 대한민국에선 찾아보기 힘든 염색과 판화와 공예품을 만들기에도 시간이 부족했다.

"최희순 과장에게 제의르 받았슴다."

국립박물관에 자리가 난 것이다. 최희순은 1953년 8월 부산 시절을 마감하고 귀경한 후로도 국립박물관에 일손이 부족하다는 사실을 종종 편지로 전했다. 유강렬이 작년 국전에서 〈가을〉로 수상했을 때는 서울에서 함께 사진도 찍었다. 이중섭은 부산 광복동 다방 거리에서 김환기의 소개로 최희순과 인사를 나눴으며, 가끔 커피와 술을 마셨다. 그림 보는 눈이 뛰어날 뿐만 아니라 글솜씨 또한 남다른 동갑내기였다.

"과장? 무슨것?"

"올 일월부터 보급과장 맡으셨는데, 국민들에게 미술으 보급하는 직종이라 들었슴. 국립박물관에 옻공예, 수공예, 염색 전문가가 필요한담다. 박물관 내 미술연구소 기예부 주임 겸 제2과장으 맡아 달랍메다."

"고 분야라문 강렬이가 대한민국서 으뜸이디! 희순은 요새두 글 부지런히 쓰디? 부산서 신문에 실린 희순의 글을 읽엇더랬어. 제목이 '문화재의 수난'이던가……."

"본격적으루 써 볼 작정한담다. 순우란 필명두 받았다 하구."

"순우, 최순우라! 하여튼 기회를 꼭 잡으라우. 나랏보물인 공예품들을 보문 녕감이래 한머사니* 떠오를 거이야."

유택렬이 끼어들었다.

"언제 상경할 예정이심까?"

"최희순 과장은 당장이래두 오라구……. 암만 늦어두 4월말까진 올라갈까 싶슴메. 부소장님껜 사임하겠단 말씀

* 많이

올렸구……."

"고롷게 빨리…… 후회막심하진 않겠지비?"

유강렬이 이중섭에게 고개를 숙인 채 말했다.

"죄송함다. 통영으루 모셔온 지 게우 반년인데……."

"기런 말 하디 말라! 강렬이 덕분에 통영서 삼백 점두 넘게 그렛어."

유택렬이 넘겨짚었다.

"중섭 형니메두 강렬 형니메랑 같이 서울 가심까?"

이중섭이 유택렬과 유강렬을 번갈아 보며 답했다.

"가긴 가야갓디……. 통영서 완성한 그림들을 세상에 내보에야 하니까니. 준비를 끝낸 건 아니야. 소 그림두 더 필요하구……."

서울에서 개인전을 연다는 것, 그림을 팔아 이름을 얻고 일본 갈 여비를 마련하고 30만 엔 빚을 갚는 것. 이중섭은 우선 거기까지만 생각했다. 뜻대로 풀린다면 늦어도 내년 봄엔 도쿄의 이노카시라 공원 벚꽃길을 아내와 두 아들을 데리고 걸을지도 모른다.

"자, 비우구 나가자우. 북원로터리 니순신 장군님을 뵙구 싶구만. 한 바퀴 돌구 와서 해 뜰 때까디 마시는 거이야. 금강산에서터럼."

세 사내는 어깨를 겯곤 벚꽃 아래로 걸어갔다. 봉오리가 맺히기 시작한 꽃도 있었고 발밑에 떨어져 밟히는 꽃도 있었다.

47

마산과 진해를 거쳐 통영으로 돌아온 이중섭은 피랑을 다시 오르기 시작했다. 스케치북을 골라 품으며 물었다.

"〈고향의 봄〉 아네?"

"압니더."

"불러 보라."

남대일이 어깨에 걸쳤던 화구상자를 내려놓곤 양손을 배꼽 위에 모았다. 변성기가 아직 오지 않아 카랑카랑 새된 소리가 나왔다. 이중섭은 눈을 감은 채 장초 쥔 손을 까닥거렸다. 노래에 담긴 봄 풍경을 검은 도화지에 그리는 중이었다. 여운이 끝나기 전에 답가처럼 시 한 수를 외웠다.

나는 북관에 혼자 앓아누워서
어느 아침 의원을 뵈이었다.
의원은 여래(如來) 같은 상을 하고 관공(關公)
의 수염을 드리워서
먼 옛적 어느 나라 신선 같은데
새끼손톱 길게 돋은 손을 내어
묵묵하니 한참 맥을 짚더니
문득 물어 고향이 어데냐 한다.
평안도 정주(定州)라는 곳이라 한즉

그러면 아무개 씨 고향이란다.
그러면 아무개 씨 아느냐 한즉
의원은 빙긋이 웃음을 띠고
막역지간이라며 수염을 쓴다.
나는 아버지로 섬기는 이라 한즉
의원은 또다시 넌지시 웃고
말없이 팔을 잡아 맥을 보는데
손길은 따스하고 부드러워
고향도 아버지도 아버지의 친구도 다 있었다.

화구상자를 어깨에 다시 걸친 남대일이 강아지처럼 쳐다보았다.

"시인 백석이래 쓴 '고향'이란 시야."

"그기 므슨 고향입니꺼? 우뜬 꽃이 피는지도 안 나오고……."

묘사된 풍경이 없긴 했다. 이중섭은 시를 설명하는 대신 훗날을 기약했다.

"나중에…… 대일이래 욕지도나 통영이 아니라 딴 데가서 살문 알 거이야……. 왜 내 화구만 들엇네?"

"지는 양성소로 가 봐야 합니더. 옻칠할 게 남았어예."

남대일은 유강렬과 이중섭과 장윤성의 수업에선 최고점을 받았지만, 김봉룡의 줄음질과 심부길의 끊음질은 겨우 중간 정도였고, 안용호의 옻칠은 실습실에 들어가는 것조차 힘겨워했다. 수강생 마흔 명 중 가장 먼저 옻이 옮아서였다. 여전히 가슴이 답답하고 피부 곳곳이 부어올랐지만, 닷새 만에 꾹 참고 들어갔다. 시간마다 서너 번씩 밖으로 나와 숨을 골라야 했고, 눈물이 자꾸 흘러 옻칠에 집중할 수 없었다. 그 바람에 토요일과 일요일에 따로 남아 보충 실습을 하는 다섯 명에 들었다.

"열심히 하라. 대회에 낼 그림은?"

"하고 있심더."

마감이 보름 앞이었다. 늦가을과 겨울엔 그림을 봐달라며 거의 매일 조르더니, 아직 품평을 청하지 않았다. 이중섭은 며칠 더 기다리기로 하고, 홀로 서피랑을 올랐다. 그날부터 풍경 세 점을 그렸다.

첫 그림은 복사꽃 가지에 앉은 새다.

진해에서 꽃길을 너무 오래 거닐다가 온 탓일까. 처음부터 그림이 순조롭게 풀린 것은 아니다. 복사꽃 만발한 길을 원경(遠景)으로 펼치다가 대여섯 그루만 남긴다. 그마저도 넘치는 듯해 한 그루로 줄인다. 하얀 새 날아와 꽃 핀 가지 위에 앉는다. 비와 바람과 햇볕을 따르던 꽃의 고요함이 부서진다. 몇몇 꽃잎은 발톱에 짓이겨지고, 몇몇 꽃잎은 하양과 분홍과 빨강이 뒤섞여 흔들리고, 몇몇 꽃잎은 가지에 붙어 있질 못하여 후드득 떨궈진다. 꽃들의 동요(動搖)는 봄을 맞은 환희의 춤이 아니라 때 이른 죽음에 닿지 않으려는 절규다. 봄에 꽃이 피는 것도 가지에 새가 앉는 것도 평범한 일이지만, 누군 잠시 머물다 떠나고 누군 그로 인해 생의 기운이 다하는 것도 자연스러운가. 복사꽃만 그러한가. 사람 역시 뜻하지 않은 사건이나 사고 탓에 일상이

복사꽃 가지에 앉은 새

무너진다. 다치고 병들고 심한 경우 목숨까지 잃는다. 이 단절과 불행을 어떻게 받아들일 것인가.

붓을 내리고 참았던 숨을 몰아쉰다. 미간을 찡그린다. 전쟁을 치르는 동안, 저렇듯 몸부림치다가 스러진 사람들이 떠오른다. 죄 없이 죽어간 이들의 눈물 한 방울 한 방울이 흩날리는 꽃잎 한 장 한 장과 같다. 분분한 낙화로 끝낼 수는 없다. 붓을 들고 팔레트에 물감을 묻힌다. 가지에 딱 붙은 채 놀라 떨며 새를 쳐다보는 개구리부터 그린다. 붓끝이 마지막으로 닿은 곳은 오른쪽 위 모서리다. 거기, 나비 한 마리를 팔랑팔랑 날린다. 복사꽃 향기가 날갯짓에 묻어난다. 피란이자 희망이다.

다음으로 향한 곳은 배수지다.

지난겨울 작업을 하려다가 미룬 언덕에도 복사꽃이 만발했다. 평소처럼 배수지를 천천히 스무 바퀴 넘게 걷는다. 그땐 배수 시설을 갖춘 건물들의 단순하면서도 효율적인 배치가 눈길을 끌었지만, 지금은 딱딱하고 거친 기운을 화사하게 덮은 복사꽃이 주인 행세를 한다. 건물을 중심에 두고 복사꽃으로 주변을 감싸려던 계획을 버리자, 산책의 폭이 넓어진다. 배수지만 빙글빙글 돌지 않고, 숨을 헐떡이며 비탈길을 오르다가 복사꽃에 압도되는 자리에 이젤을 놓는다. 꽃 핀 나무들이 진군하는 만큼, 건물은 두 번째 나무 뒤까지 물러나 웅크린다. 첫 나무의 왕성한 가지에 핀 꽃들은 하늘을 온통 가릴 기세다. 그 가지 아래로 두 번째 나무의 꽃들이 자태를 뽐낸다. 거인의 치켜든 팔 아래에서 보호받는 처녀 같다. 복사꽃은 건물을 감싸고, 건물은 배

배수지의 봄

복사꽃 핀 마을

수 시설을 보호하고, 배수 시설은 물을 지킨다. 겹겹이 쌓인 봄의 성문이 무게에 짓눌린 우중충한 무릎이 아니라 누구라도 환대하고 위로하는 복사꽃인 것이다.

마지막은 복사꽃 핀 마을이다.

서피랑에서 내려오는 길은 동서남북 여럿이다. 양성소를 오갈 때는 강구안을 내려다보며 걷지만, 세병관을 산책하고 싶을 때는 다른 길을 따른다. 멀리 세병관이 눈에 들어오자 멈춰 선다. 가끔 오가던 길이고 마을인데도, 이젤을 내려놓을 만큼 다르다. 봄에 차이를 만드는 결정적인 요소는 꽃이다. 세병관을 오른쪽 윗모서리로 올린다. 그 아래에 와가(瓦家)를 두고, 왼쪽에는 나무에 둘러싸인 초가(草家)를 배치한다. 초가 위에 꽃나무를, 또 그 꽃나무 위로 다른 초가의 노란 지붕을 자그마하게 그린다. 세병관과 와가의 각진 회갈색 지붕은 오른쪽, 초가 두 채의 둥근 지붕은 왼쪽으로 나뉜 꼴이다. 번듯한 세병관이나 와가보다 남루한 초가에 오래 눈길이 머무는 까닭은 지붕과 지붕 사이를 차지한 하얀 복사꽃 때문이다. 이야기는 소담하고 마음은 따듯한 봄 풍경이 아닐 수 없다.

통영의 봄꽃을 그린 세 작품을 마친 후 모처럼 아틀리에에서 술잔을 기울였다. 유강렬과 박생광이 합류했다. 유강렬은 꽃과 나무와 마을을 찬찬히 살핀 뒤 평했다.

“통영만에 봄이겠슴까? 내 고향 북청에 봄이기두 하구, 금강산에 봄이기두 하고, 묘향산에 봄이기두 함다. 소박하구 정답구……. 참 좋슴다.”

박생광은 부드러운 봄꽃보다 통영 소를 눈싸움이라

도 하듯 뚫어져라 노렸다. 마침내 긴 숨을 몰아쉰 뒤 너털 웃음과 함께 칭찬했다.

"대끼리! 힘이 장사구마."

48

무박 이일의 짧고 바쁜 여정이었다. 차부에서 떠나는 버스를 볼 때마다 진주로 가고 싶었지만, 잠자는 시간까지 아껴 그림에 몰두했기에 구경 삼아 건너갈 여유는 없었다. 이번엔 심심풀이가 아니라 작업을 위해 서둘러 정한 진주행이었다.

토요일 오후, 남강 모래톱에서 소싸움이 열린다고 했다. 싸움소가 대거 참여하는 시합은 해마다 한가위 무렵에 펼쳐진다. 아직은 때가 아닌 것이다. 작년에 우승한 소와 재작년에 우승한 소의 주인들끼리 말다툼을 벌이는 바람에 번외 경기가 성사되었다. 여러 소와 싸우는 한가위까지 기다리지 말고, 일대일 승부를 내기로 한 것이다. 지는 쪽은 영원히 소싸움판에 나오지 않기로 약조했다.

박생광은 아직 세 시간이 남았다며 진주성 산책을 제안했다. 이중섭은 촉석루나 의암(義巖) 구경은 다음 기회로 미루고, 소싸움을 벌일 곳으로 곧장 가기를 원했다. 강가의 모래톱은 허전했다. 소들은 아직 도착하지 않았고 구경꾼들도 모이기 전이었다. 사내들은 솔숲 그늘에 돗자리를 깔고 둘러앉아 낮술을 마셨다. 박생광도 그들과 어울리고 싶은 눈치였다.

"쉬시라요. 강바람이나 맞갓습네다."

이중섭보다 열두 살이나 많은 박생광이 껄껄 웃었다.

"강이 아무리 좋더라도 들가진 말게. 강물에 홀빡 젖으믄 소들이 치받을 끼라."

"소들이 와 그랍네까?"

"아우님이 싸움소를 올케 못 봤나 보네. 판에 나서믄 얼매나 예민하다고. 냄새가 야리꾸리하거나 꼬라지가 희한하믄 치받아삔다. 작년에도 강에서 물장구치고 놀았던 아한테 돌진했다 아이가. 물에 들갔다 나오믄 비린내가 나거든, 물비린내! 사람은 못 맡아도 판에 나온 소들은 구신같이 안다쿠더라고."

물비린내를 맡을 정도면, 탁주를 들이켠 취객의 술내와 모처럼의 나들이에 찍어 바른 여인의 분내도 맡을 것이다. 싸움소가 강물에 젖은 사람한테만 흥분해서 공격할 까닭은 없지만, 반론하지 않고 홀로 강으로 다가섰다. 완연한 봄이고 아늑한 강이었다.

남강을 따라 백 보쯤 갔다가 거슬러 백 보쯤 왔다. 갈때도 올 때도 땅만 볼 뿐 고개 들어 살피진 않았다. 손에 들린 스케치북을 펴지도 않았고, 점퍼 주머니에 넣은 연필을 꺼내지도 않았다.

박생광은 솔숲에 앉아 탁주를 연거푸 마셨다. 원색의 강렬함이라면 누구에게도 뒤지지 않을 자신이 있었다. 빨강도 극단적인 빨강, 노랑도 원초적인 노랑, 파랑도 깊디깊은 파랑, 검정도 삼켜버릴 검정, 하양도 뒤덮는 하양만 썼다. 이중섭의 아틀리에에서 소 연작과 마주하는 순간, 박생광은 눈을 비빈 후 다시 쳐다볼 만큼 놀랐다. 지금까지 자신이 추구한 것과는 또 다른 강렬함이었다. 강렬하다고만 평하고 넘기기엔 특별한 감정이 통영 소엔 담겼다. 슬픔이고 고통이며 기다림이었다. 분노고 후회며 나아감이었다. 강렬하면 뜨겁기 마련이고 뜨거우면 상대를 압살할 듯 기운을 내뿜는 법인데, 이중섭의 소는 강렬하면서도 서늘했다. 서늘하다는 것은 틈이 있다는 것이고, 틈이 있다는 것은 감정과 생각을 살필 거리를 확보했다는 것이다. 그래서일까. 이중섭의 소는 힘이 넘치면서도 슬그머니 웃음이 묻어났다.

약속한 시각이 다가오자 구경꾼이 늘었다. 판 위를 왔다 갔다 하는 이중섭을 몇몇 사내가 둘러쌌다. 고르게 깔린 모래를 덜어내거나 모으는 식으로 편을 드는 것이 아닌가 의심한 것이다. 어깨를 밀며 언쟁이 붙기 직전 박생광이 달려와선 제 등 뒤로 이중섭을 감췄다. 사내들은 박생광과 구면이었기에 순순히 물러섰다.

"아우님, 거서 뭐한다고 왔다리 갔다리 하는데? 욕만 태배기 묵을 뻔 했다 아이가."

"멈추려구 기립네다."

"멈찬다?"

이중섭은 눈살을 찌푸리며 고개 저었다. 멈춘다는 생각을 정확히 풀, 멸치 같은 단어와 풀치 같은 문장을 찾지 못한 것이다. 박생광이 말머리를 돌렸다.

"난중에 듣기로 하고……. 강렬 아우, 양성소 관두고 서울 가기로 했다며? 영림 아우도 그칸다 하고……. 솔직히 말하게. 강렬 아우 읎으믄 중섭 아우도 토영에 남을 이유 읎지. 시쳇말로 끈 떨어진 망석중이 아이가? 어물쩍거리다 간 큰 낭패 볼 끼다. 양성소를 낼름 삼킬라고 눈깔에 불 켠 놈들이 어데 한둘인 줄 아나? 서울로 막바로 올라가진 마라. 중섭 아울 보까네 강렬 아우나 영림 아우랑은 다른 사람인 기라. 강렬 아우나 영림 아우는 서울서 묵고 살 궁릴 다 해놨을 기다. 중섭 아우는 그딴 준비 할 사람이 아인 기라. 그림에만 미치갔고 이적지 반년을 죽을 똥 살 똥 모르고 지냈는데, 준비는 무신 준비!"

까마귀 떼가 시끄럽게 울며 솔숲을 넘다가 방향을 틀어 돌아왔다. 이중섭은 고개를 든 채 시커먼 군무를 바라보기만 했다.

"진주로 온나. 토영서 완성한 그림들로 진주서 전시회를 여는 기지. 품평도 듣고 다문 몇 점이라도 팔고. 그카고 나서, 챙길 거 챙기고 숨도 쫌 고른 다음에 진주에 남아도 좋고 서울로 가도 좋고. 우뜧노?"

대화는 거기서 끊겼다. 모래톱에서 웅성거리는 소리와 함께 박수가 터졌다. 싸움소가 도착한 것이다. 두 마리가 연이어 판으로 올라서자, 솔숲 여기저기에서 판세를 예측하던 구경꾼들이 한꺼번에 모여들었다. 그 수가 족히 오백 명은 넘었다. 박생광이 앞서 걸었다.

"따악 붙어서 따라온나. 어먼 데 한눈 팔다가는 밀리

뿌니까. 토영서 여꺼정 왔는데, 구겡꾼들 뒤통수나 보다 갈 순 읎다 아이가. 아우님, 소만 싸우는 기 아이라 구겡꾼들 도 자리 차지할라고 다투제. 여가 진짜 싸움판인기라. 고 마 내 어깨를 짚는 기 낫겠네. 어여!"

　이중섭은 박생광의 오른 어깨를 뒤에서 잡곤 걸음을 뗐다. 팔꿈치로 옆구리를 치는 이도 있고, 어깨를 부딪는 이도 있고, 발을 밟는 이도 있었지만, 박생광은 멈추지 않았다. 싸움판은 나무 기둥을 일정한 간격으로 둥글게 박은 후 횡으로 판자를 연결했다. 두 사람은 기둥을 주먹으로 두들길 만큼 제일 앞에 자리를 잡았다. 박생광이 소싸움을 관장하는 이에게 몰래 몇 푼을 건넨 덕분이었다.

　싸움소 두 마리가 판 중앙에 마주 섰다. 노려보며 채는 앞발이 당장이라도 달려들 기세였다. 주인들이 판에서 물러난 뒤에도, 소들은 상대를 노려만 볼 뿐 선뜻 나아가진 않았다. 네 차례나 맞붙어 두 번 지고 두 번 이겨 막상막하란 사실을 소들도 아는 것이다. 손뼉 치고 환호하며 혈전을 기대하던 구경꾼들은 소들이 제자리를 지키며 움직이지 않자 실망하는 기색이 역력했다. 싸우라는 고함이 여기 저기서 터져 나왔다.

　까마귀 한 마리가 강을 건너 모래톱으로 올라와선 소와 소 사이를 지나치는 순간, 소들이 돌진했다. 머리와 머리를 맞댄 후 힘겨루기에 들어갔다. 왼쪽 소가 한 발 앞서면 오른쪽 소가 한 발 물러나고, 오른쪽 소가 두 발 앞서면 왼쪽 소가 두 발 물러났다. 진퇴를 반복하는 동안, 여덟 다리는 물론이고 등과 어깨와 머리가 푸들푸들 떨리면서

상하좌우로 흔들렸다. 구경꾼들의 탄식과 쌍욕이 터져 나왔다.

이중섭은 스케치북을 겨드랑이에 낀 채 꼼짝도 하지 않고 지켜보았다. 박생광은 "문디!"라든가, "어이쿠!"라든가, "절마가!"라든가, "더 팍 박아삐!"라든가, "그기 아이지!" 같은 혼잣말을 뱉으며 주먹을 쥐기도 하고 그 주먹으로 가슴을 치기도 하고 소들을 향해 손가락질도 했다. 침잠한 이는 이중섭밖에 없었다.

움직임이 갑자기 멎었다. 머리를 맞댄 채 겨루는 것은 여전했지만, 힘과 힘이 완벽하게 똑같은 순간이었다. 밀지도 밀리지도 않았다. 이중섭이 그 찰나에 스케치북을 펼친 후 신들린 듯 연필을 놀리기 시작했다.

밤을 꼬박 새워 그렸다. 같은 자세를 반복했지만, 두 소의 머리와 몸통과 네발의 위치와 크기가 조금씩 변했다. 머리가 달라지니 몸통도 바뀌고 몸통이 바뀌니 네 다리도 차이가 났다.

진주에서 딱 하루 묵는데 방구석에만 둘 순 없다고, 박생광은 진주성 아래 강변으로 가자고 졸랐다. 모르긴 몰라도 단골 주점이 열 군데는 넘을 것이다. 이중섭은 사람 좋게 웃으며 거절했다. 오늘은 술 대신 싸움소들과 함께 밤을 보내겠다는 것이다.

"밑그림은 내일 그리도 되고, 토영 돌아가 그리도 되는 거 아이가? 꼭 오늘 하겠단 이유가 뭐고?"

"싸움 속에서 멈추려구 기립네다."

"누캉 싸우는데?"

"화가와 그림이 맞서디요. 멈추는 순간에 도달하려문, 두 마리 싸움소터럼, 화가두 강력하구 그림두 강력해야 가능합네다."

49

포비즘은 강력했다. 야수파란 역어(譯語)는 더더욱 잘 어울렸다. 문화학원에서 이 그룹에 속한 화가들의 삶과 작법을 자세히 배웠다.

미술사가들의 분류를 저만치 밀어놓고 보자면, 이중섭에게 야수란 단어에 어울리는 화가는 고호였다.

해바라기를 비롯한 작품에서 압도적인 노랑과 대면했을 때부터, 색 하나로 만물의 원리와 만상의 진실을 드러내며 세상과 맞서는구나 하는 느낌을 받았다. 색과 색 사이를 모호하게 흐리면, 화가가 숨을 구석이 많다. 경계가 분명한 원색을 들이대면, 화가는 그 색과 함께 사막이나 대양이나 전쟁터에 나선 꼴이다.

그다음에 압도된 작품은 고갱이 그린 타히티 여인들이다. 구라파의 백인 여성과는 전혀 다른 강인함이 당당한 자세는 물론이고 흙내 나는 피부색에 담겼다. 당장이라도 그림 밖으로 튀어나와 춤과 음식을 권할 듯했다.

고호와 고갱처럼, 색을 내세우고 꼴을 단순화해 힘을

싸우는 소

실은 화가는 마티스와 루오다.

　마티스의 작품을 본다는 것은 그 밤에 잠들지 못한다는 것과 동의어였다. 눈을 감아도 강렬한 색이 사라지질 않는 것이다. 〈춤〉을 본 날은 일주일 내내 어지러웠고, 파랑과 초록과 빨강에 검정으로만 색을 낸 군상이 자꾸자꾸 떠올랐다. 파랑은 절대적인 파랑이고 초록은 절대적인 초록이고 빨강은 절대적인 빨강이었다. 군더더기라곤 없는 자세는, 아무리 크고 강한 상대라도 맞서 싸우려는 의지로 가득했다.

　이중섭이 가장 오래 가까이 두고 들여다본 화가는 루오였다. 루오를 접한 후부터는 마음의 시소에 얹는 화가들의 위치가 바뀌었다. 루오가 홀로 한쪽을 차지했고 고흐와 고갱과 마티스를 반대쪽에 묶어 얹었다. 고흐와 고갱과 마티스가 제 뜻을 발산하는 방식이라면, 루오는 그것을 색으로도 누르고 형상으로도 눌렀다. 곡진했다. 타인에게 내뿜지 않고 자신의 내면을 난타해 무너뜨렸다. 이중섭은 고흐처럼도 그려 보고 고갱처럼도 그려 보고 마티스처럼도 그려 보았다. 눌변과 머뭇거림과 내면을 파고드는 자신의 성향과 어울리는 화가는 루오였다.

　이중섭은 루오가 훨씬 위험한 야수라고 생각했다. 고흐와 고갱과 마티스의 살기(殺氣)는 상대를 제압하면 누그러들거나 사라지지만, 루오의 살기는 상대가 있든 없든 스스로를 찌르고 할퀴고 부수려 들었다.

　제1차 세계대전과 제2차 세계대전까지 세상은 전쟁으로 참혹했지만 이중섭의 생활 기반과 화가로서의 내면이 흔들린 것은 아니다. 도쿄에서 얼굴을 익힌 조선인 유학생 여럿이 체포되어 옥에 갇히고 학병으로 끌려갔다는 소식을 접했을 땐 안타깝고 두려웠지만, 원산의 아틀리에는 안전했다. 새벽에 이젤을 세우고 앉아 작업을 시작하면 순식간에 밤이었다. 일부러 더 그림에 몰두하려고 애쓰기도 했다.

한국전쟁은 생활 기반과 화가로서의 내면을 한꺼번에 무너뜨렸다. 피란처 다방이나 주점에 모여 잔을 기울일 때마다 예술가들은 돌림노래처럼 절규했다. 화가는 그리고 싶어 했고 작가는 쓰고 싶어 했고 작곡가는 곡을 만들고 싶어 했다. 제대로 창작할 형편이 아니기에 터져 나온 푸념이었다. 하고 싶은 것과 할 수 있는 것은 다른 문제였다.

통영에 온 후 그림에 진력할 여건을 갖췄지만, 이중섭은 당장 대작에 도전하진 않았다. 정확히 적자면, 안 한 것이 아니라 못한 것이다. 자신뿐만 아니라, 가족뿐만 아니라, 전쟁과 분단으로 고통받는 사람들을 전부 끌어안을 강력한 힘이 필요했다. 길들지 않고 진중하게 나아가기 위해선, 일소도 아니고 젖소도 아닌 들소여야 했다.

50

　새벽 첫차로 일찌감치 진주에서 돌아온 이중섭은 아틀리에로 서둘러 올라갔다. 밤을 새워 거듭 스케치한 싸움소들을 다시 그려보고 싶은 마음이 급했다. 계단을 헛디뎌 모서리에 정강이를 찧기까지 했다. 문을 열자마자 이젤에 놓인 스케치북에 눈이 갔다. 시원시원한 필체로 유강렬이 휘갈긴 일곱 글자가 종이를 메웠다.

　　　대일 부 사망
　　　급래

　어제저녁 귀항하다가 너울에 휩쓸린 것이다. 바다에 빠진 선부는 셋인데, 둘은 가까스로 헤엄쳐 빠져나왔지만, 남대일의 아버지 남협은 시퍼런 물 밑으로 사라졌다. 스무 척도 넘는 어선이 밤을 새워 섬을 돌았다. 그믐이 가까운 데다 파고까지 높아 수색이 어려웠다. 자부랑개 앞바다에서 시신을 발견한 것은 동틀 무렵이었다. 어린 세 아들이 눈에 밟혀 외해로 흐르지 않고 돌아온 것이라며, 동네 아낙들이 눈물을 훔쳤다.
　이중섭은 곧장 강구안으로 가선 신천호를 타고 욕지도로 향했다. 상복을 입은 남대일이 어머니 최성자와 함께 문상객을 맞았다. 영정 사진도 없이 위패만 겨우 상에 놓였다. 최성자를 따라 서툴게 곡을 하는 남대일이 스승의 얼굴을 확인하곤 눈물을 쏟았다. 이중섭은 천천히 향을 피운 후 두 번 절했다. 남대일의 손을 잡곤 어깨를 어루만졌다. 무슨 말을 해도 말이 되지 않는 상황이었다.

건넌방으로 가니 아랫목에서 유강렬이 엉거주춤 일어섰다. 윗목 개다리소반에 둘러앉았던 사내들과 눈이 마주쳤다. 몇몇은 낯이 익었지만 먼저 입을 열진 않았다. 어색한 침묵이 흘렀다.

숟가락도 드는 둥 마는 둥 하고 뒷마당으로 갔다. 담배를 피워 무는데, 상복 차림 사내아이 둘이 술래잡기를 하듯 뛰어다녔다. 남대일의 동생들이었다. 아버지의 갑작스러운 죽음을 슬퍼하고 두려워하기엔 너무 어렸다. 문상객이 뜸한 틈을 타 남대일까지 뒷마당으로 왔다.

"아부지는…… 언제나 걱정이 많으셨심더. 만선을 하고도 고기가 한 마리도 안 잡힐 날을 대비하셨지예. 국민학교를 마치기 전부터 지한테 배 타고 물고기 잡는 법부터 익히라 하셨심더. 그캐야 당신이 읎더라도, 식솔들 멕일 수 있다고. 바다에 빠지 죽은 선부가 이 마을서만도 열 명이 넘심더."

"오마니는?"

"옆집 곁방에 누우셨심더. 자꾸 졸도를……. 혈압이 낮아 먹구름만 껴도 어지러워 하십니다. 막배로 토영에 나가 벵원 진찰을 받으라고 동네 아지매들이 성환데, 장례 마칠 때까진 암 데도 안 간다 버티십니다. 양성소는……."

이중섭이 말허리를 잘랐다.

"이거저거 생각 말라. 아바이부터 보내드려야디."

동생들이 똥강아지처럼 달려왔다. 문상객이 온 것이다. 남대일은 꾸벅 허리를 숙인 뒤 안방으로 돌아갔다.

이중섭은 상촌에서 중촌과 동촌 포구까지 이어진 내리막길을 걸었다. 떨어져 밟히고 시든 벚꽃엔 죽음의 그림자가 완연했다. 개들은 이방인을 경계하며 돌림노래 하듯 짖었고, 고양이들은 초가지붕이나 장독에 누워 고개만 들었다가 다시 일광욕을 즐겼다.

동촌에서 자부랑개로 바닷가를 따라 걸었다. 남협의 시신이 발견된 자리엔 붉은 깃발이 꽂혀 있었다. 이중섭이 자부랑개를 그렸던 바로 그 비탈의 앞바다였다. 밀물에도 쓰러지거나 잠기지 않을 만큼, 왕대로 만든 깃대는 굵고 길었다. 깃대를 잡고 고개를 들었다. 화엄의 바다로 나아가 물고기를 잡는 것은 통영과 미륵도를 비롯한 인근 섬의 선부들이 대대로 해온 일이다. 남협의 할아버지도 그 일을 했고 아버지도 그 일을 했다. 유강렬에게 전해 들으니, 남협의 할아버지도 난파선과 함께 수장되었고 아버지도 폭풍우 속에서 목숨을 잃었다고 한다. 남협은 자신도 그처럼 불행한 최후를 어느 날 갑자기 맞지 않을까 걱정했으며, 만약을 대비해 장남인 남대일이 돈 벌 기술부터 익히기를 바랐다. 남협이 가르치면서 도움을 줄 직업이라곤 선부뿐이었다. 불행이 거듭되더라도 대를 이어 같은 일을 할 수밖에 없는 이유였다.

이중섭은 다시 상촌으로 올라왔다. 피우던 담배를 끌만큼 숨이 찼다. 통영의 피랑만큼이나 가팔랐다. 비탈을 파내고 다져 집을 짓고 계단처럼 밭도 만들었다. 물고기만 잡아서는 먹고살 수 없기에, 아낙들과 노인들과 아이들은 밭일을 했다. 바닷바람을 맞고 자란 고구마가 별미라는 소문이 났다. 여유가 있으면 닭을 길렀고, 소를 키우는 집은 마을에 한두 집을 넘지 않았다. 이중섭은 닭장이나 외양간 앞에 멈춰 서긴 했지만, 수첩과 연필을 꺼내진 않았다.

남대일의 초가에 닿았다. 대문엔 '喪'이라는 글자가 나붙었다. 문상객은 적었지만, 부엌은 음식을 만들고 내오는 아낙들로 붐볐다. 이중섭은 꽃게처럼 옆걸음을 걸었다. 반쯤 열린 문으로 아궁이가 보였고 그 옆 벽이 드러났다. 겨울에 처음 왔을 때 남대일과 함께 숯으로 그린, 손에 손을 잡고 강강술래를 도는 부모와 세 아들이 눈에 들어왔다. 가장의 부재는 순식간에 남은 이들을 궁지로 내몬다. 남협의 아내와 세 아들은 어찌 될 것인가. 남대일은 성실한 학생이자 책임감이 남다른 조수다. 그 태도로 장남의 역할을 하려 든다면, 아버지가 권한 선부의 길엔 가까워지고 스스로 꿈꾼 화가의 길로부턴 멀어질 것이다. 원산에서처럼 형편이 넉넉했다면, 이중섭은 당장이라도 남대일의 후원자로 나섰을 것이다. 지금은 그 자신부터 도쿄의 가족에게 돌아가기 위해 최선을 다해야 하는 형편이었다. 서편 하늘에 피멍이 들었다.

51

　도쿄에서 이중섭은 무엇을 만났던가. 인상주의, 신인상, 후기인상, 야수파, 큐비즘, 상징주의, 표현주의, 미래파, 다다, 바우하우스, 에콜 드 파리, 신구상, 쉬르레알리즘, 추상, 자유미술가협회……. 이름은 중요하지 않다. 전위! 맨 앞에 서고자 하는 시도로 점철된 이십 대였다. 오산학교에선 인상파가 너무나도 새로웠는데, 도쿄에선 누구나 아는 출발점이었다. 수업 시간에 배우지 않더라도 유학 온 선후배들끼리 따로 모여 구라파의 흐름을 탐색하고 새로운 사상과 작법을 익혀나갔다. 김환기나 이쾌대는 그때부터 어울린 화우들이다.

　주저하지 않고 멀리 나아갔다. 그 방향이 꼭 미래를 뜻하진 않았다. 법과 관습과 교리가 만든 '현재'라는 성벽을 넘을 수만 있다면, 어느 쪽이든 가능했다. 과거를 향해 부지런히 가서 신화와 전설을 만나기도 하고, 산이나 들로 힘껏 달려 야생 동식물과 어울리기도 하고, 무의식으로 아득히 가라앉아 미처 몰랐던 나를 발견하기도 했다. 문학이든 철학이든 심리학이든 과학이든 연금술이든, 탈주하려는 시도를 접하면 관심을 가졌고 들여와 써먹었다. 교실이나 다방이나 주점에서 긴 대화가 이어졌다. 불법이거나 부도덕하거나 비이성이거나 반종교적인 이야기가 넘실거렸다. 예술가에게 이 정도 자유는 용납되어야 한다는 주장이 따라붙었다.

이중섭은 문화학원에서 그 자유를 만끽했다. 세계는 전운이 감돌고 일본은 군국주의로 치달았지만, 문화학원은 학생들이 거침없이 인생을 탐구하고 개성을 살려 뻗어 나가도록 했다. 평양 출신인 김병기, 문학수와 문화학원 아방가르드 삼총사로 어울려 다녔다. 그곳에서 만나 캠퍼스 커플이 된 야마모토 마사코 역시 전위로 치닫는 이중섭을 사랑하고 응원했다.

연애 시절, 이중섭은 마사코에게 틈만 나면 엽서를 보냈다. 팔십 점을 훌쩍 넘긴 엽서를 방바닥에 깔아 두고 감상하는 것이 그녀의 취미였다. 마사코의 집으로 부치는 엽서였기에 둘만의 밀어가 필요했다. 그 밀어는 당연히 그림이었다.

사랑이라는 단어 외엔 엽서화들을 묶을 틀이 없다. 소와 사슴과 오리와 포도나무와 연꽃이 등장하는 엽서화도 있고, 원과 삼각형 등 기하학 무늬로 이뤄진 엽서화도 있다. 사랑의 은유이자 직유이자 상징이었다. 사랑으로 품지 못할 풍경이 없고 나누지 못할 대화가 없었다.

역사에서 가정법은 헛되다고들 하지만, 또 그런 상상을 하는 것이 사람이다. 한국전쟁이 터지지 않았다면, 원산에서 이남덕으로 개명한 아내와 두 아들과 함께 살았다면, 이중섭은 도쿄에서 그린 엽서화가 증명하듯 전위의 길로 질주했을까. 쉬르레알리즘과 추상의 극한까지 갔을까.

한국전쟁은 무수한 불행과 억울한 죽음을 양산했다. 너무나도 구체적인 지옥을 겪으며 사람들은 의문을 가졌

다. 아무도 다치지 않고 아프지 않고 굶지 않고 죽지 않는
세상은 정녕 망상일까. 이 불행과 저 죽음 앞에 희망이 남
아 있기라도 할까.

　아우슈비츠 이후, 역사에 대한 낙관을 아예 접은 예술
가들도 나왔다. 한국전쟁과 맞닥뜨린 이중섭은 도쿄에서
연애할 때처럼 사랑이 충만한 세상을 줄기차게 그릴 수는
없었다. 피란민의 눈에 비친 세상은 만물이 화평하기는커녕
살아남기 위해 매일매일 죽고 죽이는 전쟁터였다. 역설적이
게도 바로 그러하기에, 아주 가끔은 아비규환을 잊을 만
큼 강력한 유토피아를 그려보고 싶기도 했다. 사람은 희망
없인 살 수 없는 족속이다. 도쿄의 엽서화에서 둘만의 꿈을
속삭였다면, 월남 후 그린 유토피아는 끔찍한 체험에 바탕
을 두되, 더 많은 이들이 따스함을 느끼고 미소 짓기를 바
랐다. 현실엔 없는 행복이란 비판을 받았지만, 부산과 서귀
포와 통영을 떠돈 이중섭만이 발견한 '신사실'이었다.

52

가장 행복할 때 최악을 떠올리는 것도 사람이고, 제일 불행할 때 최선을 상상하는 것도 사람이다. 이중섭은 서귀포에서 한 차례, 더없이 풍족한 날을 그림으로 선보인 적이 있다. 끼니를 잇기 힘들고, 원하는 그림을 그리기는 더더욱 어렵던 1951년 여름 서귀포 바닷가를 낙원으로 바꿨다. 30호 남짓한 베니어판에 겨울부터 풀지 못한 솜씨를 맘껏 뽐낸 것이다.

나무엔 감귤이 주렁주렁 달리고, 갈매기들은 활기차게 날며 모이를 먹는다. 갈매기를 탄 아이도, 감귤을 따는 아이도, 앞뒤로 서서 나르는 아이도, 나무에 그네처럼 매달린 아이도, 팔베개하고 누워서 조는 아이도 모두 흥겹다. 일과 놀이와 쉼이 함께 펼쳐진다. 일이 놀이고 일이 쉼이다. 아이들이란 걸 고려하더라도, 갈매기와 감귤이 지나치게 크다. 사람을 태운 갈매기와 수박만 한 감귤! 안전하고 풍족하다. 슬픔이나 고통이나 분노가 스밀 구석이 없다.

햇수로 3년이 지났다. 은지에 복숭아와 나무와 아이들을 종종 그렸지만 유화로 발전시킨 것은 아니다. 서귀포는 가난해도 가족이 함께 지냈지만, 통영에선 이중섭 혼자다. 서귀포는 그림에 대한 열망이 크긴 해도 오늘 당장 그려야 한다는 다급함은 없었으나, 통영에선 매일 그려야

서귀포의 환상

했다.

나전칠기기술원 양성소를 다니는 학생 대부분이 가난했다. 돈부터 벌어 살림에 보태겠다며 중도에 나갔다가 양성소로 돌아온 이는 없었다. 중학생 나이에 불과한 열서너 살 사내아이들이 일터로 내몰릴 만큼 궁핍해지면, 아무리 노력해도 그 늪에서 빠져나오기 어렵다. 이 모든 분투와 좌절에 자신의 비루함까지 더해 이중섭은 또 하나의 낙원을 그렸다. 통영의 낙원이었다.

바닷가에 우뚝 선 것은 복숭아나무다. 꽃과 열매가 동시에 피고 열린다. 갈매기를 비롯한 새가 등장하지 않는 대신 가지와 잎과 열매로 허공을 메운다. 서귀포에선 아이들만 여덟 명이 나왔지만, 통영에선 어른 둘에 아이 둘이다. 나무 둥치에 엎드린 엄마, 잎이 얼굴을 가린 아빠, 나무에 매달린 두 아들. 한 녀석은 두 발로 줄기를 디딘 채 가지를 끌어안았고, 다른 녀석은 개구리처럼 뛰어올라 복숭아를 양손으로 붙들었다. 가지를 안은 녀석은 웬만큼 버티겠지만, 열매만 잡은 녀석은 대롱거리다가 곧 떨어질 것이다. 나무 뒤엔 바다고 바다 뒤는 섬이다.

서귀포 앞바다는 섶섬과 문섬과 범섬을 품고도 훨씬 넓고 푸르지만, 통영 앞바다는 과수원과 섬 사이가 상대적으로 좁다. 서귀포에선 반팔에 바지 차림이지만, 통영에선 어른도 아이도 벌거숭이다. 겉옷은 물론이고 속옷도 없다. 시간과 공간을 초월해 네 사람은 행복하다. 섬에서 뻗은 나무가 바다를 건너와 과수원에 닿는다. 시공(時空)을 특정하면, 오직 그때 그곳에서만 행복하겠으나, 원근법을 무시

하고 계절 감각마저 없다면, 영원에 이른다. 꿈이 아니라
면! 꿈이더라도 깨지 않는다면!

53

싸움 속의 멈춤과 고요를 포착하는 작업은 생각처럼
술술 풀리지 않았다. 다시 진주로 가서 소싸움을 봐야 할
까. 박생광은 통영에 남지 말고 진주로 와서 개인전이라도
작게 열어 보라 권했다. 빈털터리로 부산을 떠나 통영으로
왔듯이 그렇게 서울로 가진 말라는 것이다. 서울은 부산이
나 통영보다도 가난한 예술가가 살기에 훨씬 힘든 곳이므
로, 진주에서 그림을 팔아 돈을 마련하라는 충고가 헛소리
는 아니다. 통영에서 줄기차게 작업한 그림을 서울에 앞서
서 진주의 애호가들에게 선보이는 것도 나쁘지 않은 제안
이었다.

통영에 뿌리박을 생각은 처음부터 없었지만, 적어도
일 년 이상은 머무르리라 기대했다. 반년 만에 유강렬의 입
에서 나전칠기기술원 양성소를 사직하고 상경하겠단 말이
나올 줄은 몰랐다. 월남 후 처음으로 대작에 도전했기에,
반년 만에 통영 생활을 마감하는 것은 무척 아쉬웠지만, 엎
질러진 물이었다. 박생광의 지적처럼, 유강렬 없는 통영에
홀로 머물 이유는 없었다.

도원

이중섭은 갑작스러운 변화를, 조금 빨리 닥친 필연으로 받아들였다. 어차피 개인전으로 이름을 얻고 일본으로 가려면 서울에서 승부를 내야 한다. 전쟁으로 폐허가 되었다는 풍문이 완전한 거짓은 아니겠지만, 오백 년 조선왕조를 거친 대한민국의 수도이자 입법과 사법과 행정의 중심 도시였다.

통영을 떠나기 전, 들소 한 마리를 더 그리기로 했다.

지금까진 측면 전신상이었지만 이번엔 두상이다. 그림에 포함되지 않는 네 다리와 등과 배와 꼬리의 움직임까지 얼굴에 담고 싶었다. 꽃가지 하나로 통영의 벚꽃길을 뽐낸 것과 같은 시도다.

쌓아 둔 스케치북을 꺼내 빠르게 넘기기 시작한다. 소를 그린 밑그림들이다. 전신상뿐만 아니라, 부분부분 나눠 그린 것도 수백 장이다. 네 다리는 제각각이며, 꼬리 역시 늘어뜨리기도 하고 치켜들기도 하고 휘돌리기도 한다. 뿔도 길이와 각도를 달리하고, 몸통도 강조하는 근육과 뼈가 전부 다르다. 전신상에는 소의 얼굴에 돌파하려는 의지만 담았지만, 이번엔 희로애락까지 나타내려 한다.

입을 한껏 벌린 소다. 기쁨에 겨운 표정으로 여기는 이가 절반이고, 울음을 터뜨리는 표정으로 간주하는 이가 절반이다. 후자라고 해도 고통이나 절망과는 거리가 멀다. 힘차다.

그림 중앙에 소의 얼굴을 두고 배경을 온통 붉게 칠한다. 노을보다도 붉고 장작불보다도 붉다. 맹렬한 붉음도 소의 경쾌함을 가리거나 지우진 못한다. 붉으면 붉을수록 큰 콧구멍과 벌린 입술이 도드라진다. 눈만 그려 넣으면 완성될 단계에서, 이중섭이 갑자기 종이를 들고 찢으며 얼버무린다.

"너무 가볍디……"

다시 물감을 팔레트에 짠다. 이번에도 완성작에 가깝지만, 약간 무겁다며 또 찢는다. 가볍지도 않고 무겁지도 않은, 하늘로 치솟지도 않고 땅을 파고 들어가지도 않는 분위기를 내는 것이 쉽지 않다. 벌렁 드러눕는다. 제 꼴이 우습다. 웃다가 웃다가 웃음이 갑자기 울음으로 바뀐다.

통영에서의 날들이 끝나가고 있었다. 원산을 떠난 후 어머니를 뵙지 못했다. 서귀포를 떠난 후 제주 땅을 밟지 못했다. 부산을 떠난 후 낯익은 광복동 다방 구석에 앉아 은지화를 그릴 기회가 없었다. 떠날 땐 다시 오리라 다짐하지만, 현실은 녹록하지 않았다.

통영에서 크게 두 그룹의 인간을 만났다. 우선 유강렬과 김용주로 대표되는 동료 화가들이다. 특히 유강렬과는 거의 매일 붙어 다니며 많은 것을 함께 했다. 그 역시 이중섭처럼 전통과 현대, 고향과 타향, 신과 인간, 자연과 문명의 문제를 고민하며 작업에 임했다. 염색과 판화와 공예품을 포괄하는 전위적인 시도는 이중섭에게도 큰 자극이 되었다.

나머지 하나는 양성소 학생들이다. 이중섭은 누군가를 가르칠 능력이 자신에겐 없다고 믿었다. 교사로 일할 기회를 애써 찾지 않았고, 취직이 되더라도 스스로 걷어차고 나왔다. 이중섭은 양성소 학생들에게 인기가 많았다. 몰아

세우지 않으면서도, 스케치부터 채색까지 차근차근 이끈 것이다. 미술사에 대한 지식 역시 깊고 넓었다. 학생들은 밥 먹고 잠자는 시간을 줄여 가며 목숨 걸고 덤벼야 하는 것이 예술이라는 사실을 처음으로 뼛속까지 배웠다.

유강렬이 떠나고, 강습소 학생들에게 더 이상 근대 공예와 회화를 가르치지 않는다면, 직인과 도제 관계로 돌아간다면, 이중섭은 통영에 머물 이유가 없었다.

어깨까지 이불을 올려 덮으려다가 눈을 떴다. 어느새 새벽이었다. 붉은 소를 그리다 말고 잠든 것이다. 옷을 챙겨 입고 계단을 내려왔다. 가시지 않은 어둠을 밟으며 골목을 걸었다. 고개를 돌려 동피랑을 올려다보았다. 해는 아직 떠오르지 않았지만, 진홍빛이 밤하늘을 밀어내고 우물에 풀어놓은 물감처럼 번졌다. 가던 길을 되돌려 뛰다시피 계단을 올라갔다.

처음부터 다시 붉은 하늘을 그렸다. 지금까진 뜨거운 낮을 보내고 스러져가는 저물녘을 담으려 했다. 노을이 아무리 붉어도, 수평선 바로 아래엔 막막한 어둠이 뱀처럼 도사렸다. 허전하고 쓸쓸할 수밖에 없는 것이다. 저물녘을 동틀 녘으로 바꿨다. 시작하기 직전의 붉음이요, 점점 밝아지는 붉음이요, 채워가는 붉음이다. 몸도 마음도 차오를 때, 소의 뿔과 입술에도 힘이 실린다. 첫숨을 토한다.

깔딱대는 목의 숨도 아니고, 후우 뱉는 가슴의 숨도 아니다. 명치에서 배꼽을 지나 그 아래에서부터 치솟는 활화(活畵)의 숨. 그 숨을 틀어쥐고 끝까지 가리. 전쟁의 끝, 부끄러움의 끝, 슬픔의 끝, 사랑의 끝, 또다른 발끝인 손끝,

264

시작하는 죽음의 붓끝.

통영 생활을 마무리하는 마음은 복잡다단하지만, 이중섭은 동트는 새벽의 화가로 나서기로 했다. 서울에서 개인전을 열 때까지 이 결심은 바뀌지 않을 것이다.

54

이삿짐이라고 해봤자 정돈할 것이 많지 않았다. 작품은 크기가 다른 조리 다섯 개에 나눠 담았고, 붓과 물감과 팔레트는 화구 상자에 넣었다. 열두 공방을 전승한 물품은 따로 챙겼다. 이층 농처럼 큰 가구는 아틀리에에 남겼고, 이젤과 쓰지 않은 스케치북은 양성소로 옮겼다. 학생들이 실습할 때 사용하면 될 것이다.

이중섭은 편지 외에는 따로 글을 쓰지 않았다. 김환기나 백영수처럼 에세이를 종종 쓰는 화가들과는 달랐다. 시집을 그토록 많이 읽고 또 외우며 시인들과의 대화를 즐기면서도, 어떤 시를 좋아하고 왜 좋아하는 지 수첩에 끼적인 적도 없었다. 시인이 글로 하는 일을 화가는 그림으로 하면 그만이라는 생각을 어려서부터 한 것이다. 그림을 천 배는 더 좋아하고 잘하는데, 굳이 글로 생각이든 감정이든 이야기든 남길 까닭이 없었다.

보자기를 펴고 시집을 탑처럼 쌓았다. 김용주의 서재

붉은 소

에서 빌려 온, 도쿄와 원산에서 대부분 읽었던 작품들이다. 같은 시집이라도 언제 어디서 어떤 상황에 펼치느냐에 따라 다르게 읽히는 법이다. 제목을 하나하나 읊조리며 조금은 엉뚱한 생각을 처음으로 했다.

글이 그림보다 유용한 구석도 있구나 하는 깨달음에서, 개인전을 마치고 나면 글을 써 볼까 하는 마음으로까지 나아갔다. 시인은 피란을 떠날 때 원고만 챙기면 되지만, 화가는 완성작을 옮기는 것이 거의 불가능했다. 원산에 두고 온 그림들은 이제 이중섭의 머릿속에만 있다. 남쪽 바닷가에선 아무리 자세히 설명해도 작품이 존재한다는 사실조차 증명하기 어렵다. 곧 귀가할 것이라 믿었기에 두고 나왔지만, 당장 돌아오는 것이 힘들다고 생각했더라도, 아틀리에를 가득 채운 작품을 배에 실을 수는 없었다.

아직은 원산 시절이 눈에 선하지만, 세월이 가면 흐릿해지고 뒤틀리고 사라질 것이다. 기억을 더듬어 원산의 작품을 다시 그리는 것은 가능하지도 않고 의미도 없다. 이미그 시절의 감각과 고민을 지나쳐 통영까지 온 것이다.

통영에서의 반년은 또 어떤가. 원산과는 달리 채색까지 마친 완성작과 밑그림이 그의 수중에 있다. 몇몇은 이젤을 놓은 장소를 추측할 수도 있고, 몇몇은 창작 시기까지 가늠할 법도 하다. 이중섭이 아틀리에를 비우고 떠나면서부터 모든 과정과 기억이 엉키기 시작하겠지만.

원산에서 통영까지, 부산과 서귀포에서 그린 작품까지 포함해서 순서대로 목록을 정리할 것. 각 작품을 작업한 기간과 장소에 더해 창작 동기와 특별히 애쓴 부분을 상세히

268

기록할 것. 여기까지 마치고 나면 엉뚱한 욕심을 내보고도 싶다. 원산에서 통영까지의 나날을 시로 쓸 순 없을까. 시인 구상을 다음에 만나면 조심스럽게 속내를 드러내 볼까. 이런저런 순간을 시로 적어두고 싶노라고. 아무것도 잃지 않고, 아무것도 잊지 않고.

5 5

구망산 양삭골까지 긴 아침 산책이었다. 유강렬에 이어 이중섭까지 통영을 떠난다는 귀띔을 이미 받은 듯, 시집 든 책보를 안는 김용주의 얼굴은 굳어 있었다. 김용주가 앞장을 서고 이중섭이 뒤따라 골짜기를 올랐다. 김용주가 서면 이중섭도 서고 김용주가 내려다보면 이중섭도 내려다봤다. 언덕마루에 올라 손수건으로 땀을 훔친 뒤에야 김용주가 입을 열었다.

"꼭 가야겠나? 좌우 날개가 한꺼번에 뽑라지는 거 같네. 강렬이는 국립박물관에 자리가 낫다 카니 우짤 수 읎어도…… 중섭아! 팔도를 두루 댕기 봤지만, 내 고향이라서 그카는 기 아니라, 어데서도 토영처럼 펜하게 그림 못 그린다. 도와주꾸마. 인자 불 붙었는데 토영 떠나 댕기다가 대작 못 그리믄 억수로 아깝제."

"후횔 않으려문 서울서 개인전을 한 번은 열어야겟습

네다. 올해 말이나 늦어두 내년 정월까진 끝내구 뵈러 내려
오디요. 부탁 하나 드려두 되갓습네까?"

"부탁? 뭐든지."

"통영서 완성한 그림을 한꺼번에 개지구 다니긴 어렵
습네다. 형님이 맡아 두시문, 서울에 숙소를 정한 후 옮겠
스문 합네다만……?"

"가온나. 아틀리에 곁방에 너두께. 토영 떠나기 전에
찬찬히 더 생각해봐라. 양성소가 엉망이 돼도, 중섭인 내가
후원하께. 알겠제?"

"고맙습네다. 용주 형님 덕분에 올 봄볕이래 참 따듯
했습네다."

김용주는 집으로 가서 도미찜에 상사리국으로 밥 한
술 뜨고 가라 했다. 이중섭은 양성소에 챙길 일이 남았다며
사양했다.

미륵도에서 해저터널을 지나 강구안 동충으로 향했다.
오른편에 바다를 두고 걸으며, 아직도 돌아오지 않는 남대
일을 떠올렸다. 장례가 끝나고 일주일이 지난 뒤, 욕지도로
건너가서 데리고 나올 생각도 했다. 유강렬이 말렸다. 그
섬에 가더라도 만날 수 없다는 것이다. 따져 물으니, 양성
소를 그만두고 고깃배를 타겠다는 연락이 왔다고 했다. 배
를 타기 시작했다면, 당분간은 욕지도를 떠나 지낼 것이 분
명하다고 덧붙였다.

조업에 나서지 않은 어선 십여 척만 부두에 묶여 있었
다. 갑판에 둘러앉은 선부들이 농어회에 벼락김치를 곁들
여 늦은 점심을 먹는 중이었다. 가까이 다가가선 홋줄을 쥐

곤 물었다.

"남대일이라고 혹시 아십네까? 욕지도 살구, 아바이 성함은 남협……."

텁석부리가 젓가락을 든 채 일어났다.

"우예되는데 협이 행님을 입에 올립니꺼?"

"양성소서 학생들 가르칩네다. 대일인 어드메 잇습네까? 어느 밸 탑네까?"

"욕지 상촌 부엉이 협이 행님 모리는 토영 선부는 읎지예. 대일이가 양성소서 나전 기술 배운단 소린 작년에 들었는데, 여어 와서 우째 갸를 찾십니꺼?"

하나같이 남대일을 본 적이 없고, 배를 탄다는 이야기도 처음 듣는다고 했다. 더 따지고 물어도 다른 답이 나올 것 같지 않았다.

동촌을 지나 강구안으로 들어섰다. 도쿄에서 아내와 두 아들을 만나고 돌아오던 7월의 새벽이 떠올랐다. 마중 나온 남대일을 따라 이 길로 양성소까지 갔었다. 어둑어둑한 골목도 남대일이 앞장을 섰기에 안심했다. 통영을 떠날 날은 다가오는데, 길라잡이를 도맡았던 조수 겸 제자는 곁에 없었다.

양성소에 도착할 무렵, 길 건너 유영사진관에서 여중생이 총총걸음으로 와선 인사를 했다. 서피랑에서 봤던 우정희였다.

"남대일, 만날 수 있어예?"

사진관에 앉아 양성소 앞길을 바라보며 기다린 것이다.

"왜 그라니?"

"안 와서예……."

통영극장 골목에서 만나기로 했는데 나타나지 않았다고 했다. 약속한 날짜를 확인하니 남협이 세상을 뜬 날이었다.

"대일이 아바이래 고날 바다서 사고를 당해 세상을 뜨셌어."

"아! ……양성소에 지금 있어예?"

장례를 치르고 돌아와 양성소를 다니고도 남을 시간이 흐른 것이다. 이중섭이 고개를 저었다.

"오늘은 만나기 어렵갓어. 양성소루 나오문 연락하라 전하디."

우정희가 고개 숙여 인사하곤 돌아섰다.

대청소까지 마친 양성소 학생들이 2층 교실에 모두 모였다. 공모전 입상자를 시상하기 위해서였다. 김봉룡 부원장이 교탁으로 올라섰다. 떠들썩하던 분위기가 가라앉았다. 드르륵. 뒷문이 열렸고, 이중섭이 손바닥으로 이마를 쓸며 들어섰다. 한 학기 동안 함께 지낸 탓인지, 뒤통수만 보고도 학생들 얼굴과 이름을 짐작했다. 김봉룡이 교탁을 손바닥으로 두 번 쳤다. 학생들 시선이 단숨에 그에게 쏠렸다.

"나전과 칠과 회화서 일등상 받을 학생을 호명하겠십니더."

이름이 불린 세 학생이 차례차례 단상 앞으로 나왔고, 나머지 학생들은 손뼉을 쳤다. 나전 부분과 칠 부분은 김봉롱, 회화 부분은 이중섭이 시상을 맡았다. 이미 상경한 유 강렬의 빈자리가 컸지만, 선생들도 학생들도 내색하지 않 았다. 이중섭은 점퍼 안주머니에서 붓을 꺼내 상장 위에 얹 었다. 그만의 축하 선물이었다.

56

차부에는 진주행 버스가 대기하고 있었다. 드문드문 앉은 승객은 겨우 일곱 명이었다. 운전수는 출입문을 열어 둔 채 버스를 천천히 돌며 담배를 피웠다. 그 담배를 끄고 나면 떠날 듯했다. 이중섭은 어제 오후 마지막으로 미술사 수업을 마친 뒤 아침 일찍 길을 나섰다. 혼자 떠나겠다고 했지만 김봉룡이 한사코 배웅을 나왔다. 화구 상자와 통영 에서 완성한 그림과 통영의 전통 공예품으로 채운 고리들 을 묶어 짐칸에 넣었다. 출항을 알리는 뱃고동에 갈매기 울 음이 얹혔다. 김봉룡이 고개를 들어 강구안의 청아한 하늘 을 보며 한탄했다.

"참말로 애석하우."

"……미안합네다."

이중섭이 허리를 숙이려 하자 김봉룡이 만류했다.

"유 선생도 떠난 마당에, 이 선생 혼자 토영에 남긴 힘 들다는 거 아오. 염치불구허구 일 년만 양성소에 머물러 달라 부탁했소만, 내 욕심이지. 양화도 뛰어나고 골동 감정에 미술사 식견까지 갖춘 사람이 어데 흔한가……. 남은 사람들끼리 우야든지 꾸려가 보겠소. 맘 바뀌믄 언제든 오소. 이 선생 자린 늘 비워 둘 테니.”

“서울서 개인전 확정되문 연락드리갓습네다.”

이중섭은 강구안 쪽 창가에 자리를 잡고 앉았다. 버스는 손주를 등에 업은 노파까지 태운 뒤 차부를 떠났다. 전쟁이 터지지 않았다면? 원산에서 배를 타고 남쪽으로 내려오지 않았다면? 이남덕과 두 아들을 일본으로 보내지 않았다면? 도쿄로 가서 그들을 만나고 그대로 눌러앉았다면? 통영으로 돌아오지 않았다면? 그랬다면 나는 무엇을 그렸을까? 대작으로 나아갈 기회가 있긴 했을까?

통영에서 탄생한 작품에 대한 품평은 다양하겠지만, 도쿄와도 다르고 원산과도 달랐다. 1950년 12월부터 시작된 피란살이가 이중섭의 일상을 찢어 놓은 탓이다. 죽고 다치고 병든 사람들 속에서 3년을 보낸 뒤, 통영에 이르러서야 오롯이 자신만의 화풍을 완성했다. 진혼(鎭魂)의 화양연화였다.

57

해를 넘겨 1955년이 되었다.

1월 16일 아침은 바람이 잦아들고 하늘도 맑았다. 강구안에서 미륵도까지 걸어가려면 장갑에 목도리를 챙겨야했지만, 눈비에 젖어 우들우들 떨며 가는 길이 아니기에, 어둠을 밟으며 걷더라도 걸음은 가벼웠다.

남대일이 문을 열자 기름과 종이 냄새가 뒤섞여 콧등을 감쌌다. 문틈으로 들어온 아침 햇살 속 먼지들의 춤이 풀풀 어지러웠다. 김용주가 작품을 보관하는 아틀리에 옆방이었다. 이중섭이 남기고 간 작품들도 이곳에 함께 두었다. 뒤따라 들어온 김용주가 당나귀기침과 함께 말했다.

"전시할 작품들은 연말에 국립박물관 유강렬 과장이 잠깐 와가 다 챙기갔다. 찾는 기 〈욕지도 풍경〉이라 캤나?"

"맞심더. 중섭 선생님을 욕지도로 모싰을 때, 자부랑개 바닷가서 그리신 거라예. 욕지도 가믄, 아! 요 자리서 그맀구나 금세 알지만, 그냥 보믄 강구안서 그린 것도 같고 미륵도서 그린 것도 같고 그래예. 지만 압니더."

"안내장 인쇄까지 마칬는데 그림이 읎다는 급전(急電)을 받고 내도 우떤 건가 새복에 찾아보긴 했는데 모르겠더라. 찬찬이 봐라."

수건으로 다시 입을 가리곤 돌아섰다. 김용주는 어려서부터 병치레가 잦았다. 겨울엔 미륵도로 옮겨 와서 바깥

출입을 하지 않는 날이 대부분이었다. 남대일은 그 겨울 김용주가 대문 안으로 들인 첫 손님이었다.

남대일은 양분된 그림들을 눈대중으로 살폈다. 캔버스에 그려 차곡차곡 세워 둔 작품들은 김용주가 그린 것이다. 이중섭이 부산과 서귀포에서 종이나 은박지에 작업한 것은 지독한 가난 때문이었지만, 통영에 온 뒤로는 여유가 생겼다. 유강렬과 김용주는 캔버스를 권했고 직접 구해 주겠다고까지 했다. 이중섭은 끝까지 종이를 고집했으며, 그 결과물이 반대쪽 구석에 둘둘 말아 두루마리처럼 세워 둔 그림들이었다. 종이를 택한 이유를 상세히 설명하진 않았다. 유강렬과 김용주가 캔버스에 작업할 때도 웃기만 할 뿐 욕심내지 않았다.

세 번째로 편 종이가 〈욕지도 풍경〉이었다. 채색까지 마친 완성작은 몇 점 없었다. 그 사이 유강렬도 한 번 내려왔고, 친분이 있는 통영 예술가들이 상경할 때 이중섭의 부탁을 받고 그림을 가져다준 것이다. 남은 작품은 어쩌면 이중섭이 김용주에게 준 선물인지도 모른다. 되찾아가지 않는 방식으로 선물을 남기는 것 역시 이중섭다운 행동이다.

김용주는 털게찜에 밥이라도 한 그릇 먹고 가라며 붙들었다. 남대일은 오늘 당장 출발해야 한다며 허리 숙여 인사만 넙죽 하곤 돌아섰다. 김용주가 〈욕지도 풍경〉을 찾았다는 전보를 이중섭에게 칠 즈음, 남대일은 강구안에서 마산으로 가는 동일호에 몸을 실었다. 구마산 부두에 내린 뒤 어시장을 지나 마산역까지 걸어가선 서울행 밤 기차를 탔다.

1월 17일 아침 서울에 도착했다. 서울역은 마산역과는 비교할 수 없을 만큼 으리으리했고, 역 앞 도로 역시 통영보다 세 곱절 이상 넓었으며, 차들도 쉼 없이 쌩쌩 달렸다. 미도파백화점으로 가는 버스를 타려고 정류장을 찾아 두리번거렸다. 한눈에 봐도 시골에서 올라온 태가 났던지, 눈이 매서운 건달 서넛이 남대일을 에워쌌다.

"꼬맹아! 어디 가?"

"품에 안은 건 또 뭐니?"

"배고프지? 밥 사 줄게."

"좋게좋게 말할 때 따라와."

순경이 길을 건너오지 않았다면, 그들에게 끌려가서 그림을 빼앗기고 봉변을 당했을 것이다.

물어물어 겨우 백화점에 도착했다. 거대한 건물에 기가 눌려 곧장 들어가지 못한 채 기웃거렸다. 코트에 중절모를 쓴 두 사내가 나란히 백화점에서 나왔다. 키 작은 사내가 알은체를 했다.

"왔슴메?"

국립박물관으로 자리를 옮긴 유강렬이었다. 남대일은 통영에서 마산을 거쳐 서울에 닿을 때까지 품에 꼭 안고 있던 무명 보자기를 내밀었다. 유강렬이 곱고 긴 손가락으로 보자기를 능숙하게 풀자 둘둘 만 종이가 나왔다. 종이를 펴 확인하곤 곁에 선 꺽다리 사내에게 내밀었다. 그는 뿔테 안경을 고쳐 쓰곤 허리를 구부정하게 숙여 곰곰이 살피며 말했다.

"중섭이가 통영서 영판 핀안했는갑네. 바다도 션허고

나무들도 할 얘기가 많았던 모양이여. 이것이 모다 강렬이 자네가 지성으로 헤아린 덕분이제."

"중섭 형니메가 베푸신 거에 비하문야 백분에 일도 안 되지비. 통영에 육 개월만 머문 게 여러모로 섭섭함. 인사해라. 수화 선생님이시다!"

통영에서 이중섭과 유강렬이 아방가르드를 논할 때 자주 등장한 선배 화가가 바로 김환기였다.

"안녕하십니꺼?"

남대일이 허리를 완전히 접으며 인사했다. 김환기는 얼굴을 빤히 쳐다보았다.

"기좌도라고 들어 봤능가? 안창도랑 합쳐 시방은 안좌도라 허제."

남대일이 답했다.

"아부지가 스무 살 때 안좌도와 암태도 쪽 어장서 일하싰다고 들었심더. 진도 우에 섬이지예?"

"거 기좌도가 내 고향이여. 중섭이가 글더만. 그림에 열심을 다한담서? 고만한 나이에 중섭이같이 훌륭헌 선상을 가차이 뫼시고 내제자로 지낸 건 참말로 행운이제."

조수가 아니라 내제자(內弟子)라고 했다. 스승의 집에서 같이 살며 배우는 제자란 뜻은 나중에 알았다.

"2학기는?"

"마쳤심더."

남대일이 다시 양성소로 찾아온 것은 유강렬과 이중섭이 통영을 떠난 지 한참이 지난 8월 말이었다. 김봉룡 앞에 무릎을 꿇고 공부를 계속할 수 있게 해달라고 간청했다. 장기 무단결석생을 구제하진 않는다는 차가운 답이 돌아왔다. 다섯 번이나 더 찾아가서 용서를 빈 후에야 배움의 길이 열렸다.

"점심은?"

아직 먹지 않았다. 어제 점심과 저녁, 오늘 아침과 점심까지 네 끼를 내리 굶은 것이다. 점심이란 두 글자만 듣고도 군침이 흘렀지만, 〈욕지도 풍경〉을 이중섭에게 전하는 것이 먼저였다.

"작품부터 전해드리고 먹겠심더."

유강렬도 남대일의 마음을 헤아린 듯 더 권하지 않고 김환기와 도로를 건너 골목으로 사라졌다.

계단으로 올라섰다. 미도파화랑은 4층에 있었다. 층마다 옷이며 가구며 가전제품이 즐비했다. 남대일은 그쪽으론 눈을 두지 않았다. 아무리 신기하고 비싼 상품이라고 해도, 미도파화랑에서 내일부터 시작하는 '이중섭 작품전'에 전시될 그림에는 미치지 못했다. 서울에선 또 어떤 그림을 그리셨을까. 5월 한 달 진주에 머물렀다가 전시회를 하고 상경했단 소식을 김용주 편에 듣긴 했다. 또 꼬박 반년이 지난 것이다. 반년은 이중섭이 통영에 머문 기간과 맞먹었다.

이 세상 어떤 곳이 통영과 같을까. 통영처럼 정겨운 아틀리에가 있고 충분히 쓸 화구가 있고 함께 작업하는 벗들이 있고 푸른 바다가 있고 가르칠 학생들이 있는 곳은 없다. 서울엔 결정적으로 이중섭의 끼니를 챙기고 아틀리에 겸 숙소를 청소하며 화구를 들고 따르던 나, 남대일이 없다.

4층 계단을 올라서니, 저만치 미도파화랑이라는 현판이 보였다. 그 옆에 붙은 개인전 벽보가 먼저 눈에 띄었다. 유강렬이 도안한 벽보였다. '李仲燮'이라는 이름이 제일 컸고 '作品展'이란 글씨는 날렵하고 깔끔했다. 그 밑엔 물고기를 안고 엎드린 소년을 두었다. 누가 보더라도 이중섭풍이다. 전시회를 찾는 관객 모두 소년이 물고기를 품듯, 이중섭의 그림을 친구처럼 여기라는 뜻이 담긴 듯했다. 추천의 글은 두 편이 나란했는데, 시인 김광균과 화가 김환기가 썼다. 김환기의 글을 또박또박 가슴에 새겼다.

　　　　仲燮 형의 그림을 보면 藝術이라는 것은 타고난 것이 없이는 하기 힘들다는 것이 절실히 느껴진다. 仲燮형은 참 용한 것을 가지고 있다. 어떻게 그러한 것을 생각해내고 또 그렇게 용한 표현을 하는지 그런 것이 정말 個性이요 民族藝術인 것 같다. 仲燮형은 내가 가장 존경하는 美術家의 한 사람이다.

　　출품작이 제목과 함께 번호를 매겨 제시되었다. 모두 마흔다섯 점인데, 〈욕지도 풍경〉은 열여덟 번째였다. 그림이 이어서 떠오르는 제목도 있고, 알쏭달쏭한 제목도 있고, 낯선 제목도 있었다. 낯선 제목은 서울에서 작업한 걸까.
　　문을 열고 화랑으로 들어섰다. 저만치 돌아앉은 구부정한 등이 보였다. 반년을 매일 접한 스승 이중섭의 뒷모습이다. 더 야윈 등만으로도 서울에서의 분투가 느껴졌다. 서른 점이 넘는 작품을 벌써 벽에 붙였고, 아직 확정하지 못한 것들은 그 아래 비스듬히 세워 두었다. 밥과 바꾸고 잠과 바꾸고 피와 바꾸고 눈물과 바꾼 그림들이었다. 통영 소들과 다시 만났다. 반갑기도 하고 놀랍기도 했다. 서울 한복판이라서 그런지, 박차고 내달릴 듯한 기세가 더욱 강했다. 밑그림도 못 본 소가 여럿이었다. 남대일이 부친상을 치르고 양성소로 돌아가지 않은 동안 통영에서 그린 소일 수도 있고, 진주에서 그린 소일 수도 있고, 서울로 올라간 뒤 완성한 소일 수도 있었다. 두 마리 소가 특히 눈길을 끌었다.

첫 그림은 〈소와 아동〉이다. 소는 오른쪽 귀를 땅바닥에 붙인 채 앞다리를 꿇었고, 아이는 소의 뒷다리 사이에 앉았다. 네발로 땅을 딛고 늠름하게 걷는 소만 보다가, 앞무릎을 접고 머리를 박은 소를 보니 낯설다. 나아가 부딪히고자 하는 의지는 작고, 웃고 있는 아이의 즐거움은 크다. 아이는 제 몸의 몇 배나 되는 소를 전혀 두려워하지 않고, 소 역시 아이를 귀찮아하거나 해칠 기미가 없다. 순진무구하고 평화롭다.

남대일이 깜짝 놀라며 물러섰다가 가까이 다가간 작품은 〈흰 소〉다. 전에 봤던 소들과 닮았으면서도 다르다. 측면 전신상이라는 것, 뒷다리와 왼쪽 앞다리는 땅을 딛고 오른쪽 앞다리만 든 자세는 같다.

차이를 만드는 것은 윤곽을 따라 그은 흰색이다. 제목도 다른 소와 달리 '흰'이라는 색깔을 강조하고 있지 않은가. 몸의 골격은 물론이고 꼬리와 뿔, 코와 입 주변의 움직임까지 온통 하얗다. 통영에선 한겨울에도 구경하기 힘든 함박눈을 실컷 맞은 소일까.

　또 다른 차이는 머리의 위치다. 다른 소들은 공격성을 강조하기 위해 뿔을 들이받듯이 앞세운다. 고개를 돌린 채 두 뿔이 위아래 수평으로 나란하려면 머리를 잔뜩 숙일 수밖에 없다. 흰 소는 머리를 들었고, 두 뿔도 수평으로 찌르는 것이 아니라 해바라기처럼 비스듬히 위를 향한다. 뿔보다도 검은 눈이 강조된다. 머리를 숙인 소는 무게중심이 앞으로 쏠리지만, 머리를 든 소는 그 중심을 뒤에 둘 수 있다. 맞서되 여유롭다.

　통영에서 진주를 거쳐 서울에서도 스승은 소를 줄기차게 바꾸고 고치며 대작에 도전한 것이다. 지극히 간단해 보이는 자세도 화가에겐 풀기 힘든 난제요 무한한 가능성이 스민 우주였다.

　"대일아!"

　이중섭이 활짝 웃으며 걸어왔다. 남대일은 통영에서처럼 허리를 숙여 인사했다. 스승이 어깨를 도닥이자, 눌렀던 울음이 기어이 터졌다. 사죄하는 울음이고 반가운 울음이고 자랑스러운 울음이고 벅찬 울음이었다. 이중섭은 통영에서 올라온 제자의 울음이 그칠 때까지 기다렸다. 바닷바람을 막아주는 듬직한 해송 같았다.

　"가져완?"

　"〈욕지도 풍경〉을……."

　"기것 말구, 대회 내려던 거?"

　남대일은 〈욕지도 풍경〉이 든 보자기를 내밀려다가 멈칫했다.

"……아직 서툽니더. 마이 부족하고예."

"꼭 마치라구 햇디? 이리 줘 보라우."

그림과 연(緣)을 끊고 선부로 살겠다며 달아나 숨은 어리석고 한심한 제자였다. 등에 두른 죽통을 건넸다. 이중섭은 통을 열고 둘둘 만 종이를 꺼내 양손으로 쥐곤 펼쳤다.

왼쪽 위 모서리에서 오른쪽 아래 모서리까지 사선으로 양분해서 그림의 절반이 바다다. 파도의 짙푸른 출렁임이 횡으로 거듭 칠한 붓질로 드러난다. 하늘엔 구름이 가득하다. 먼바다 쪽 먹구름은 무겁고, 포구로 다가올수록 구름이 옅고 가벼워져 푸르스름한 기운까지 풍긴다. 집을 짓기 힘들 만큼 가파른 자리에 돛대 모양 바위가 우뚝하다. 바위 좌우엔 바다를 바라보며 두 여인이 서 있다. 나이 든 아낙은 광주리, 교복 차림 여학생은 얼레를 들어 올린다. 텅 빈 광주리요 연줄 없는 얼레다. 둘 다 맨발이다.

"……용서할소. 너무 늦었심더. 강구안서 배 타기 전에 정희한테만 살짝 보여 줬어예."

"와 바낀?"

양성소로 돌아온 이유를 묻는 것이다. 남대일이 되물었다.

"혹시 아부질…… 만나셨심니꺼?"

"……응?"

남대일이 허리춤에서 주머니를 꺼냈다.

"아부지랑 같은 배를 탔던 선부 아재가 팔월 초에 찾아오셨어예. 배 청소를 하다가 사물함 서랍 뒤에 숨카난 걸

소와 아동

흰 소

찾았다 합디더. 아부지가 시모노세키항에서 찍은 독사진과
함께 나왔다고."

이중섭이 주머니를 받아 열고 은지를 꺼내 손바닥에
올려놓았다. 재작년 7월 도쿄에서 아내와 두 아들을 만나
고 돌아오는 어선에서, 폭풍우를 겨우 넘긴 후 갑판장에게
선물한 은지화였다.

복숭아 열매 하나가 은지를 꽉 채운다. 열매의 굴곡을
표시한 선이 아래에서 위로 절반만, 아이의 엉덩이처럼 부드
럽게 올라와 있다. 왼쪽엔 꽃잎이 다섯 장인 복사꽃이 곱다.
오른쪽에 등장한 소년은 양팔을 내밀어 열매의 굴곡에 조
심스럽게 손가락을 대면서 입으로만 웃는다. 장난기 절반,
호기심 절반이다. 소년과 놀고 싶은 나비 한 마리 날아온다.
열매가 익어 가는 걸 지켜본 잎들까지 한 장, 두 장, 석 장.

"그 아는 누굽니꺼?"

이중섭의 대답이 자주 끊겼다.

"시인이디…… 화가구…… 어린 나…… 태현이나 태성이
……."

"아부지캉 지 얘기 하셨심꺼?"

폭풍이 지나간 선상에서도, 통영에 내린 후에도, 말을
붙이려던 남협의 큰 눈과 주먹코가 떠올랐다. 화가의 삶을
묻고 싶었을 것이다. 이루어졌으면 싶은 일들이 이루어지지
않는 것 또한 인생이다.

"안 했디만…… 얘기한 것과 같디."

속뜻을 몰라 눈만 크게 뜨는 남대일을 위해 이중섭이
풀어줬다.

"욕지도 갓을 때 그린 아궁이 옆 벽화…… 고거이 아바이도 보셨네?"

"파도가 엄청시리 높아 쉬는 날, 한참을 그 앞에 서 계셨심더. 딴 말씀은 읎으셨고예."

"복숭아 속 이 아이, 아바이 눈엔 대일이 너루 보엣을 거이야."

이중섭이 그제야 보자기를 열고 〈욕지도 풍경〉을 확인했다. 화랑 직원을 불러 표구점에 보내 액자에 담아달라 부탁했다. 내일 아침 개인전을 시작하기 전까진 마지막 작품을 화랑에 걸어야 했다.

"따라오라. 대일이만에 풍경을 완성햇으니까니 상을 주갓어."

화랑을 나왔다. 4층에서 1층까지 단숨에 내려온 뒤, 뒤따르는 남대일을 곁눈질하곤 어두컴컴한 지하실 계단으로 걸음을 뗐다. 남대일이 내려올 때까지 기다려 전등을 켰다. 가로 2미터, 세로 3미터에 달하는 벽화였다. 부산이나 서귀포나 통영에선 이처럼 큰 작품을 그린 적이 없었다.

"일천구백사십오 년 십일월이니, 벌써 십 년이 다 되엇구만. 삼팔선이 그어뎃대두 해방되던 해엔 오가는 거이 어렵디 않앗디. 일천구백사십일 년 결성된 '신미술가협회' 동인으로 활동한 최재덕에게서 미도파 백화점에 벽화 일이 잇단 연락이 왔어. 그림값이 후햇디. 지하에서 벽화를 그리문서 언젠간 지상의 화랑서 개인전을 열문 참 좋갓구나, 그딴 생각두 햇구. 십년 만에 미도파로 다시 온 거이 우연만은 아니디? 내래 이 벽화를 그릿다는 거, 아는 사람이래 거의

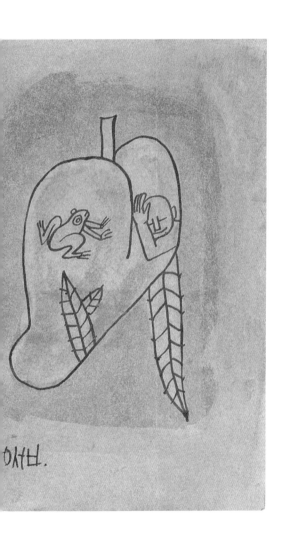

두 개의 복숭아

없어. 가티 그린 재덕이래 북으로 올라갓으니까니. 눈에 깊이 담아 두라. 대일! 십 년 뒤엔 어드메서 뭘 그리구 잇을 것 같네? 기때도 오늘터럼 와서 내보이라우. 기다리갓어."

남대일은 서너 걸음 다가가선 턱을 한껏 들고 벽화를 살폈다.

벽 한가운데로 복숭아나무가 우뚝 솟았다. 줄기와 가지와 열매에 디룽디룽 매달린 아이들. 남대일은 벌거벗은 채 겅중 뛰어 가장 높이 뻗은 가지를 붙드는 상상을 했다. 두 번 다신 떨어져 숨지 않고, 끝의 끝까지 버티겠다는 다짐이다.

남대일이 놀라며 물었다.

"지보고 정하라고예?"

이중섭은 〈욕지도 풍경〉이 들어갈 위치를 미리 잡아 두지 않은 것이다.

"욕지도서 나구 화엄 바다를 보며 자랏잖네? 내래 머문 건 겨우 며칠이야. 서울에서 너보다 욕지도를 많이 아는 사람은 없디. 없구 말구."

남대일은 그림들을 살피며 화랑을 한 바퀴 돌았다. 이중섭의 삶과 작업 방식을 모르는 사람이라면, 뒤죽박죽 산만하게 섞였다고 여겼을 것이다. 남대일은 곧 알아차렸다. 이 배열은 집을 떠난 순간부터 시작해서 다시 집으로 돌아가는 여정이었다. 아직 열 군데가 빠졌다. 전시 하루 전, 아니 한 시간 전까지도 최선을 찾아 헤매는 화가가 이중섭이다.

남대일은 뒤돌아서서 마음에 드는 자리로 곧장 걸어갔다. 이중섭이 뒤따라와선 빈자리 좌우의 그림들을 확인했다.

"〈제주도에서〉······ 〈흰 소〉······."

〈욕지도 풍경〉은 바다가 담겼다는 점에서 〈제주도에서〉와 이어지고, 통영에서 집중한 작품이라는 점에서 〈흰 소〉로 연결되었다. 이중섭이 고개를 끄덕이며 담배를 찾아 물었다.

"와 이레 흐물흐물 핏기래 없네? 가자우, 밥부터 먹어야갓다."

남대일은 백화점 옆 식당에서 입천장이 벗겨지는 것도 모른 채 설렁탕을 두 그릇이나 비웠다. 돌아와선 마지막 점검에 들어갔다. 김환기가 제작한 안내장은 서울과 경기도의 애호가들에게 전달되었다. 안내장의 작품 목록엔 전시할 그림이 서른두 점이었는데, 인쇄하는 사이 열세 점이나 늘어난 것이다.

자정이 가까워도 준비가 끝나질 않았다. 어제까지 유강렬, 김환기와 함께 의논을 거듭한 끝에 결정한 틀이지만, 오늘 더 좋은 수정안이 계속 떠올랐다. 야근까지 한 직원들은 저녁 9시에 퇴근했고, 유강렬과 김환기도 통금에 걸리기 직전 화랑을 떠났다. 남은 사람은 이중섭과 남대일뿐이었다.

남대일은 무엇이 최선인지 몰랐다. 이중섭의 안색을 살피며 명령에 따라 붙이고 떼고 옮겼다. 〈제주도에서〉와 〈흰 소〉 사이에 〈욕지도 풍경〉을 두는 것만은 변함이 없었다. 기다리는 시간이 차츰 늘었다. 이중섭의 고민이 깊어진 탓이다. 처음엔 화랑 가운데 서서 기다렸지만, 점점 벽에 등을 기댄 채 섰고, 이윽고 무릎을 접고 앉았다.

눈을 떴다. 지나치게 조용했다. 둘만 남은 화랑은 적막했지만, 귀를 기울이면 이런저런 잡음이 들렸다. 문틈으로 들어오는 바람 소리라든가 벽이나 천장을 타고 흐르는 물소리라든가 아래층이나 위층의 발소리와 말소리가 고요를 깨뜨렸다. 그 소음마저 사라졌기에 눈을 뜰 수밖에 없었다.

이중섭이 보이지 않았다. 날은 이미 밝았고, 벽시계는 개인전을 열기로 한 아침 10시를 갓 넘겼다. 남대일은 눈을 비비며 일어나선 화랑 출입문으로 걸어가 문고리를 잡고 힘껏 밀었다. 문밖 복도에도 사람이라곤 없었다. 서울에선 관람객이 화랑 밖까지 줄을 서서 기다리기도 한다는 풍문을 들은 적이 있다. 그 정도까지 기대하진 않았지만, 부산과 서귀포에서 어울린 최영림과 한묵을 비롯한 화우들은 와 있어야 하지 않는가. 하다못해 유강렬과 김환기라도 실망한 얼굴로 남대일을 쳐다보아야 하지 않는가. 단 한 사람도 없었다. 1층까지 계단을 내려가는 동안, 맞은편에서 아무도 올라오지 않았다. 문을 열고 밖으로 나섰다. 행인뿐만 아니라 차도 없었다. 대한민국의 수도 서울이 텅 빈 듯했다. 어떻게 이럴 수가 있단 말인가. 가슴이 답답했다. 단 한 명도 찾아오지 않는 '이중섭 작품전'? 통영에서 치열하게 보낸 나날이 헛수고로 돌아갈 판이었다. 콧날이 새큰거렸고 울음이 쏟아지기 직전이었다.

"대일!"

누군가 그의 이름을 불렀다. 눈을 떴다. 유강렬이 손목 시계를 들어보이며 재촉했다.

"오 분 전 열 시지비!"

서둘러 일어나선 전시용 벽부터 살폈다. 새벽까지 위치와 순서를 고심했던 작품들이 가지런히 벽을 채웠다. 빠진 자리는 없었다. 이중섭이 홀로 마무리 지은 것이다. 출입문에 가까워질수록 복도의 웅성거림이 커졌다. 검은 코트 차림의 이중섭이 열 손가락으로 머리카락을 넘겼다. 남대일이 나아가선 문고리를 쥐곤 고개를 돌려 눈을 맞췄다. 이중섭이 두 팔을 날개처럼 펴 들고, 손끝을 동시에 파닥였다.

남대일은 힘껏 출입문을 밀었다. 대기하던 관람객들이 쏟아져 들어왔다. 이중섭은 자리를 지키며 정면을 노렸다. 까마귀처럼, 갈매기처럼 턱을 들고 두 발을 동시에 차올렸다. 먼바다까지 날아갈 기세였다. 피랑에 홀로 섰다는 뜻이기도 했다. ✺

이 소설은 다음과 같은 이중섭의 발자취를 따라 집필된
작품입니다.

•
1916·9·16
평안남도 평원군 출생

1950·12   1951·1~1951·12
원산에서   서귀포
부산으로

1936~1943
도쿄

1951·12~1953·11
부산 (진해, 마산,
통영을 오가다)

1953·11~1954·5 통영 (진해, 마산을 오가다)

1954·5~1954·6 진주

1954·6~1955·2 서울

1955·2~1955·8 대구
(칠곡을 오가다)

1955·8~1956·9   1956·9·6
서울   서울에서 사망

1954년 〈소〉를 첫 공개한 통영 호심다방 4인전에 참여한 이중섭
(국립현대미술관 미술연구센터 소장, 장정순·신영옥 기증)

작가의 말

　먼저 질문이 있고, 그 질문을 틀어쥔 채 삶으로 답을 찾고자 한 사람이 있다. 〈참 좋았더라〉를 쓰는 동안 내 앞에 놓인 생의 질문은 이것이다. '한 인간은 어떤 과정을 거쳐 경지이자 한계에 이르는가?'

　그리는 사람, 이중섭에 집중했다. 가족을 사랑했다거나 벗들이 많았다거나 겸손한 호인(好人)이었다는 이야기는 저만치 밀어 뒀다. 화가로서 진면목을 드러낸 때와 장소, 또 그와 같은 솜씨를 선보인 과정과 까닭에 천착했다. 이중섭의 화양연화를 밝히는 작업이기도 하다.

　태평양 전쟁과 한국전쟁이 소용돌이치는 동안, 이중섭은 도쿄에서 원산, 원산에서 부산으로 거처를 옮겼다. 인간의 약점을 집요하게 파고드는 것이 또한 전쟁이다. 화공(畫工)의 자부심은 한결같아도, 피란지 타향에서 그는 무능하고 극빈한 가장일 따름이었다. 서귀포로 건너가 머물다가 부산으로 돌아온 뒤 아내와 두 아들을 일본으로 보냈다. 다음 해 통영에서 배를 타고 도쿄에 일주일을 다녀왔지만, 가족과 함께 살길은 마련되지 않았다. 휴전은 그를 더욱 고립시켰다.

　바닥을 친 절망에서 벗어날 길은 그림밖에 없었다. 서울에서 개인전을 연 뒤, 명성을 얻고 돈을 벌어 당당하게 도쿄로 가리라.

　이중섭을 따라 부산과 서귀포와 진해와 마산과 통영

을 가로질렀다. 덤벼들지 못한 작품들, 매일매일 닥친 난관에 들러붙은 두려움들, 모멸의 순간에 뚫어놓은 숨구멍들, 울음과 바꿔치기한 부끄러움들. 그것들이 쌓여 열망의 두께가 되고, 그리움의 깊이가 되고, 작품의 높이가 되었다.

아흔아홉 번의 불행 뒤에 찾아온 행운이었을까. 우연을 가장한 필연이었을까. 이중섭은 기회를 꽉 움켜쥐었다. 참 좋은 사람들을 만났고 참 좋은 풍경을 보았으며 참 좋은 아틀리에에서 그리고 또 그렸다. 완성작들은 주목을 받기에 충분했다. 무엇보다도 참 좋았던 것은 그림에만 몰두한, 바다처럼 출렁이는 시간 그 자체였다.

1955년 1월 미도파 화랑에서 개인전을 연 후 이중섭의 삶은 급격히 기울었다. 호평을 받긴 했지만, 돈을 모으지 못했고 도쿄행도 성사되지 않았다. 대구에서 한차례 더 전시회를 열었으나 추락을 막기엔 역부족이었다. 정신병원에 입원했다가 퇴원 후 죽음에 이르는 과정을 소설로 쓰진 않았다. 예술가의 비참한 말로는 세인의 관심을 끌기도 하겠지만, 그리고자 분투했던 영혼의 흐린 그림자일 뿐이다.

내가 '이중섭'이란 이름을 언제 처음 들었는지는 확실하지 않지만, 또래들보다는 훨씬 일찍 그를 알았다. 평안북도 영변에서 태어난 아버지는 월남 후 부산 범일동 판자촌에서 자랐고 국제시장이 불탄 후 진해로 거처를 옮겼다. 훗날 어린 나를 데리고 진해와 창원과 마산에서 '이북내기'가 하는 병원과 가게를 가끔 갔는데, 함경남도 북청이 고향인 유택렬 화가의 흑백다방도 그중 하나였다. 유치환이나 김춘수 같은 시인들과 나란히 화가 이중섭의 전설이 음표처럼 떠다녔다.

1995년 가을부터 1998년 봄까지 저녁마다 흑백다방을 오가며 습작을 했다. 소설이 막히면, 다방 2층 화실에서 창작에 몰두하는 노(老)화가의 담대한 붓놀림을 떠올렸다.

예술가로서 나는 어디까지일까.

화양연화는 이미 지나갔을까 아직 오지 않았을까 지금 지나는 중일까. 이 질문까지 품고 장편을 써 보기로 했다. 너무나도 자연스럽게, 이날만을 기다렸다는 듯이, 피랑을 올라온 이는 이중섭이었다.

이중섭은 한국전쟁이 안긴 낙심과 침잠과 회피를 부수고, 오로지 화가로 정직하게 승부를 보려 했다. 또한 그는 매일매일 장작불처럼 타오르는 와중에도 시를 읽고 외우며 시인들과 교유했다. 곡진하게 그려 낸 시와 써 낸 그림의 같고 다름을, 이마의 주름과 눈의 핏줄과 손끝의 떨림을 독자들과 나누고 싶다.

2024년 8월
통영 강구안에서
김탁환

감사의 글

<참 좋았더라>는 많은 전문가의 후의와 도움으로 완성되었다.

'통영인뉴스' 김상현 기자를 따라 통영의 옛길과 고적을 답사하고 욕지도까지 다녀왔다. 김상현 기자가 제공한 각종 지도와 사진 덕분에 1950년대 화가와 문인들의 걸음걸음을 흉내 낼 수 있었다.

평안남도 평원군에서 태어나 평양시와 평안북도 정주군에서 공부하고 도쿄 유학 후 함경남도 원산시에서 살다가 월남한 이중섭 화가님의 고독을 드러내기 위해 방언을 최대한 살리고자 했다. 일찍부터 북한 방언을 연구해 온 인하대학교 한성우 교수님이 총괄적으로 나아갈 방향을 제시해 주셨고, 평안남도 방언은 설송아 작가님, 함경남도 방언은 서재평 회장님이 검토하며 감수해 주셨다. 세종대학교 심지영 교수님의 조언도 큰 도움이 되었다. 성균관대학교 정지용 교수님이 프랑스 시와 소설에 대한 의견을 주셨고, 전남도립미술관 이지호 관장님이 근대 유럽 회화의 흐름을 짚어 주셨다. 통영옻칠미술관 김성수 관장님이 나전칠기기술원 양성소와 관련하여 상세한 회고와 의견을 주셨다. 나전칠기 장인 김종량 선생님을 작업실에서 뵙고 구체적인 수련 과정에 대한 설명과 함께 빼어난 작품들도 감상했다. 흑백운영협의회 안성영 회장님이 없었다면, 유택렬 화가님의 작품들을 하나하나 일람하긴 어려웠을 것이다.

이중섭 화가님이 유택렬 화가님에게 선물한 화구 상자를
흑백다방 2층에서 직접 보며, 예술가들의 깊은 우정을 새
삼 느꼈다. 이중섭미술관 전은자 학예사님과 진주문고 여
태훈 대표님도 관련 자료를 찾는 데 도움을 주셨다. 최원
오, 최예선, 이선아, 송경애, 박소영, 이경화 선생님이 초고
를 검토하고 의견을 주셨다. 소정인 선생님이 부산 답사에
동행했다.

　　남해의봄날과의 첫 작업은 진지하고 즐거웠다. 봄님,
흙님, 새벽님 덕분에 통영에 오래 머물며, 자유롭게 돌아다
니면서 쓰고 고칠 수 있었다.

　　⟨참 좋았더라⟩는 소설이다. 상상이 날개를 펴기 시작
하는, 역사의 검은 구멍을 확인하려는 독자들을 위해 참고
문헌을 다음에 둔다.

참고 문헌

자료

① 도록

〈30주기 특별기획 이중섭전〉 중앙일보사, 1986
〈이중섭〉 갤러리현대, 1999
〈이중섭, 백년의 신화〉 마로니에북스, 2016

〈김용주〉 김용주 화백 탄생 100주년 기념 화비건립추진위원회, 2011
〈신사실파: 창립 60주년 기념 자료집〉 유영국미술문화재단, 2008
〈유강열과 친구들〉 국립현대미술관, 2020
〈유택렬: 샤머니즘적 조형언어〉 경남도립미술관, 2005
〈백년의 꿈: 전혁림 탄생 100년 기념 화집〉 이영미술관, 2015
〈최영림〉 수문서관, 1985
〈최영림 미공개 은지화전〉 국제화랑, 1985

〈마티스와 불멸의 색채 화가들〉 서울시립미술관, 2005
〈루오, 영혼의 자유를 지킨 화가〉 대전시립미술관, 2006
〈조르주 루오〉 전남도립미술관, 2022

〈1955년 충무를 거닐다〉 통영시립박물관, 2015
〈통제영 12공방〉 통영시립박물관, 2021

② 편지

이중섭, 〈그릴 수 없는 사랑의 빛깔까지도: 이중섭 서한집〉 한국문학사, 1980
이중섭, 〈이중섭, 편지와 그림들〉 다빈치, 2011
이중섭, 〈이중섭 편지〉 현실문화, 2015

③ 총서

〈국역 통영향토지〉통영문화원, 1996
〈통영시지〉통영시사편찬위원회, 1999
김일룡, 〈통영지명총람〉통영문화원, 2014

논저

① 저서

강제윤, 〈섬을 걷다〉홍익출판사, 2008
고은, 〈이중섭 평전〉, 향연, 2004
공덕귀, 〈나, 그들과 함께 있었네〉여성신문사, 1994
김상현, 〈통영 섬 부엌 단디 탐사기〉남해의봄날, 2014
김선정, 〈이중섭 예술의 산실 통영〉빛너울, 2023
김순철, 〈통영과 이중섭〉도서출판 경남, 2018
김인혜, 〈살롱 드 경성〉해냄, 2023
김재홍, 〈통영의 도시성장과 공간구조〉울산대학교출판부, 2004
김정준, 〈마태 김의 메모아: 내가 사랑한 한국의 근현대 예술가들〉지와 사랑, 2012
김주원 외, 〈전혁림: 다도해의 물빛 화가〉수류산방, 2011
김향안, 〈월하의 마음〉환기미술관, 2005
김환기, 〈어디서 무엇이 되어 다시 만나랴〉환기미술관, 2005
김환기, 〈Whanki in New York: 김환기 뉴욕일기를 통해 본 삶과 예술〉
　　　환기미술관, 2019
로즈먼드 영, 〈소의 비밀스러운 삶〉양철북, 2018
마리엘라 구쪼니, 〈빈센트가 사랑한 책〉이유출판, 2020
마부치 아키코, 〈자포니슴〉시공사, 2023
마틴 베일리, 〈반 고흐, 별이 빛나는 밤〉아트북스, 2020
마틴 베일리, 〈반 고흐의 태양, 해바라기〉아트북스, 2020
백영수, 〈백영수의 1950년대 추억의 스케치북〉열화당, 2012

백영수, 〈성냥갑 속의 메시지〉 문학사상사, 2000

사라 휘트필드, 〈야수파〉 열화당, 1990

소래섭, 〈백석의 맛〉 프로네시스, 2009

엄광용, 〈이중섭, 고독한 예술혼〉 도서출판 산하, 2006

오광수, 〈서양근대회화사〉 일지사, 1976

오광수, 〈이중섭〉 시공사, 2000

오누키 도모코, 〈이중섭, 그 사람〉 혜화1117, 2023

윤범모, 〈백 년을 그리다〉 한겨레출판, 2018

윤이상, 〈여보, 나의 마누라, 나의 애인〉 남해의봄날, 2019

이경성, 〈근대한국미술사논고〉 일지사, 1974

이경성, 〈어느 미술관장의 회상〉 시공사, 1998

이상희, 〈통영백미〉 남해의봄날, 2020

이연식, 〈유혹하는 그림, 우키요에〉 아트북스, 2009

이월춘 엮음, 〈서양화가 유택렬과 흑백다방〉, 도서출판 경남, 2012

이충렬, 〈혜곡 최순우, 한국미의 순례자〉 김영사, 2012

이충렬, 〈김환기 어디서 무엇이 되어 다시 만나랴〉 유리창, 2013

이활, 〈이중섭의 사랑과 예술〉 백미사, 1981

재키 베넷, 〈화가들의 정원〉 샘터, 2020

잭 플램, 〈세기의 우정과 경쟁: 마티스와 피카소〉 예경, 2005

전영백, 〈세잔의 사과〉, 한길사, 2008

전점석, 〈경남지역 추상미술의 선구자, 북청 사나이 유택렬〉 문화공간 흑백
　　운영협의회, 2022

정석우, 〈부산에서 찾아보는 이중섭 흔적〉 해피북미디어, 2023

조윤주, 〈명품명장 통영 12공방 이야기〉, 디자인하우스, 2009

조현경, 〈이영도 평전: 사랑은 시보다 아름다웠다〉 영학출판사, 1984

진환기념사업회 엮음, 〈진환 평전〉 살림, 2020

최석태, 〈이중섭 평전〉 돌베개, 2000

최열, 〈이중섭 평전〉 돌베개, 2014

최열, 〈이중섭, 편지화〉 혜화1117, 2023

통영길문화연대, 〈통영을 만나는 가장 멋진 방법: 예술 기행〉 남해의봄날, 2016

하훈, 〈통영 그리고 근대 나전칠기의 기억〉 선인, 2023

핫토리 마사타카 엮음, 〈식민지 조선의 이주일본인과 통영 – 핫토리 겐지로〉
    국학자료원, 2017
허나영, 〈이중섭, 떠돌이 소의 꿈〉 아르테, 2016
홍석률 외, 〈한국현대 생활문화사: 1950년대〉 창비, 2016
황정수, 〈경성의 화가들, 근대를 거닐다. 서촌 편〉 푸른역사, 2022

② 논문과 신문기사

권관룡, 「전혁림 회화의 색채와 조형성 연구」 충남대 석사논문, 2012
김명훈, 「이중섭 문헌분석 – 전시를 중심으로」 한국근현대미술사학 32, 2016
김미정, 「이중섭의 회화, 재료와 기법의 독창성」 한국근현대미술사학 32, 2016
김성수, 「유강렬 선생 논고」 숙대학보 21, 1981
김승환, 「한국근대소설과 부산의 시·공간성」 현대소설연구 49, 2012
김주삼, 「이중섭의 재료와 기법」 삼성미술관 Leeum 연구논문집 1, 2005
나보령, 「피난지 문단을 호명하는 한 가지 방식」 한국현대문학연구 54, 2018
목수현, 「이중섭 카탈로그 레조네 연구 보고」 한국근현대미술사학 36, 2018
박남희, 「1950-70년대 한국 공예계 지형과 제도: 유강렬의 예술 욕망과 공예계
    제도들」 미술사학보 55, 2020
박소현, 「'이중섭 신화'의 또다른 경로(매체)들」 한국근현대미술사학 32, 2016
백아영, 「이중섭 신화 연구: 도록에 실린 〈소〉 그림 중심으로」 홍익대 석사논문, 2018
서세림, 「월남작가 소설 연구: '고향'의 의미를 중심으로」 서울대 박사논문, 2016
손성은, 「이중섭 심리부검」 인물사학 12, 2016
손영학, 「경남 통영의 나전칠기」 향토사연구 15, 2003
신수경, 「이중섭 아카이브 분석 – 문학가들과의 교류를 중심으로」
    한국근현대미술사학 32, 2016
신수경, 「이중섭 엽서화의 기법과 도상 연구」 인문과학연구논총 43, 2022
윤아영, 「이중섭의 작업에 나타난 문학적 특성」 이화여대 석사논문, 2019
윤지은, 「한국 근대 서양화의 소 그림 연구」 이화여대 석사논문, 2006
이경수, 「김춘수 시와 통영의 로컬리티」 한국시학연구 71, 2022
이상원, 「소설에 나타난 피난지 부산의 다방」 동남어문논집 31, 2011
이상호, 「우정 유강렬론」 동아대 석사논문, 1988

이은주, 「이중섭 소 그림에 대한 연구: 융의 분석심리학 관점으로」, 미술사와
　　문화유산 3, 2014
이은주, 「성베드로 병원에서 실시한 이중섭의 치료과정: 그림치료 중심으로」,
　　인물미술사학 12, 2016
이은주, 「이중섭 회화의 예술심리학적 연구」 명지대 박사논문, 2016
이은주, 「이중섭 회화의 아이들 유형 분석 – 예술현상의 심리학적 접근」
　　한국근현대미술사학 33, 2017
이종애, 「근대한국공예의 사회적 양상 연구」 숙명여대 석사논문, 1991
이지원, 「문학지리학으로 본 유치환 시의 장소성과 의미」, 한국언어문학 92, 2015
이혜임, 「빈센트 반 고흐와 자포니즘: 서간 전문 분석을 통해 본 일본 문화의
　　영향」, 한양대 석사논문, 2012
이호욱, 「일제 강점기 통영 시가지의 경관 변화」 한국지역지리학회지 25, 2019
임승택, 「나전장 김봉룡 화병디자인의 조형 분석」 한국화예디자인학 연구 30,
　　2014
임승택, 「나전장 김봉룡 칠화 작품의 조형 분석」 한국가구학회지 27, 2016
장경희, 「유강열 작품의 시기별 특징과 섬유미술사적 위상」 미술사학보 55, 2020
전소영, 「월남 작가의 문학 세계에 나타난 주체 형성 과정 연구」 서울대 박사논문,
　　2019
전은자, 「이중섭의 서귀포 시대 연구」 탐라문화 39, 2011
최공호, 「김봉룡의 나전기술과 근대 공예적 성취」 미술사연구 32, 2017
최병식, 「서귀포시대 이중섭의 삶과 예술적 특징 연구」 한국근현대미술사학 15,
　　2005
하미혜, 「소설에 나타난 부산항의 장소 이미지 연구」 부산대 석사논문, 2004
한혜린, 「김환기 조형 세계의 문학적 재해석」 한국학연구 62, 2021
허나영, 「이중섭 〈소〉 그림 속 표현의 의미」 미술사학보 47, 2016
허나영, 「흰 새에 담은 이중섭의 희망」 인물미술사학 13, 2017

김영화, '이중섭과 통영 1', 한산신문, 2018. 1. 12.
김영화, '이중섭과 통영 2', 한산신문, 2018. 1. 19.
김영화, 박초여름, '이중섭과 창작의 활화산 통영', 한산신문, 2018. 11. 9.
김영화, 박초여름, '예술가들이 본 통영의 이중섭', 한산신문, 2018. 11. 16.

문학 작품

구상, 〈모과 옹두리에도 사연이〉 홍성사, 2002

구상, 〈개똥밭〉 홍성사, 2004

구상, 〈오늘 속의 영원, 영원 속의 오늘〉 홍성사, 2004

구상, 〈침언부어〉 홍성사, 2010

김광균, 〈와사등, 기항지〉 소명출판, 2014

김기림, 〈김기림 전집 1, 시〉 심설당, 1988

김동리, 〈김동리 전집 2, 역마, 밀다원시대〉 민음사, 1995

김사량, 〈빛 속으로〉 녹색광선, 2021

김상옥, 〈김상옥 시전집〉 창비, 2005

김수영 〈김수영 전집2, 산문〉 민음사, 1981

김이석, 〈김이석문학전집1, 실비명〉 동서문화사, 2018

김이석, 〈김이석문학전집7, 섭집 아이들〉 동서문화사, 2019

김춘수, 〈구름과 장미〉 행문사, 1948

문학과 비평 편집부, 〈시집 이중섭〉 문학과비평사, 1987

박경리, 〈김약국의 딸들〉 나남출판, 1993

박경리, 〈파시〉 나남출판, 1998

백석, 〈사슴〉 민음사, 2016

서정주, 〈화사집〉 남만서고, 1941

양명문, 〈화성인〉 장왕사, 1955

오장환, 〈헌사〉 열린책들, 2022

유치환, 〈청마 유치환 전집1, 깃발〉 정음사, 1984

유치환, 〈청마 유치환 전집3, 나는 고독하지 않다〉 정음사, 1984

이용악, 〈오랑캐꽃〉 열린책들, 2022

정지용, 〈정지용전집3, 미수록 작품〉 민음사, 2016

정지용, 〈정지용 시집〉 열린책들, 2022

라이너 마리아 릴케, 〈릴케 시집〉 문예출판사, 2014

샤를 보들레르, 〈파리의 우울〉 문학동네, 2015

아르튀르 랭보, 〈나의 방랑〉 문학과지성사, 2014

아르튀르 랭보, 〈지옥에서 보낸 한철〉 민음사, 2016

외젠 다비, 〈북호텔〉 민음사, 2009

폴 발레리, 〈폴 발레리 시집 – 윤동주가 사랑한 시인〉 스타북스, 2017

폴 베를렌, 〈베를렌 시선〉 지식을만드는지식, 2013

堀口大學, 〈檳榔樹〉 靑磁社, 1943

도서출판 남해의봄날 봄날이 사랑한 작가 12

글과 그림, 사진과 음악 등 그들만의 언어로 세상을 밝게 비추는 사람들이 있습니다.

숨겨진 작품들 혹은 빛나는 이야기를 가졌지만 잘 알려지지 않은 작가들의 이야기를

다양한 시선으로 소개합니다.

참 좋았더라 이중섭의 화양연화

초판 1쇄 펴낸날 2024년 9월 16일

초판 3쇄 펴낸날 2024년 10월 20일

글   김탁환

편집인   천혜란 책임편집, 박소희

마케팅   조윤나, 조용완

디자인   이기준

인쇄   미래상상

펴낸이   정은영 편집인

펴낸곳   (주)남해의봄날

          경상남도 통영시 봉수로 64-5

전화   055-646-0512

팩스   055-646-0513

이메일   books@nambom.com

페이스북 /namhaebomnal

인스타그램 @namhaebomnal

블로그   blog.naver.com/namhaebomnal

ISBN 979-11-93027-35-6 03810

ⓒ 김탁환, 2024